国学解读丛书◎第二辑

高宏存
李正堂 总主编

宋词百篇解读

王永娟 著

天津古籍出版社

图书在版编目（CIP）数据

宋词百篇解读 / 王永娟著. —天津：天津古籍出版社，2011.1

（国学解读丛书 / 高宏存，李正堂主编. 第2辑）

ISBN 978-7-80696-880-2

Ⅰ.①宋… Ⅱ.①王… Ⅲ.①宋词—通俗读物 Ⅳ.①I222.844

中国版本图书馆CIP数据核字（2010）第231450号

宋词百篇解读

王永娟/著

出版人/刘文君

*

天津古籍出版社出版

（天津市西康路35号 邮编300051）

http://www.tjabc.net

E-mail:tjgj@tjabc.net

山东新华印刷厂印刷

全国新华书店发行

开本787×1092毫米 1/16 印张17.25

2011年 1 月第 1 版 2011年 1 月第 1 次印刷

ISBN 978-7-80696-880-2

定 价：26.00元

序言

真情臻境

四季轮回，荣辱悲欢，我们每一个人在自己的一生中都要经历，今人如此，古人亦然。正像李白的诗中所说："今人不见古时月，今月曾经照古人。古人今人若流水，共看明月皆如此。"时光可以如流水般不舍昼夜地逝去，历史可以翻过一页又一页，但是在这不可逆转的变化中，有一些东西却是永恒的。因此，当我们品读那些经过百年、千年的岁月沉淀而流传下来的文学经典时，会产生"这个妹妹我见过"般的似曾相识的感觉，会发出"于我心有戚戚焉"的感慨，会触动灵魂深处的共鸣。一首首宋词便凝聚着古今相通的情感，我们在其中既能听见宋人的心语心声，也能反观我们自己相似的人生体验。

风花雪月，虫鱼鸟兽，这些和人们的生活息息相关的自然万物，你或许司空见惯，无暇注目，那么就去读读宋词中的咏物词。咏物词讲究形神皆似，细腻地描摹物的情状，曲尽其形，又能写出物的神韵，并在此基础上借物寓情，托物言志。那些自然之物也因染上人的情怀而充溢着灵性，不由得你不喜欢，不由得你不感动。

中华民族有着太悠久的历史，当现实社会中发生某类大事时，我们会不自觉地去历史上追根溯源，常常会感叹：历史何其相似！有宋以来，内忧外患，危机四伏，社会矛盾重重。在这种时代背景下产生的咏史词就是词人们将史实与现实联系在一起，或评论社会时政，或感慨个人遭遇，借古喻今、借古讽今的产物。他们在对历史和社会现实的思考中投注了自己的个性体验和情感。这些词为我们认识历史，思考现实，以史为鉴提供了新视角。

"人有悲欢离合，月有阴晴圆缺，此事古难全"，离别总是伤感的，离别也让我们更加珍惜相聚，珍惜亲情、友情。宋词中的送别怀人词，就抒写了这种人类普遍的情感。这里有殷殷的叮嘱，不舍的牵挂；有万丈豪情，无限愁绪；有情深意长的勉励，有坦陈心志的告白。无不发自肺腑，真切动人，是对友情、爱情、亲情的礼赞。

爱情是人类永恒的话题。宋词中的情爱相思词细致入微地描绘了爱情中的欢乐、悲伤、焦虑、期待、思念、追忆等种种感受和经历，演绎出了一首首淋漓尽致、回肠荡气的千古爱情绝唱。这里有生死相依、刻骨铭心的爱恋，有别离后魂牵梦绕的相思，有少女怀春的羞怯，有不被情人理睬的懊恼，有有情人难成眷属的遗恨，有“两情若是久长时，又岂在朝朝暮暮”的乐观……今天我们读来，仍然会怦然心动。

当城市化的脚步逐渐伸延到乡村，大片大片的田园被高楼、厂房取代时，我们每个人的心中都会对那山重水复、柳暗花明的山村景色产生永久的怀念。不知道是幸运还是悲哀，我们尚可以在山水田园词中去重温过往的记忆。“三三两两钓鱼舟，岛屿正清秋。笛声依约芦花里，白鸟成行忽惊起”，把我们带到商业气息还不浓重的西湖；“烟柳画桥，风帘翠幕，参差十万人家”，“有三秋桂子，十里荷花”，将我们带回传说中的人间天堂——杭州；“素月分辉，银河共影，表里俱澄澈”，让我们在洞庭湖的月光中沐浴；“雪沫乳花浮午盏，蓼茸蒿笋试春盘”使我们得以品尝没有任何化学成分的山肴野蔌的清香……词人们在青山绿水间、茅檐村舍里看到了远离喧嚣都市和政治风波的山水田园之美，找到了寄托和安放心灵的处所，也让我们这些离山水田园越来越远的现代人得以在清辞丽句间重回自然。

爱国之情，是每一个中华儿女心中最神圣、最崇高的感情。而每当外患纷扰，国难深重之时，这种感情就会表现得更炽烈，更激动人心。两宋之际，边患频仍，宋代一大批文人士大夫表现出强烈的社会责任感和历史使命感。以辛弃疾、陆游、陈亮、文天祥等为代表的一大批南宋词人更是慷慨悲歌，词中响彻着忧愤忠勇的爱国之音。爱国将领岳飞虽不以词名世，但是一曲《满江红》写出了被异族侵略、凌辱的人民的共同心声！当日本帝国主义的铁蹄在中国的国土上肆意践踏时，一曲《满江红》再一次响彻了中华大地，它永远激励着中华儿女保卫祖国，保卫家乡的壮志豪情。

古往今来，人们对春天的喜爱之情太深了，唯独爱之深，所以面对春天的匆匆离去自然会有抑制不住的伤感。宋词中的感时伤春词，细腻地表达了人们的伤春、惜春之情。“若有人知春去处，唤取归来同住”，“十二雕窗六曲屏，题遍伤春句”，“惜春长怕花开早，何况落红无数”……词人们感伤的不仅仅是春天的逝去，感伤的是一切像春天一样美丽的事物，如青春、爱情、人生中的欢乐时刻。人们不独伤春，而且悲秋。自古以来，无数骚人墨客的作品中，都郁积着浓浓的悲秋情结。以“悲秋”为主题的宋词，常常借秋色、秋景、秋声、秋叶、秋风这些具体的意象，表达羁旅之思、老病之哀、黍离之悲、家国之痛，字里行间流贯着一种悲天悯人、忧世伤生的大感喟、大悲哀。读这些伤春悲秋词，我们不能不被词人的多愁善感所打动，不得不反问自己：我们的心灵是否已经变得迟钝了？故而对春去秋来的物候的感知已经麻木？而隐藏在其后的是不是人性的枯竭？

人之所以不同于其他生物，就在于人对自己的生命有计划，对未来有安排，而且会把这种计划、安排、追求等等借助文字抒发出来。自从苏轼破除诗言志而词言情的界限之后，宋词中的抒怀言志之作逐渐多了起来。词人借助词这种艺术形式来吟咏抒发怀抱情志，表现自己对于现实世界的体悟，对于生命存在的思考，对个体生命的把握，对未来人生的设计与追求。他们在词作中吐露心曲，一诉衷肠，把自己的感触、认识、心志、理想、抱负等等用或含蓄、或奔放、或清丽、或婉转的语言表达出来。读这些词，能让我们受到词人伟大人格的熏染，从而坚定地走自己的人生之路。

宋词中也有一部分哲理词，它们是词人生活阅历和才智灵感交汇而成的结晶。“无可奈何花落去，似曾相识燕归来”；“人愁春老，愁只是，人间有”……这些精练的词句阐发了自然世界与人类社会最基本的、具有普遍意义的道理。词人把蕴含睿智、富于情趣、耐人寻味、发人深省的哲理融进词里，把他们对宇宙、对人生、对社会的深刻思考，把他们为人处世的丰富经验纳入词中，把他们对于现实的、历史的、生

命本体的奥秘的洞察与深思贯注词里，使人们的心灵得到净化，精神受到激励和鼓舞。

在宋词的园地里徜徉，你会被她的姹紫嫣红所吸引，为她的馥郁芬芳所陶醉。一朵朵宋词之花，是多情的词人们用心灵的源泉精心浇灌，用艺术的剪刀细细裁剪而成的奇葩。我们从中采撷一百首宋词，按题材进行分类，共分成十个主题，每个主题都有一个提纲挈领的导读，每个主题中的每首词，都加以详细地注释，呈现经典原意，并从文化的角度对其进行当代阐释，使古代经典走进现代人的心灵。对一部分词还附有相关的文化常识和国学故事，以增加阅读的知识性和趣味性。

如果读者能通过这本小书重新认识经典，喜欢经典，能和一千年前的词人发生心灵的碰撞，即是著者所愿。

目录

contents

身与物化，物我同一
——咏物寄兴词

【导读】

我们生活的世界多姿多彩，这里“四时行，百物生”（《论语·阳货》），“鸟鸣春，雷鸣夏，虫鸣秋，风鸣冬”（韩愈《送孟东野序》），四时变换，风物各异。那些多愁善感的诗人们，往往能由自然界的时序流转、草木荣枯生发无限的感慨：“春也万物熙熙焉，感其生而悼其死；夏也百草榛榛焉，见其盛而知其阑；秋也严霜降兮，殷忧者为之不乐；冬也阴气积兮，愁颜者为之鲜欢。”（卢照邻《释疾文·悲夫》）自然界的天光云影、山川河岳、花鸟虫鱼无一不牵动他们的诗情，从而便产生了咏物的诗歌。优秀的咏物诗，赋予物以美感和生命，将“物”与“诗”完美地结合起来，创造出一个更加绚丽斑斓的艺术世界。

多少咏物的诗句在我们面对某种事物时，会浮现在我们的脑际；而多少我们并不在意、或者司空见惯的现象是因一首首咏物诗才让我们重新发现了身边的美丽。“碧玉妆成一树高，万条垂下绿丝绦”，每每看到柳树，我们都会不自主地吟诵这动人的诗句；“露重飞难进，风多响易沉”（骆宾王《咏蝉》），让我们不觉对秋蝉产生了几许怜悯；“疏影横斜水清浅，暗香浮动月黄昏”（林逋《山园小梅》），则让我们踏雪寻梅，去一睹梅花的风姿……这就是咏物诗的力量。

宋代的咏物词也是咏物诗中的奇葩。咏物词讲究形神皆似，细腻地描摹物的情状，曲尽其形，又要写出物的神韵，并在此基础上借物寓情，托物言志，写出人的情怀。或“以我观物，故物皆著我之色彩”，或“以物观物，故不知何者为我，何者为物”，从而达到身与物化，物我同一的艺术境界。

宋人咏花、咏燕、咏月、咏蝉、咏石、咏雁，真是无物不可咏，挫万物于笔端。而在所咏之物中，又以花居多。春夏秋冬，花事盛衰，兰花、海棠、桂花、杏花、桃花、牡丹、莲花、菊花、水仙等等都是词人吟咏的对象。苏东坡咏杨花，是怜它“不是杨花，点点是离人泪”；陆游咏梅，是敬它“零落成泥碾作尘，只有香如故”；李清照咏桂，是赞它“自是花中第一流”；秦观眼里的荷花“依依似与骚人语”；周邦彦眼中的蔷薇，“长条故惹行客”，“似牵衣待话，别情无极”；而姜夔睹梅如睹玉人……除花之外，王沂孙咏蝉，句句是亡国之痛；史达祖咏燕，字里行间是对双双燕幸福生活的美慕和向往；周邦彦咏柳，却是无限离情别绪在其中……分不清是词人以自己的诗心慧眼发现了物的特质，还是他们将内心的情感投射在了所咏之物的身上，不管怎样，我们在欣赏这些咏物词时，既领略到了物的神韵，又分明感受到了词人的喜怒哀乐、柔情万种，让人回味无穷。

水龙吟①·次韵章质夫②杨花词

苏轼

【原文】

似花还似非花，也无人惜从教坠③。抛家傍路，思量却是，无情有思④。萦损柔肠，困酣娇眼，欲开还闭⑤。梦随风万里，寻郎去处，又还被莺呼起。

不恨此花飞尽，恨西园落红难缀⑥。晓来雨过，遗踪何在，一池萍碎⑦。春色三分，二分尘土，一分流水。细看来，不是杨花，点点是离人泪。

【注释】

①水龙吟：调名。首见于柳永咏梅之作。又名《龙吟曲》、《庄椿岁》、《小楼连苑》、《鼓笛慢》、《海天阔处》、《丰年瑞》等。

②次韵：依照别人的原韵和诗或词。章质夫：名楶（jié），字质夫，福建蒲城人，历仕哲宗、徽宗两朝，为苏轼好友，其咏杨花词《水龙吟》是传诵一时的名作。

③从教坠：任（杨花）坠落。

④"思量"两句：指杨花看似无情，实际却自有其愁思。思：意思，思绪。

⑤"困酣"两句：用美女困倦时眼睛欲开还闭之态来形容杨花的忽飘忽坠、时起时落。

⑥落红难缀：落花难于再连接上枝头。缀：连接。

⑦萍碎：杜甫在《丽人行》中有名句："杨花雪落覆白萍"，作者《再和曾仲锡荔枝》诗自注："飞絮（即杨花）落水中，经宿即为浮萍。"

【经典原意】

杨花像花又不像花，因此也没有人像爱惜馨香诱人的鲜花一样爱惜它，保护它，一任它飘零沦落。杨花离开郁郁葱葱的柳树枝头，孤零零地坠落路旁，看上去似乎冷漠无情，但仔细思量一下，实际上它却有无限愁思。那柔软纤细的柳枝，好像就是位思妇柔肠寸断的愁绪；那碧绿、细弯的柳叶，仿佛就是思妇困倦之中似睁非睁、似睡非睡的媚眼。杨花啊,思妇和你一样,在梦乡里随着缕缕细流,飘向万里之遥的地方,一个去寻找新归宿,一个去寻找亲爱的郎君。然而,还未等寻到,又突然都被一阵黄莺的鸣叫声惊醒。呵,原来只不过是春梦一场。

杨花纷纷扬扬,飘落净光,但我并不怨恨它,伤心的是,那西边的小园林里,万花纷谢,落满大地,很难再将它们重新连缀在枝头上。经过一夜狂风骤雨的摧残,到了清晨,杨花呵,你遗留下来的踪迹到哪里去了?原来,你都落到了池中的水里,化作一池碎碎的浮萍。你本来曾占有三分春色,可如今呢?其中的两分飘来飘去,业已化作尘泥;剩下的一分扬扬洒洒,也已随流水而去。杨花呵,仔仔细细看来,你哪里还有什么"花"的样子,满地上那斑斑点点,零零落落的,分明是离别人的滴滴泪珠。

【当代阐释】

不尽离愁赋杨花

杨花即柳絮,暮春时节,杨花随风飘舞,构成"春城无处不飞花"的绚丽景观。但杨花终不是花,韩愈《晚春》诗就有云:"杨花榆荚无才思,惟解漫天作雪飞。"虽飞扬有致,却无花之丽,以致无人怜爱,任其飘零。但在有情人眼里,"落絮游丝亦有情"(杜甫《白丝行》)。苏轼的这首词借暮春之际"抛家傍路"的杨花,化"无情"之花为"有思"之人,她"随风万里",梦寻情郎,既是写杨花,又是在写人,花人合一,幽怨缠绵而又空灵飞动地抒写了带有普遍性的离愁。

江淹的《别赋》说:"黯然销魂者,唯别而已矣。"古往今来,离愁缠绕着心怀别离之苦的人们。它就像无尽的柳絮,缠缠绵绵,漫天飞舞,寻寻觅觅,无所依傍。在很多时候,别离在外的人,忙于事务,这种离愁不会无时无刻都在心头缠绕,反而是那些倚门而望,翘首以盼的人更为离愁所苦。她们在漫长的等待中萦损柔肠,黯然销魂。候人不归,只能在梦中去寻找远方的爱人。而春梦易逝,岁月无情,归期渺渺。刻骨的想念,深深的哀怨,都化作了无尽的泪水。"细看来,不是杨花,点点是离人泪",读来令人肠断。这杨花般的离人泪定能唤醒在滚滚红尘中追名逐利的游子，回转来，莫让爱人思念的泪水抛洒春光。

【国学故事】

坐、请坐、请上坐

有一天苏轼去某寺游览，住持看其衣着平常，招待甚为简慢，就在前堂设座，“坐，茶。”几句聊过，发觉来客谈吐不凡，遂起敬意，让至后厅雅座，“请坐，上茶。”再聊几句，住持才知道此人竟然就是名满天下的苏大学士，惊惶难当，请进方丈精舍，“请上坐，上香茶。”告辞之际，住持一再求留墨宝，学士莞尔一笑，挥毫写下一副对联：“坐请坐请上坐，茶上茶上香茶。”

【文化常识】

柳絮为何称“杨花”

柳絮为什么称杨花呢？原来，柳树在古代是一种吉祥之物。友人离别之际，主人往往要折一支柳枝相赠，以示挽留之意。因为“柳”谐音“留”。到了公元605年间，隋炀帝下令开凿运河，号召民众在河岸植柳，每种活一棵者，奖细绢一匹。于是百姓争植，岸柳成荫。隋炀帝为了显示他的威风，就举行了亲自植柳的仪式，并挥御笔书赠柳树姓杨。于是以后柳树便被称为杨柳了。自然，柳絮也就成了杨花。

踏莎行·荷花

贺铸

【原文】

杨柳回塘[①]，鸳鸯别浦[②]，绿萍涨断莲舟路[③]。断无蜂蝶慕幽香，红衣脱尽芳心苦[④]。

返照迎潮[⑤]，行云带雨，依依似与骚人语[⑥]：当年不肯嫁春风，无端却被秋风误[⑦]！

【注释】

①回塘:曲折的水塘。

②别浦:江河的支流入水口。

③绿萍涨断莲舟路:水面布满了绿萍,采莲船难以前行。

④红衣:形容荷花的红色花瓣。芳心苦:指莲心有苦味。以上两句说,虽然荷花散发出清香,可是蜂蝶都断然不来,它只得在秋光中独自憔悴。

⑤返照:夕阳的回光。潮:指晚潮。

⑥依依:形容荷花随风摇摆的样子。骚人:诗人。

⑦不肯嫁春风:语出韩偓《寄恨》诗:"莲花不肯嫁春风。"张先在《一丛花》词里写道:"沉恨细思,不如桃杏,犹解嫁东风。"贺铸是把荷花和桃杏隐隐对比。以上两句写荷花有"美人迟暮"之感。

【经典原意】

曲折回环的池塘,杨柳倒垂;深藏在别浦深处,一对鸳鸯在水中游嬉。水面布满了绿萍,采莲船难以前行。虽然荷花散发出清香,可是蜂蝶都断然不来,它只得在秋光中独自憔悴。

落日的余晖反照在荡漾的水波之上,迎接着无声流逝的潮流;天空的行云带着点点细雨,飘洒向池塘里。荷花随风摇摆,好像有满腹的心事向骚人雅士说:当年不肯嫁与东风,现在却被秋风耽误了。

【当代阐释】

花中君子芳心苦

自然界中的荷花给人以美感,也给诗人们寄托"失时"、"不遇"提供了对象。因为荷花盛开在夏季这个前不见春,后不见秋的季节。春日中它隐藏了美丽,秋天到来时它又芳华尽逝了。这样耽误了开花的大好时光的荷花,正是一些文人志士的写照。也正是因为它不比众、不趋势,才有君子的美称。屈原的"制芰荷以为衣兮,集芙蓉以为裳",即饱含了爱荷之意。

词中的荷花是为人豪爽,从不趋炎附势的词人的自我写照。它生长在幽僻的角落,虽美丽无比,却无人知晓,不被采摘。慢慢地在寂寞中凋零，一点点褪尽红色的花瓣，最后只剩下莲心的苦味。它在微风中轻轻摇曳，满腹的心事欲与骚人说。怕是只有和荷花一样怀才不遇，遭遇坎坷，满怀失意之苦的人才能听懂她的话吧。如果能和那些桃花、杏花一样随春风开放，荷花也不会有今天的命运。可是，那样的话，也便不会有"花中君子"的美名。事情往往就是这样，不愿趋时媚俗，就注定要尝尽寂寞之苦。

【国学故事】

秦观巧制字谜

九九重阳，秋高气爽。苏东坡邀秦观来到秋香亭饮酒赏菊。席间，苏学士笑问："贤弟风姿俊逸，才辩无双，何以迟迟不择婚配?"秦观应曰："吾非草木，岂然无情，小弟久慕一位窈窕淑女，只是难于启齿。"苏东坡爽朗一笑："这有何难！说出来包在愚兄身上!"秦观沉吟了片刻，笑云："待小弟制个字谜仁兄一猜，"说罢即赋一词，"园中花，化为灰，夕阳一点已西坠。相思泪，心已碎，空听马蹄归，秋日残红萤火飞。"苏东坡一听，恍然大悟，哈哈大笑："我明白了，明白了。"于是引线穿针，成就金玉良缘。原来秦观爱上了苏东坡的妹妹苏小妹。"园中花，化为灰"，空余"草"；"夕阳一点已西坠，相思泪，心已碎，空听马蹄归"，"夕"坠去"一点"，"思"字碎去"心"字，"马"(繁体)字的底部(足、蹄部位)为"灬"，合为繁体字的"鱼"字；"秋日残红萤火飞"，萤火飞则天已晚，故秋去"火"余"禾"；这样，"草"字头与"鱼"的繁体字、"禾"字拼合为"苏"的繁体字："蘇"。

【文化常识】

词

词是起于五代与唐，流行于宋的一种文学体裁。词最初称为"曲词"或"曲子词"，原是配乐歌唱的一种诗体，句的长短随歌调而改变，因此又叫长短句。后来词逐渐跟音乐分离，成为独立的文体。词大致可分为三类：(1)小令；(2)中调；(3)长调。有人认为：五十八字以内为小令，五十九至九十字为中调，九十一字以上为长调。这种分法虽然有些绝对，但是，大概的情况还是这样的。

由于词是配乐歌唱的，所以每首词都曾经至少有一个乐谱，每个乐谱都必定属于某种宫调（类似今天的C调、G调等），有一定的旋律、节奏，这些的总和就是词调。每种词调都有一个名称，这个名称即词牌，如《水龙吟》、《踏莎行》、《西江月》、《清平乐》等等。

六丑·落花

周邦彦

【原文】

正单衣试酒，怅客里光阴虚掷。愿春暂留，春归如过翼，一去无迹。为问家何在？夜来风雨，葬楚宫倾国[①]。钗钿[②]堕处遗香泽。乱点桃蹊，轻翻柳陌，多情为谁[③]追惜？但蜂媒蝶使[④]，时叩窗槅[⑤]。

东园岑寂，渐蒙笼暗碧。静绕珍丛底，成叹息。长条故惹行客[⑥]。似牵衣待话，别情无极[⑦]。残英小，强簪巾帻[⑧]；终不似、一朵钗头颤袅，向人欹侧。漂流处，莫趁潮汐[⑨]。恐断红、尚有相思字[⑩]，何由见得。

【注释】

①楚宫倾国：楚王宫中的美人，此处比喻蔷薇花。韩偓《哭花》诗："夜来风雨葬西施。"倾国，容颜绝代的佳人。汉李延年歌："北方有佳人，绝世而独立。一顾倾人城，再顾倾人国。"见《汉书·外戚传》。

②钗钿：首饰，此处比喻落花。

③为谁：即"谁为"。

④蜂媒蝶使：蜜蜂和蝴蝶，因它们来往奔忙于花间，故称为花的媒人和使者。裴说《牡丹》诗："游蜂与蝴蝶，来往自多情。"

⑤窗槅：窗子。

⑥"长条"句：蔷薇有刺，会勾住人的衣服，故云。

⑦“似牵衣”两句：孟郊《古离别》诗：“欲别牵郎衣，郎今向何处？”

⑧巾帻：头巾。

⑨潮：早潮。汐：晚潮。

⑩“恐断红”句：范摅《云溪友议》卷下：“（唐）卢渥舍人应举之岁，偶临御沟，见一红叶，命仆搴来。叶上乃有一绝句……诗云：‘水流何太急，深宫尽日闲。殷勤谢红叶，好去到人间。’”断红，落花。

【经典原意】

正是换单衣的时节，只恨客居异地，光阴白白地流逝。祈求春天暂留片刻，春天匆匆归去就像鸟儿飞离，一去无痕迹。试问蔷薇花儿的故家今何在？夜里一场急风骤雨，埋葬了南楚倾国的佳丽。花瓣儿像美人的钗钿堕地，散发着残留的香气，凌乱地点缀着桃花小路，轻轻地在杨柳街巷翻飞。多情人有谁来替落红惋惜？只有蜂蝶像媒人使者，时时叩击着窗槅来传递情意。

东园一片静寂，渐渐地草木繁盛茂密，绿荫幽暗青碧。环绕着珍贵的蔷薇花丛静静徘徊，不断地唉声叹气。蔷薇伸着长枝条，故意勾着行人的衣裳，仿佛牵着衣襟期待着和她说话，表现出无限的离情别绪。拾一朵小小的残花，在头巾上勉强簪起。终究不像一朵鲜花戴在美人钗头上颤动、摇曳，向人俏媚地斜倚。花儿呵，切莫随着潮水远远逝去。唯恐那破碎的花儿，还写着寄托相思的字，如何可以看出来呢？

【当代阐释】

唯有词人怜落蕊

诗人、词人似乎都有一颗多愁善感、悲天悯人的心。他们细腻、敏感，春去秋来，花开花谢，都能触动他们的心灵，从而吟唱出一首首百转千回的歌，也让听者的心变得柔软，去感受那一朵即将离开枝头的蔷薇的悲伤，去挽留那转瞬即逝的春光。

可惜在节奏加快、生活紧张的现代社会，我们忙忙碌碌，已经无暇去关注天上的月缺月圆，身边的花落花开。我们也会感叹时间过得太快，却没有诗人“愿春暂留”，可是“春归如过翼，一去无迹”的伤心与难过;我们也喜欢明丽鲜艳的花朵,却没有诗人彻夜无眠,耳听风雨催花落的揪心与不忍;我们无数次从残花落叶旁走过,又有谁像诗人那样哀怜一朵瘦弱的小花不忍离去?唯有诗人解花语、怜落花,却"无计留春住",挽救"断红"的命运,只能殷殷地叮嘱"漂流处,莫趁潮汐",否则落花如有"相思字",他不得一见。诗人与花相别,人惜花,花恋人,花去人留,直有生离死别之痛,深婉缠绵,余音袅袅,我们麻木的心也不能不为之一颤。

一个能为一朵枯败的蔷薇流泪的人,也许才是真正热爱生命的人。他们的心或许最容易受伤,但他们的生命是圆满的。

【国学故事】

周邦彦与李师师的传说

周邦彦(公元1056—1121年),字美成,号清真居士,浙江钱塘人。《宋人轶事汇编》中记载了周邦彦与名妓李师师的一段故事:

周邦彦居于京城时,与名妓李师师相好。宋徽宗赵佶听慕李师师之名,也多微服出行,往来师师家。一次,周邦彦正和师师在一起,突然听说皇帝大驾光临,惊惶之下,急忙钻到床下。赵佶满脸笑容地走进来,从袖子里取出一个橙子,亲手剥了,道:"师师,这可是刚从江南进贡来的,来,尝一口!"喂进师师口中。周邦彦躲在床下,大气都不敢出。第二天,他将这段见闻,填了一首《少年游》,送给师师一表心迹:

并刀如水,吴盐胜雪,纤手破新橙。锦幄初温,兽香不断,相对坐调笙。

低声问:向谁行宿?城上已三更。马滑霜浓,不如休去,直是少人行。

这首词浅显直白,"丽极而清,清极而婉",含蓄地表现出旖旎风流与温婉细腻的恋情,屡屡受到称颂,清沈谦说:"言马,言他人,而缠绵偎依之情自见。"

几天后,赵佶再度光临,听到师师吟唱这首词,明白作者当天也一定在屋里,顿时打翻醋坛,问是何人所作。师师不敢隐瞒,只得道:"周邦彦词。”赵佶甩一下衣袖，大怒而去，立刻召见宰相蔡京，责问道：“开封府有监税周邦彦者，听说不交课税，京尹为何不予处理？”蔡京一时不明所以，媚笑道：“陛下，且容臣退朝，马上召来京尹，问个究竟。”京尹到了，满腹狐疑，道：“整个开封城中，就唯独周邦彦的课额交得最多。这事，恐怕搞错了吧？”蔡京板起脸，大骂道：“混账东西！上意如此，只得迁就交差，还啰嗦什么！”京尹不敢再多言，回去胡乱寻个罪名，将周邦彦开除，不日押出国门。

赵佶为拔去了眼中钉而窃喜。过了一两日，赵佶又驾临师师家，却被告知：“师师为周邦彦送行去了”。赵佶醋意又作，闷声静坐一整天，直等到初更时分，才见师师姗姗来迟，且“愁眉泪睫，憔悴可掬”。赵佶大怒，狠狠一跺脚，道：“你去哪里了！”

师师跪下，掩面而泣，道：“臣妾万死！臣妾得知周邦彦犯了罪，押出国门，特去致酒送别。实不知皇上今日要来，有失远迎。”

赵佶冷笑道：“不知今日，他又作得甚词！”

师师泣然奏曰：“有一首《兰陵王》词，即今柳阴直者是也。”

赵佶哼了一声，道：“唱一遍看！”

师师道：“容臣妾奉一杯酒，歌此词为皇上祝寿！”于是，抹去泪痕，轻舒云板，慢展歌喉，娓娓唱来：

柳阴直，烟里丝丝弄碧。隋堤上，曾见几番，拂水飘绵送行色？登临望故国。谁识京华倦客？长亭路，年来岁去，应折柔条过千尺。

闲寻旧踪迹，又酒趁哀弦，灯照离席。梨花榆火催寒食。愁一箭风快，半篙波暖。回头迢递便数驿，望人在天北。

凄恻，恨堆积。渐别浦萦回，津堠岑寂。斜阳冉冉春无极。念月榭携手，露桥闻笛。沉思前事，似梦里，泪暗滴。

这首词章法回环曲折，题为咏柳，写的却是离别情怀，人和物，情和境，浑然融为一体，“绮丽中带悲壮”。经师师深情一唱，赵佶顿觉抑扬悦耳、酣畅淋漓。道君皇帝到底也是精通音律的大艺术家，转怒为喜，有找到知己之感：“这周邦彦，也是一难得的大才子啊！”立即赦免周邦彦，“复召为大晟乐正”。

不过，王国维在《清真先生遗事》中，考订甚详，指出：首先，周邦彦在徽宗继位时，已近六十岁，难以置信他竟会和二十出头的道君皇帝去争风吃醋；其次，宋徽宗朝，并无“大晟乐正”和“大晟乐府待制”之职；最后，周邦彦在“大晟府”只干了不到两年，就因不肯拍赵佶马屁，“知顺昌府，徙处州，卒，年六十六岁，赠宣奉大夫”。

（摘编自《明月几时有——品宋词、数千古风流人物》，李蓉蓉著，上海锦绣文章出版社，2008 年 6 月）

【文化常识】

六丑

《六丑》，词牌名，周邦彦自创。宋徽宗曾询问《六丑》的命名缘故，周邦彦解释道：“这首词一共犯了六种宫调，是音乐中极美、极难唱的调子，上古的颛顼高阳氏有六个儿子，品行高尚而相貌奇丑，故用来比拟词牌。”后人觉《六丑》不雅，易名为《个侬》。

清平乐·忆吴江赏木樨①

辛弃疾

【原文】

少年痛饮，忆向吴江醒②。明月团团高树影，十里水沉烟冷③。

大都一点宫黄，人间直恁芬芳④。怕是秋天风露，染教世界都香⑤。

【注释】

①此词为辛弃疾闲居带湖之作。吴江：今江苏吴江县。辛弃疾自隆兴二年（公元 1164 年）冬，或乾道元年（公元 1165 年）春，江阴签判任满后，曾有一段流寓吴江的生活。木樨（xī）：为桂树学名，又名崖桂。因其树木纹理如犀，故名。一本题作“谢叔良惠木樨”。两种题序，互为补充。友人赠桂，思绪流向当年的吴江

之行。

②“少年”两句：回忆当年曾秋夜畅饮，酒醒吴江。少年：泛指青少年时期。辛弃疾二十六岁至二十八岁流寓吴中，故云。向：面对。吴江：江名，亦名松江，苏州河，是太湖最大的支流。自湖东北流经吴县、上海，合黄浦江入海。

③“明月”两句：描绘江边月下赏桂情景。高树影：兼指月中桂影（传说月中有仙桂，更有吴刚伐桂之说）和秋月映照下的人间桂影。水沉烟冷：江水沉寂，烟雾清冷。

④“大都”两句：桂花形小色淡，却给人间带来如此芬芳。大都：不过。宫黄：宫中妇女化妆用的黄粉，此借指黄色的桂花，俗称金桂。直恁（nèn）：竟然如此。

【经典原意】

少年时曾于秋夜开怀痛饮，醒来后，面对流经吴江县的吴淞江。那时候，一轮明月正映出岸上桂树高大的影子，那浓郁的香味仿佛刚燃烧过的水沉香，香飘十里，弥漫在江面和山岭。

金黄色的桂花不过像妇女涂额的“宫黄”，星星点点，可是它却使人间这般芬芳。或许是它借着秋天风露的传播，要使得整个世界都浓郁芬芳吧！

【当代阐释】

花品即人品

唐代诗人宋之问有“桂子月中落，天香云外飘”的诗句，故后人亦称桂花为“天香”。桂花花瓣细小，星星点点，缀满枝头，但香气馥郁，所以又有“八月桂花遍地香”的说法。

少年辛弃疾意气风发，雄放挥洒，曾于秋夜开怀痛饮，吴江之畔的月下桂影和香飘十里的桂香给他留下了深刻的印象。词人咏桂，遗貌取神，由花小香浓着笔。“一点”，极言花之细小，“人间”乃至“世界”，则极言天地之广阔，以一点之小而染遍天地之大，足见其芳香之浓烈。

但词人并非只是赞美桂花的芳香十里。辛弃疾一生“志在塞北江南”，为“了却君王天下事”，而竭尽全力恢复宋室山河。这首词写于辛弃疾向当时的南宋王朝献《美芹十论》之时，要求抗击金兵，恢复中原之后。此时，正是词人希望一展宏图的时候。辛弃疾以“染教世界都香”来歌赞桂花，似隐寓有“达则兼济天下”的宏愿。花品即人品，同一种花，不同心性的人会“品”出不同的格调，“赏”出迥异的意蕴。辛弃疾没有歌咏桂花的其他特质，独对它香飘人间的品性推崇之至，由此可见词人胸怀之宽广。

一时代有一时代之理想，辛弃疾的理想属于他的时代，我们每个人在自己生活的时代又有自己的理想。但“染教世界都香”的气度与抱负却能鼓荡起每一个时代人的胸怀。

【国学故事】

辛弃疾活捉叛徒

南宋时，我国北部在金国的统治下，人民生活非常痛苦。山东有个农民叫耿京，他带领了一支起义军，经常打击金兵。辛弃疾也是山东人，他非常敬佩耿京，就组织了两千多人，加入了耿京的队伍。

起义军在耿京和辛弃疾的领导下，常常打胜仗，参加的人也越来越多，不久就有了二十几万人。耿京就派辛弃疾到南方去和南宋联系，好联合起来把金兵赶走。谁知道起义军里面出了一个叛徒，叫张安国。他趁辛弃疾不在的时候，暗杀了耿京。起义军没有了领袖，就这样散掉了。

辛弃疾从南方回来，叛徒张安国已经逃到金国的兵营里去了。辛弃疾心里又悲痛又愤怒。他对同伴说：“我们一定要活捉张安国，为耿京报仇！”

同伴中有人说：“张安国躲在敌人的兵营里，那儿驻扎了五万金兵。咱们只有几十个人，怎么去捉他呢？”

辛弃疾叫道：“五万！就是五十万，我们也要闯进金营，杀了这个叛徒，为耿京报仇，为老百姓报仇！”

当天晚上，辛弃疾挑选了五十名勇士，个个骑了快马，带着刀剑，向金营直奔而去。快到金营的时候，天已经黑了，他们都下了马，把马拴在树上，然后乘黑悄悄地摸进了金营。

金营里灯火辉煌，张安国正在跟两个金将喝酒猜拳。他们看见辛弃疾和勇士们拿着刀剑冲进来，吓得魂都没了。张安国赶紧钻到桌子底下，两个金将急忙举起椅子来抵挡。勇士们一拥而上，把两个金将连人带椅子砍翻了。辛弃疾一个箭步上前，把张安国从桌子底下揪了出来。

张安国抱着个脑袋，直喊饶命。辛弃疾用剑指着张安国骂道："你这个叛徒！耿京哪点对不住你？"

张安国吓得浑身打战，说："我……我错了！"

辛弃疾冷笑一声说："错了？来，绑起来，带回去办罪！"

大伙儿一拥而上，把张安国绑得结结实实，拉出了营帐。

营帐外面站了好多金兵，看辛弃疾他们威风凛凛，谁也不敢上前。辛弃疾把叛徒绑在马后头，不慌不忙地跨上了马，喝道："谁敢上来，就要他的狗命！告诉你们，我们的十万大军就要开到。想活命的就早点投降！"说完就带着勇士们冲了出去。等金国将领派兵来追的时候，他们早就跑得没影儿了。

叛徒张安国终于得到了他应得的下场：被砍掉了脑袋。

辛弃疾活捉叛徒张安国的时候，才二十三岁。

（摘自《中华上下五千年》，光明日报出版社 2001 年 11 月）

【文化常识】

词牌

关于词牌的来源，大约有下面的三种情况：

（1）本来是乐曲的名称。例如《菩萨蛮》，据说是由于唐代大中初年，女蛮国进贡，她们梳着高髻，戴着金冠，满身璎珞（璎珞是身上佩挂的珠宝），像菩萨。当时教坊因此谱成《菩萨蛮曲》。据说唐宣宗爱唱《菩萨蛮》词，可见是当时风行一时的曲子。《西江月》、《风入松》、《蝶恋花》等，都是属于这一类的。这些都是来自民间的曲调。

（2）摘取一首词中的几个字作为词牌。例如《忆秦娥》，因为依照这个格式写出的最初一首词开头两句是"箫声咽，秦娥梦断秦楼月"，所以词牌就叫《忆秦娥》，又叫《秦楼月》。《忆江南》本名《望江南》，又名《谢秋娘》，但因白居易有一首咏“江南好”的词，最后一句是“能不忆江南”，所以词牌又叫《忆江南》。《如梦令》原名《忆仙姿》，改名《如梦令》，这是因为后唐庄宗所写的《忆仙姿》中有“如梦，如梦，残月落花烟重”等句。《念奴娇》又叫《大江东去》，这是由于苏轼有一首《念奴娇》，第一句是“大江东去”。又叫《酹江月》，因为苏轼这首词最后三个字是“酹江月”。

(3)本来就是词的题目。《踏歌词》咏的是舞蹈，《舞马词》咏的是舞马，《欸乃曲》咏的是泛舟，《渔歌子》咏的是打鱼，《浪淘沙》咏的是浪淘沙，《抛球乐》咏的是抛绣球，《更漏子》咏的是夜。这种情况是最普遍的。凡是词牌下面注明“本意”的，就是说，词牌同时也是词题，不另有题目了。

但是，绝大多数的词都不是用“本意”的，因此，词牌之外还有词题。一般是在词牌下面用较小的字注出词题。在这种情况下，词题和词牌不发生任何关系。一首《浪淘沙》可以完全不讲到浪，也不讲到沙；一首《忆江南》也可以完全不讲到江南。这样，词牌只不过是词谱的名罢了。

鹧鸪天

李清照

【原文】

暗淡轻黄体性柔，情疏迹远只香留。何须浅碧深红色，自是花中第一流。

梅定妒，菊应羞。画栏[①]开处冠中秋。骚人可煞[②]无情思，何事当年不见收。

【注释】

①画栏：彩绘雕刻的栏杆。李贺诗《金铜仙人辞汉歌》：“画栏桂树悬秋香。”

②骚人可煞：骚人，此处指写《离骚》之屈原。传说屈原当年作《离骚》，遍收名花珍卉，以喻君子修身美德，唯独桂花不在其列。可煞，疑问词。

【经典原意】

桂花花瓣轻黄，色泽暗淡，却性情柔婉；它情趣疏朗，远迹丛林深山，只不断散发出浓郁的芳香，弥漫人间。何须那些浅绿深红的颜色来装扮，桂花乃花中第一是自然。

梅花一定会妒忌，菊花也应含羞掩面。桂花开放在画栏边，芳香自郁，是中秋众花之冠。骚人那么没有情思，当年将名花珍卉收遍，怎么就偏偏遗忘了桂花？

【当代阐释】

自是花中第一流

桂有三种，白者名银桂，黄者名金桂，红者名丹桂。常生于高山之上，冬夏常青，以同类为林，间无杂树。又秋天开花者为多，其花香味浓郁。桂花不以明亮炫目的光泽和浓艳娇媚的颜色取悦于人。虽色淡光暗，却秉性温雅柔和，情怀疏淡，远迹深山，唯将浓郁的芳香常飘人间。在女词人看来，“何须浅碧深红色”，品格的美、内在的美尤为重要，色淡香浓、迹远品高的桂花和以“色”美取胜的群花相比，“自是花中第一流”。梅花在“暗淡轻黄体性柔”的桂花面前，也不能不油然而生嫉妒之意。菊花也只能掩面含羞，自叹弗如。

虽然桂花馥香自芳，但貌不出众，色不诱人，故不是所有的人都能欣赏这种美，也难怪屈原当年作《离骚》，遍收名花珍卉，却把桂花给遗漏了。也许只有卓尔不群的审美品味，才能真正地欣赏桂花卓尔不群的美。

【国学故事】

丈夫赵明诚与李清照比诗

桂花“自是花中第一流”，李清照作为古代文学史上杰出的才女，也是女性中的翘楚。元代伊士珍的《琅嬛记》有如下一段故事：“易安以重阳《醉花阴》词函致赵明诚。明诚叹赏，自愧弗逮，务欲胜之。一切谢客，忌食忘寝者三日夜，得五十阕，杂易安作以示友人陆德夫。德

夫玩之再三，曰：‘只三句绝佳。’明诚诘之。答曰：‘莫道不消魂，帘卷西风，人比黄花瘦。’正易安作也。”

卜算子[1]·咏梅

陆游

【原文】

驿外[2]断桥边，寂寞开无主。已是黄昏独自愁，更著风和雨。

无意苦争春，一任群芳妒。零落成泥碾作尘，只有香如故。

【注释】

①卜算子：万树《词律》引毛先舒的话说，骆宾王的诗喜欢用数目字，被人称作“卜算子”。

②驿外：指驿站附近。古代官办的供传递公文的人中途住宿和换马的处所，称驿站。

【经典原意】

驿亭之外，靠近断桥的旁边，孤单寂寞地绽开了花，却无人作主。每当日色西沉的时候，总要在内心泛起孤独的烦愁，特别是刮风下雨。

不想费尽心思去争芳斗春，一意听凭百花去嫉妒。零落凋残变成泥又碾为灰尘，只有芳香依然如故。

【当代阐释】

只留清气满乾坤

陆游酷爱梅花，因为它象征着气节。他的《落梅》诗说：“雪虐风饕愈凛然，花中气节最高坚。过时自合飘零去，耻向东君更乞怜。”梅花开时不畏严寒，落时不恋春光，来得光明，去得磊落。陆游所心折的正是梅花的这种高洁品格。他甚至幻想“何方可化身千亿，一对梅花一放翁”(《梅花绝句》),希望终生与梅花为伴。此词咏梅,实际上是借梅花的品格自明心迹,自抒怀抱。词的上阕写梅的遭际:它寂寞地生长在驿站外,断桥旁那满目荒芜的角落,无人护理,无人观赏;孤独地开放在日落黄昏后,偏偏又遭受凄风苦雨的侵凌;下阕写梅的品格:梅本性高洁,不为争春斗艳先开,不以凌寒先发为荣,不因环境恶浊而改变禀性,听任“群芳”的嫉恨、诽谤,无论黄昏朦胧,还是风雨相逼,一样散发着清香,即使凋零飘落,甚至被践踏成泥或碾压成尘,也一样留得丝丝清香在人间,纵然骨化形销也不移其志节。我们从梅花的命运与品格中不仅能看到词人仕途坎坷的身影,而且也可以读出词人像梅花般冰清玉洁的精神世界。

人在自己的一生中都可能会遇到像梅花那样所居非地,所遇非时的境况,但如果身处困境,能够坚守一份孤傲,保持一份清白,也是一种人生境界。也许这会被人视为孤芳自赏,但孤芳自赏的人表面上虽然孤独无友,但他的灵魂却永不寂寞,因为他心灵深处的那一片孤芳,已经为他提供了足够的支撑,使他可以毫无惧色地去面对世间的凄凉。

【文化常识】

咏梅诗

古往今来咏花的诗词歌赋,以梅为题者最多。或咏其风韵独胜,或吟其神形俱清,或赞其标格秀雅,或颂其节操凝重。南朝宋人陆凯在《赠范晔》诗中,以梅花作为传达友情的信物,别具一格,“折梅逢驿使,寄与陇头人。江南无所有,聊赠一枝春。”唐人的咏梅诗,除写闺怨、传友情、托身世之外,出现了虽以模拟物象为主,但却含有美的意蕴的佳作。咏梅之作至宋以后,借梅传友情、抒闺怨之意渐歇,而写其意象之美,赞其标格之贞的吟咏日盛。前者的代表是林逋的《山园小梅》:“众芳摇落独喧妍,占尽风情向小园。疏影横斜水清浅,暗香浮动月黄昏。霜禽欲下先偷眼,粉蝶如知合断魂。幸有微吟可相狎,不须檀板共金樽。”后者的代表就是陆游的这首《卜算子·咏梅》。陆游一生爱梅、咏梅、以梅自喻。他称赞梅是“花中气节最高坚”的，俨然梅的知音、梅的化身，真正进入元人景元启所叹“梅花是我，我是梅花”的境界。至于辛弃疾“更无花态度，全是雪精神”(《临江仙·探梅》)，陈亮“欲传春消息，不怕雪埋藏”的诗句，更是遗貌取神的感慨之吟。以后的咏梅，都只是宋人流风余韵的发扬。

暗香

姜夔

【原文】

辛亥[①]之冬，余载雪诣石湖[②]。止既月[③]，授简[④]索句，且征新声[⑤]，作此两曲。石湖把玩不已，使工妓[⑥]肄习[⑦]之，音节谐婉，乃名之曰《暗香》《疏影》。

旧时月色。算几番照我，梅边吹笛。唤起玉人，不管清寒与攀摘。何逊[⑧]而今渐老，都忘却、春风词笔。但怪得[⑨]、竹外疏花，香冷入瑶席。

江国，正寂寂。叹寄与路遥。夜雪初积，翠尊[⑩]易泣。红萼[⑪]无言耿[⑫]相忆。长记曾携手处，千树压、西湖寒碧。又片片吹尽也，几时见得？

【注释】

①辛亥：光宗绍熙二年(公元1191年)。

②石湖：在苏州西南，与太湖通。范成大居此，因号石湖居士。

③止既月：指住满一月。

④简：纸。

⑤征新声：征求新的词调。

⑥工妓：乐工、歌妓。

⑦肄习：学习。

⑧何逊：南朝梁诗人，早年曾任南平王萧伟的记室。任扬州法曹时，廨舍有梅

花一株，常吟咏其下。后居洛思之，请再往。抵扬州，花方盛，逊对树彷徨终日。杜甫诗“东阁官梅动诗兴，还如何逊在扬州”。

⑨但怪得：惊异。

⑩翠尊：翠绿酒杯，这里指酒。

⑪红萼：指梅花。

⑫耿：耿然于心，不能忘怀。

【经典原意】

辛亥年冬天，我冒雪去拜访石湖居士。住满一月居士向我索要新曲，于是我创作了这两首词曲。石湖居士把玩不已，教乐工歌妓练习演唱，音调节律和谐婉转。于是将其命名为《暗香》、《疏影》。

昔日皎洁的月色，曾经多少次映照着我，在梅树边吹奏玉笛。笛声唤起了美丽的佳人，不顾清冷寒瑟跟我一道攀折梅花。而今我像何逊已渐渐衰老，往日春风般绚丽的辞采和文笔，都已经忘记。但是令我惊异，竹林外稀疏的梅花，还将清冷的幽香散入华丽的宴席。

江南水乡，正是一片静寂。想折枝梅花寄托情意，可叹路途遥远，夜晚的积雪又遮盖了大地。手捧翠玉酒杯，禁不住伤心落泪，面对着红梅默默无语，昔日折梅的美人难以忘记。总记得曾经携手之地，千株梅树压满了绽放的红梅，西湖上泛着寒波，一片澄碧。而如今片片梅花被风吹落，何时才能重见？

【当代阐释】

梅花依旧，玉人何在

对一个人的思念，往往会因和那人密切相关的物事而起，亦即睹物思人、触目伤怀。词人姜夔目睹梅花，不禁想起携情人月下赏梅，梅边吹笛的往事。皎洁的月色，暗香浮动的梅花，清丽的佳人，悠扬婉转的笛声，这一切雅致之极！是词人一生中最美好的时刻，最刻骨铭心的记忆。而今，词人渐老，年轻时咏梅的才情、赏梅的意兴似乎都没有了。可是，当一阵幽冷、清雅的梅香袭来，词人落寞、孤寂的情思开始浮动：梅花依旧，玉人何处？多想折一枝梅花送给情人，寄托悠悠的思

念，但雪深路遥，无法办到，只得独对梅花，借酒消愁。当年雪中赏梅，红装素裹，雪压梅花的景色倒映在西湖碧水之中的情景又浮现在眼前。面前的梅花正片片飞尽，何时能见到魂牵梦绕的人呢？词人把对情人的思念之情交织在对现实与回忆的描写之中，表现得千回百转，如梅花的幽香沁人心脾。

别离是苦，当一切在回忆中变得格外美好的时候，思念也是一种美，一种雪压梅花笛声寒的凄清之美。

【国学故事】

姜夔与歌女小红的故事

元人陆友仁的《砚北杂志》说，光宗绍熙二年（公元1191年），范成大（南宋诗人）告老还乡，特地邀请姜夔到自己苏州的府邸，一道赏词作诗。姜夔暗恋范家一位名叫小红的美貌歌妓，借赏梅之际，特地创制了《暗香》、《疏影》两曲；小红心领神会，"肄习之"，音色清婉美妙。范成大赞赏不已，就将小红赠给了姜夔，让他们坐船回家。当船头驶过廿四桥时，姜夔捂箫轻吹，小红低首吟唱，以《过垂虹》诗为证："自琢新词韵最娇，小红低唱我吹箫；曲终过尽松陵路，回首烟波廿四桥。""小红低唱我吹箫"，这种惬意和幸福，羡煞多少才子！

双双燕·咏燕

史达祖

【原文】

过春社[①]了，度[②]帘幕中间，去年尘冷[③]。差池[④]欲住，试入旧巢相并。还相[⑤]雕梁藻井[⑥]，又软语[⑦]商量不定。飘然快拂花梢，翠尾分开红影[⑧]。

芳径，芹泥[⑨]雨润，爱贴地争飞，竞夸轻俊。红楼归晚，看足柳昏花暝。应自栖香正稳[⑩]，便忘了天涯芳信[⑪]。愁损翠黛双蛾[⑫]，日日画栏独凭。

【注释】

①春社：春分前后祭社神的日子叫春社。

②度：飞过。

③尘冷：指旧巢冷落，布满尘灰。

④差(cī)池：燕子飞行时，有先有后，尾翼舒张貌。《诗经·邶风·燕燕》："燕燕于飞，差池其羽。"

⑤相：细看。

⑥雕梁：雕有或绘有图案的屋梁。藻井：画着花纹的天花板。形状似井栏，故称藻井。

⑦软语：燕子的呢喃声。

⑧翠尾：燕尾。红影：指花影。

⑨芳径：花草芳芬的小径。芹泥：燕子所衔之泥。

⑩"应自"句：该当睡得香甜安稳。自：一作"是"。

⑪天涯芳信：指外出的人给家中妻子的信。

⑫翠黛：画眉所用的青绿之色。双蛾：双眉。

【经典原意】

春社已经过了，燕子穿飞在帘幕之间，屋梁上旧巢冷落，布满尘灰。双燕轻拍尾翼，欲飞又止，试着要钻进旧巢双栖。还细细察看雕梁和藻井，要选地点筑新巢。它们软语呢喃商量不定。飘飘然轻快地掠过花梢，燕尾分开了花影。

小径花草芬芳，芹泥被春雨滋润又柔又软。燕子喜欢贴地争飞，显示自身的灵巧轻便。回到红楼时天色已晚，把柳暗花暝的美景赏玩个够。该当睡得香甜安稳，以致忘了把天涯游子的芳信传递。愁坏了佳人，天天独自凭着栏杆愁眉不展。

【当代阐释】

在天愿作比翼鸟

这首词作者饱含着感情，描绘了春燕重归旧巢，软语多情，花间竞飞，轻盈俊俏的神态。也抒写了"日日画栏独凭"者所希冀和追求的那

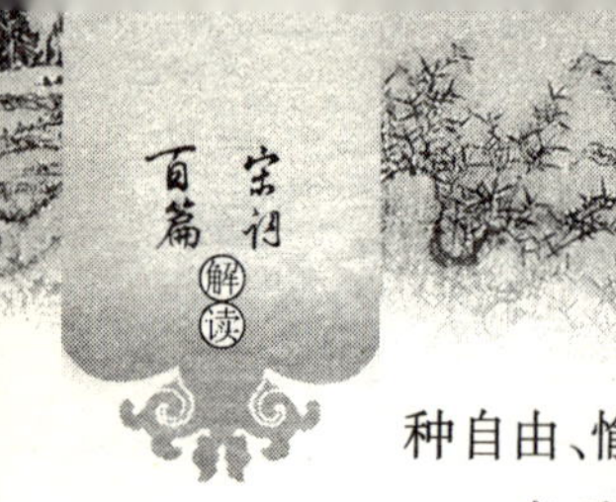

种自由、愉快、美满的生活。

春暖花开的季节，燕子由南方北归，飞入旧家帘幕，红楼华屋、雕梁藻井依旧，所不同的是空屋无人，满目尘封，不免使燕子感到有些冷落凄清。双燕欲住而又犹豫，把“雕梁藻井”仔细相视一番，又“软语商量不定”。亲昵柔和、温情脉脉，就像一对充满柔情蜜意的情侣。“商量”的结果，这对燕侣决定在这里定居下来了。于是，它们“飘然快拂花梢，翠尾分开红影”，在美好的春光中开始了繁忙紧张而又快活的新生活。它们衔来春泥，重修旧巢。“红楼归晚，看足柳昏花暝”，春光多美，而它们的生活又是多么的快乐、自由、美满。傍晚归来，双栖双息，其乐无穷。可是，这一高兴，“便忘了天涯芳信”。在双燕回归前，一位天涯游子曾托它俩给家人捎一封书信回来，它们全给忘记了！红楼思妇倚栏眺望：“愁损翠黛双蛾，日日画栏独凭”，由于双燕的疏忽害得受书人愁损盼望。

双双燕形影不离的美满生活，与思妇“画栏独凭”的寂寞生活暗暗相对；双双燕尽情游赏大自然的美好风光，与思妇“愁损翠黛双蛾”的命运暗暗相照，真是“落花人独立，微雨燕双飞”（晏几道《临江仙》）。燕子成双成对，在旖旎的春光中快乐、幸福地生活的情景，更加反衬出人的孤独与悲苦。那比翼齐飞的双双燕怎能不让人羡慕？而幸福、美满、快乐、自由的生活也正是人类永恒的追求。

齐天乐·蝉

王沂孙

【原文】

一襟余恨宫魂断[①]，年年翠阴庭树。乍咽凉柯[②]，还移暗叶，重把离愁深诉。西窗过雨。怪瑶佩[③]流空，玉筝调柱。镜暗妆残，为谁娇鬓尚如许[④]？

铜仙铅泪似洗。叹携盘去远，难贮零露。病翼惊秋，枯形[⑤]阅世，消得[⑥]斜阳几度。余音更苦。甚独抱清高，顿成凄楚。漫想熏风[⑦]，柳丝千万缕。

【注释】

①“一襟”句:喻蝉是饮恨而亡的宫女怨魂所化。据马缟《中华古今注》记载:齐后因受冤屈,非常怨恨,自杀死后,尸体变蝉。

②凉柯:秋天的树枝。

③瑶佩:以玉声喻蝉鸣声美妙,下“玉筝”同。

④“镜暗妆残”两句:谓不修饰装扮,为何还那么娇美。魏文帝宫女莫琼树制蝉鬓,缥缈如蝉。

⑤枯形:指蝉蜕。

⑥消得:经受得住。

⑦熏风:春风。

【经典原意】

宫女饮恨而亡,余恨难消。怨魂化作哀苦的鸣蝉,年年栖息在翠阴庭树。刚在寒凉的秋枝上幽咽,一会儿又移到密叶深处,再把那离愁向人们倾诉。西窗外下过一阵雨,我奇怪你的叫声好似玉佩在空中流响,又像佳人抚弄着筝柱。明镜已变得暗淡无光,你也无心打扮装束,而今又是为了谁,你的鬓发尚如此娇美?

金铜仙人去国离乡,流下的铅泪如洗,可叹她携盘远行,再也不能为你贮存清露,你残弱的双翼害怕秋天,枯槁的形骸阅尽人间的荣枯,还能经受得几次黄昏日暮?残鸣尤为凄楚,为何独自怀抱清高,一时间变得如此凄楚。追忆那逝去的春风,吹拂着柳丝千万缕。

【当代阐释】

寒蝉哀吟亡国之痛

王沂孙,宋末词人,会稽(今浙江绍兴)人。元兵入会稽,杨连真伽(西藏喇嘛教僧人,被忽必烈任命为江南释教总统,掌江南佛教事务)掘宋帝六陵,王沂孙与唐珏、周密等赋《乐府补题》,托意莲、蝉诸物,以抒愤慨,寄托亡国之恸。

这首《齐天乐·蝉》是乱世悲歌,作者借咏蝉为名,抒写家国之恨。既有对南宋朝廷的哀悼,也有个人身世之伤感,写得哀恻凄怨。

诗人目击国家的败亡，黯然神伤，所以读他的词，倍觉抑郁哽咽，表露着亡国之民无可奈何之境和吞吐难言之苦。词中凄咽的寒蝉，是失国亡家之人的象征。“宫魂”点明朝廷的崩溃。“乍咽”、“还移”是亡国之后，流徙无居、朝不保夕的生活苦境的形象写照。“为谁娇鬓尚如许”，感叹多情的秋蝉，依旧如从前般保持着娇好的容颜，实则惨败的江山，再难以恢复从前的气象了。无限的悲痛，都从“为谁”二字里出。下片，“铜仙”句，暗喻宋室南迁，如此无可奈何，却唯有一“叹”。“病翼惊秋，枯形阅世，消得斜阳几度”，自寓身世，极尽哀婉凄怆。“余音”数句，痛哭流涕，转而无语凝咽。无限沧桑之感，遗臣孤愤之心，洞然可见。结句忽作太平清明之时的漫想，回首前尘，聊作痛定之后虚渺的慰藉，本来亡国之恨，日夜缠绕，词却只在梦中最繁丽的旧时风光中结束，以乐景写哀情，何等之痛。

悲剧是把好的东西毁灭给人看。历史上每一次王朝更迭，伴随的都是对文明的摧残与毁灭。对此，文人们更是痛彻心扉。他们哀国家之亡，毋宁说是哀文化、文明之亡。陈寅恪先生有一段著名的文字“凡一种文化值衰落之时，为此文化所化之人必感苦痛，其表现此文化之程量愈宏，则其所受之苦痛亦愈甚……”以此似乎更能理解诗人的悲痛。

秋蝉的鸣声里含着多少啼哭、多少呻吟、多少挣扎、多少血泪。这样的叫声在中国古代历史上重复了上百次、上千次。不，在整个人类社会的历史上也在不断地重复着。哪里有征战，哪里有屠杀，哪里有死亡，哪里有毁灭，哪里就会有这让人不忍卒听的凄楚的蝉鸣。

解连环·孤雁

张炎

【原文】

楚江空晚。怅离群万里，恍然[①]惊散。自顾影、却下寒塘[②]，正沙净草枯，水平天远。写不成书，只寄得、相思一点。料因循误了，残毡拥雪[③]，故人心眼。

谁怜旅愁荏苒④？谩长门⑤夜悄，锦筝弹怨。想伴侣、犹宿芦花，也曾念春前，去程应转。暮雨相呼，怕蓦地、玉关重见。未羞他、双燕归来，画帘半卷。

【注释】

①恍（huǎng）然：失意的样子。恍即“恍”。

②下寒塘：崔涂《孤雁》诗：“暮雨相呼失，寒塘欲下迟。”

③残毡拥雪：苏武被匈奴强留，毡毛和雪而吞食，幸免于死。

④荏苒（rěn rǎn）：辗转，不断。

⑤长门：汉武帝时，陈皇后被打入长门冷宫。

【经典原意】

空阔的楚江天色已晚，独自怅然离群万里，与同伴失散。顾影自怜，想飞下寒塘，又迟疑流连。只见眼前草枯沙净，水平天远。单身一人无法排成字形，只能寄去一点相思，生怕耽误北地吞毡嚼雪的故人，托付我传达的一片丹心。

谁能可怜我羁旅的哀愁？长门宫中夜静悄然，有锦瑟弹奏着哀怨，料想那些离散的侣伴，依然栖宿在芦花丛中。我想他们在春天到来之前，也应该飞往南方，来与我为伴。我仿佛听到他们在暮雨中相互呼唤，怕在关河处会突然相见。想到这里，看到双燕归来，画帘半卷，我一点儿也不艳羡。

【当代阐释】

谁怜一片孤雁影

这是一只离群万里，形单影只的孤雁，正盘旋在空旷寂寥、暮色苍茫的楚江之上。楚江之“空”，愈见离群雁之“孤”；楚天之“晚”，更显离群雁之“凄冷”。它想寻找一个栖身之所，可是，寒水与暮天相接，漠漠荒沙、瑟瑟衰草，无处可以落脚。它的孤苦和哀愁，无人可以倾诉，只有顾影自怜，多么盼望能早一天飞回同伴的身边。秋风暮雨中，思归情切的孤雁，一声又一声呼叫，找寻着同伴，它要尽最后一丝力气飞到它们身边。它幻想着自己即将在"蓦然"间重见同伴，心里既喜悦、激动又有些焦躁和不安。但是，纵然旅途劳顿，备尝离群之苦，这只孤雁也绝不愿像在春日融融中翩翩归来的"双燕"（词中暗指归附元朝者）一样，寄人檐下，以博主人一笑。它孤苦得让人同情，又孤傲得令人敬佩。它的情态是宋末元初山河巨变之际，国破家亡又不愿侍奉新朝的士人们的心理写照，也是作者的自喻。

张炎（公元 1248 年—?），字叔夏，号玉田，又号乐笑翁。祖籍凤翔，寓居临安（今浙江杭州）。他是南宋中兴名将循王张俊六世孙，也是南宋著名的格律派词人，文学史上把他和另一著名词人姜夔并称为"姜张"。他与宋末著名词人蒋捷、王沂孙、周密并称"宋末四大家"。张炎出身世家，曾在贵公子的生活中悠游多年。1276 年元兵攻破临安，张炎祖父张濡被元人磔杀，家财被抄没。即落魄纵欢，在江南江北纵横千里的地方漂泊。由于不愿意北向俯首事敌，就长期寓居临安。他怀抱空狂，又恃才傲物，几乎日日花前为醉，号呼挥写，以至于后人评价他说："鼓吹春声于繁华世界，能令后三十年西湖锦秀山水，犹生清响。"。

这首《解连环·孤雁》，揉咏雁、怀人、自怜为一体，抒发了作者的家国之痛和漂泊之苦，凄婉动人。张炎也因写孤雁著名而人称"张孤雁"。

今天，我们读这首词，如果你曾经或正当没有同伴，缺少知己，独自一人置身于茫茫天地间，流离失所，经历着困苦，体验着孤独，你就能在这只孤雁身上找到自己的影子。如果你虽然孤苦，却有着自己的坚持，你就会引这只孤雁为同调。

【国学故事】

苏武牧羊

苏武（公元前 140 年—前 60 年）字子卿，杜陵（今陕西西安西南）人。公元前 100 年，匈奴政权新单于即位，汉武帝为了表示友好，派遣苏武率领一百多人，带了许多财物，出使匈奴。不料，就在苏武完成了出使任务，准备返回自己的国家时，匈奴上层发生了内乱，苏武一行受到牵连，被扣留下来，并被要求背叛汉朝，臣服单于。

最初，单于派人向苏武游说，许以丰厚的俸禄和高官，苏武严词拒绝了。匈奴见劝说没有用，就决定用酷刑。当时正值严冬，天上下着鹅毛大雪。单于命人把苏武关入一个露天的大地窖，断绝提供食品和水，希望这样可以改变苏武的信念。时间一天天过去，苏武在地窖里受尽了折磨。渴了，他就吃一把雪，饿了，就嚼身上穿的羊皮袄。过了好几天，单于见濒临死亡的苏武仍然没有屈服的意思，只好把苏武放出来了。

单于知道无论软的，还是硬的，劝说苏武投降都没有希望，越发敬重苏武的气节，不忍心杀苏武，又不想让他返回自己的国家，于是决定把苏武流放到西伯利亚的贝加尔湖一带，让他去牧羊。临行前，单于召见苏武说："既然你不投降，那我就让你去放羊，什么时候公羊生了羊羔，我就让你回到中原去。"

与同伴分开后，苏武被流放到了人迹罕至的贝加尔湖边。在这里，单凭个人的能力是无论如何也逃不掉的。唯一与苏武做伴的，是那根代表汉朝的使节和一小群羊。苏武每天拿着这根使节放羊，心想总有一天能够拿着它回到自己的国家。这样日复一日，年复一年，使节上面的装饰都掉光了，苏武的头发和胡须也都变白了。

在贝加尔湖，苏武牧羊达十九年之久。十几年来，当初下命令囚禁他的单于已去世了，就是在苏武的国家，老皇帝也死了，老皇帝的儿子继任皇位。这时候，新单于执行与汉朝和好的政策，汉昭帝立即派使臣把苏武接回自己的国家。

后来，汉朝使者到了匈奴地区，终于得知苏武依然健在，于是扬言说，汉朝的天子在上林苑中射到一只大雁，雁的脚上系着帛书，帛书中清楚地写着苏武在北方的沼泽之中。单于只好把苏武等九人送还。在昭帝始元六年，即公元前 81 年，苏武终于回到了长安。

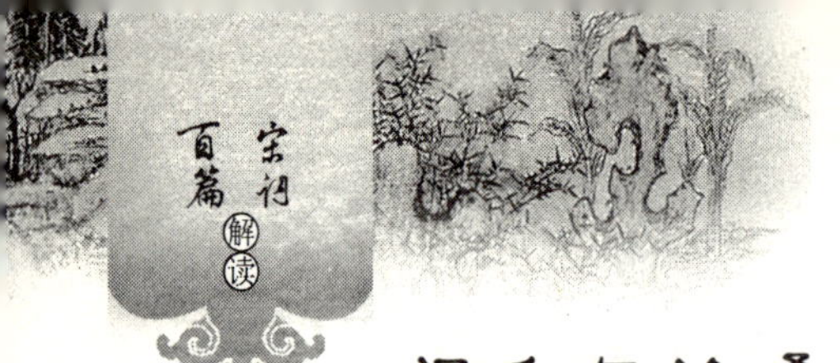

阅千年沧桑，发思古幽情
——咏史怀古词

【导读】

中华文明悠悠五千年，泱泱廿四史，历史遗迹，人物风流，源源不断地为后人怀古思今、以史为鉴提供着丰富的素材。“究天人之际，通古今之变，成一家之言”不光是司马迁这样的史学家的追求，历代的诗人们也以历史事件、历史人物为咏写对象，创作了大量的咏史怀古诗。他们常常把史实与现实联系在一起，或是评论社会时政，或是感慨个人遭遇，借古喻今。他们在对历史和社会现实的思考中投注了自己的个性体验和情感，将历史艺术化，创造出了更鲜活的历史形象。一首首咏史诗、怀古词就是诗化的历史。

有宋以来，内忧外患，危机四伏，社会矛盾重重。特别是“靖康之变”，金军攻陷北宋的都城东京，掳走宋朝的两位皇帝，宋王室南渡，偏安一隅，令无数文人士大夫扼腕。词人们心不能平，抚今追昔，写下了大量的咏史怀古词。

“大江东去，浪淘尽，千古风流人物”，苏轼面对滚滚长江，感慨历史流逝，缅怀英雄人物，写下了脍炙人口的名篇《念奴娇·赤壁怀古》，成为咏史词甚至是宋词中的绝唱。金陵古城，历经东吴、西晋、宋、齐、梁、陈六朝。这些朝代，都是短命王朝，在它们“悲恨相续”的史实中包含着深刻的历史教训，所以金陵怀古几乎成了咏史诗中的一个专题，在国运衰微之际，更成为关心政治的诗人常取的题材。王安石作为北宋时期一位有着远大抱负的政治家，他的咏史词《桂枝香·金陵怀古》反思六朝的历史兴亡，表现出对宋代现实社会危机的忧虑。周邦彦的《西河·金陵怀古》抒写了历史变迁、朝代兴亡的感慨，忧伤而沉痛。张升的《离燕亭》也是感怀六朝兴衰，落寞凄凉，引人遐想。有着“先天下之忧而忧，后天下之乐而乐”伟大理想的范仲淹，借咏史，抒发自己改革政治却徒劳无功的苦闷。生于南宋时代的辛弃疾，面对国家偏安江南，毫无图强之志的现状，借古讽今，表达对朝廷的不满……这些词沉郁顿挫，慷慨悲凉，词人们都在历史中找到了与社会现实和个人经历相契合的东西，化之为词，既有历史的沧桑与沉重，又表现了个人在时代风潮中的心境。

“俱往矣”，消逝的是王朝更替的历史，而个人在历史中的体验与感受却随着这些咏史怀古词的流传而长存，供后人揣摩、体悟。

英国哲学家培根有句名言：“读史使人明智，读诗使人聪慧”，今天我们读史与诗的结合体——咏史怀古词，想必能得到心灵与思想的双重陶冶吧。

桂枝香·金陵[1]怀古

王安石

【原文】

登临送目[2]，正故国[3]晚秋，天气初肃[4]。千里澄江似练[5]，翠峰如簇[6]。归帆去棹[7]残阳里，背西风、酒旗斜矗[8]。彩舟[9]云淡，星河[10]鹭起，画图难足[11]。

念往昔，繁华竞逐[12]。叹门外楼头，悲恨相续[13]。千古凭高[14]，对此漫嗟荣辱[15]。六朝[16]旧事随流水，但寒烟[17]衰草凝绿。至今商女，时时犹唱，《后庭》遗曲[18]。

【注释】

①金陵：地名，今江苏南京，是南朝六朝的都城。

②登临：登山临水，也指游览。送目：极目远望。

③故国：故都。

④肃：严肃，肃杀，这里指秋季天气清冷高爽。

⑤“千里”句：谢朓《晚登三山还望京邑》：“馀霞散成绮，澄江静如练。”澄江：清澈的江水。练：白色的绸子。

⑥簇：同“镞”，箭头，形容山峰峭拔挺直。

⑦归帆去棹：往来的船只。棹：船桨。

⑧斜矗：斜立着。矗：直立。

⑨彩舟：绘有彩饰的华美船只，多为游船。

⑩星河：天河，银河，这里借指秦淮河。

⑪画图难足：意即难以描画。

⑫繁华竞逐：即“竞逐繁华”，竞相追逐奢侈华靡的生活。

⑬“叹门外”句：感叹陈的灭亡。化用杜牧《台城曲》：“门外韩擒虎，楼头张丽华。”意即韩擒虎已率领隋朝军队攻到金陵城外了，陈后主还和宠妃张丽华等在结绮阁上寻欢作乐。门：即朱雀门，金陵城正南门，隋军即从此攻入金陵。楼：即陈后主为张丽华建造的结绮阁。悲恨相续：指六朝各代延续着相继灭亡的悲剧。

⑭凭高：登高。

⑮漫：徒然。嗟：感慨，感叹。荣辱：这里指兴亡。

⑯六朝：指建都金陵的吴、东晋、宋、齐、梁、陈六个朝代。

⑰但：只。寒烟：凄冷的烟云。

⑱"至今"三句：化用杜牧《夜泊秦淮》："商女不知亡国恨，隔江犹唱后庭花"诗意。商女：歌女。《后庭》遗曲：即陈后主所作的歌曲《玉树后庭花》，其辞曰："玉树后庭花，花开不复久。"当时人以为是国运不久的征兆，后人也把它看作亡国之音。

【经典原意】

登上高楼凭栏极目，金陵的景象正是一派晚秋，天气刚刚开始萧索。千里奔流的长江澄澈得好像一条白练，青翠的山峰俊伟峭拔犹如一束束的箭镞。江上的小船张满了帆迅疾驶向夕阳里，岸旁迎着西风飘拂的是抖擞的酒旗斜出直矗。彩色缤纷的画船出没在云烟之中，江中洲上的白鹭时而停歇时而飞起，这妍丽的景色就是用最美的图画也难把它画足。

回想往昔，无休止地互相竞逐豪华淫靡的生活，感叹"门外韩擒虎，楼头张丽华"的亡国悲恨接连相续。千古以来凭栏遥望，映入眼帘的景色就是如此，可不要感慨历史上的得失荣辱。六朝的风云变化全都随着流水消逝了，只有那郊外的寒冷烟雾和衰萎的野草还凝聚着一片苍绿。直到如今，商女还不知亡国的悲恨，时时放声歌唱《后庭》遗曲。

【当代阐释】

莫让六朝旧事随流水

《桂枝香·金陵怀古》是王安石在金陵登临览胜，有感于六朝盛衰旧事，以古讽今写下的名篇。其最堪玩味之处在于作者不是简单地重复装腔作势的语意，客观地感叹兴亡，而是以政治家的眼光审视历史，认为对于六朝兴亡，不能"漫嗟"，而要从政治上加以变革，汲取教训，以免重蹈覆辙。

在金陵这同一方土地上，千百年来重复了多少因贪图享乐而灭国亡身的故事！这是怎样的悲哀！在人事无常，江山依旧的对比中作者分明经历着无可奈何的痛楚。人人都知道悲剧发生的原因,人人又都在情不自禁地制造着悲剧。“至今商女,时时犹唱,《后庭》遗曲”,那支曾伴陈后主荒淫亡国的《玉树后庭花》,此时还在歌女们口中传唱。结尾处,作者以无限精警的笔触将悲古之情与对现实政治的思考相联系,使这首词具有鲜明的现实针对性,充分展示出王安石作为杰出政治家的明睿见识。

但是,王安石一人之力也无法扭转宋朝和历史上任何一个王朝一样走向衰亡的命运。悲恨相续难道是历史的宿命?这首词让我们沿着作者的思路继续思考。

剔银灯·与欧阳公席上分题[①]

范仲淹

【原文】

昨夜因看蜀志[②],笑曹操、孙权、刘备,用尽机关,徒劳心力,只得三分天地。屈指细寻思,争如共、刘伶[③]一醉。

人世都无百岁,少痴骏、老成尪悴[④]。只有中间,些子[⑤]少年,忍把浮名[⑥]牵系。一品与千金[⑦],问白发、如何回避。

【注释】

①欧阳公:指欧阳修。席上分题:指在酒席上拟定一些题目,分别赋诗填词,以助酒兴。

②蜀志:晋陈寿《三国志》之《蜀志》。

③争如:怎及得上。刘伶:西晋名士,竹林七贤之一。为人放诞,嗜酒如命。其妻劝其戒酒,刘伶假意答应,要对鬼神立誓。其妻遂备酒肴于神位前。刘伶却誓曰:“天生刘伶,以酒为名。一饮一斛,五斗解酲。妇人之言,慎不可听。”誓罢饮酒食肉,颓然大醉。

④痴骏(ái):天真无知。尪(wāng)悴:衰弱憔悴。

⑤些子:一些,有点。

⑥忍:愿意。浮名:虚名。

⑦一品:唐宋时官员的最高级别,借指权势。千金:比喻富贵。

【经典原意】

昨天夜里读《三国志》，不禁笑话起曹操、孙权、刘备来。他们用尽权谋机巧，不过是枉费心力，只闹了个天下鼎足三分的局面。与其像这样瞎折腾，还不如什么也别干，索性和刘伶一块儿喝他个酩酊大醉呢。

人生一世，总没有活到一百岁的。小的时候不懂事，老了又衰弱不堪。只有中间一点点青年时代最可宝贵，怎忍心用来追求功名利禄呢？就算作到了一品大官、百万富翁，难辞白发老年将至的命运！

【当代阐释】

牵系浮名争如一醉？

这首词以三国为题材，全篇纯用口语写成，笔调诙谐，通篇采用玩世不恭的语气写就。上片评判历史，嘲笑曹操、孙权、刘备争夺天下是白费心力，还不如像刘伶那样一醉方休。下片议论人生，认为生命中的好时光十分有限，用在争夺浮名、官位、金钱上是不值得的。

我们都知道范仲淹的名句“先天下之忧而忧，后天下之乐而乐”，现在听他发表这么“消极”的言论，一定会感到诧异。实际上它是词人因政治改革徒劳无功而极度苦闷之心境的一个雪泥鸿爪式的记录。胸中块垒难去，故须用酒浇之。愤激之际，酒酣耳热，对老友发牢骚、说醉话，颇有雪芹“满纸荒唐言，一把辛酸泪”的难言况味。另外，这位北宋重臣历尽官场风波，一生刚直不阿，我们也不应该把他的话只当作牢骚看待。其实，正因为他是一位对天下真正有责任心的政治家，才格外鄙视争权夺利。在他看来，三国争夺天下也只是大规模的争权夺利罢了。放下对名利的追求，真真正正、实实在在地为国家、社会做事似乎才是像范仲淹这样心怀天下的政治家的抱负与追求。壮志难酬，不妨一醉，也胜过那些蝇营狗苟之徒。

【国学故事】

范仲淹断齑划粥

范仲淹出生于贫苦人家，两岁丧父，由于无法维持生活，母亲不得不带着他改嫁别处。范仲淹童年读书,就非常专心。十多岁时,他住在长山醴泉寺的僧房里,昼夜苦读。每天煮一锅稀粥,等它凝固以后,用刀划成四块,早晚各取两块,切几根腌菜填肚。后世传为佳话的"断齑划粥"的故事,就是从这里来的。在范仲淹的同学中,有个南部留守的儿子,看见范仲淹每天只吃点稀粥,却不以为苦,只顾埋头学习,觉得很稀奇,回去讲给他父亲听。他父亲说:"这是个有出息的孩子。你把公厨里的食物拿一些送给他吃吧!"南部留守是声势显赫的大官,一般人得到他的馈赠,会视作莫大的光荣。范仲淹却不是这样。当南部留守的儿子奉了父命送来东西的时候,他再三推辞,争执了半天,才勉强收下。可是,过了几天,留守的儿子发现食物并没有吃掉,已经放坏了。他自然很不高兴,问范仲淹道:"家父听说你生活清苦,特地让我送了些饭菜,而你却不肯下筷,莫非认为这样做,就污了你品行吗?"范仲淹解释说:"我并非不感激令尊的厚意,只是多年吃粥,已成习惯,如今骤然享受佳肴美馔,恐怕将来吃不得苦了。"

念奴娇·赤壁怀古①

苏轼

【原文】

大江东去,浪淘尽,千古风流人物②。故垒③西边,人道是、三国周郎④赤壁。乱石穿空⑤,惊涛拍岸,卷起千堆雪⑥。江山如画,一时多少豪杰。

遥想公瑾⑦当年,小乔⑧初嫁了,雄姿英发⑨。羽扇纶巾⑩,谈笑间、樯橹灰飞烟灭⑪。故国⑫神游,多情应笑我⑬,早生华发⑭。人间如梦,一樽还酹江月⑮。

【注释】

①这首词是宋神宗元丰五年(公元 1082 年)苏轼贬官黄州(今湖北黄冈)时作的。赤壁:说法不一。苏轼所游的赤壁乃是黄州赤鼻矶,在今湖北黄冈县城外,传说是赤壁之战的赤壁。实际上曹操与孙刘联军赤壁之战的赤壁在今湖北蒲圻

县西北，长江南岸。

②风流人物：英俊杰出的人物。

③故垒：旧时的营垒。

④周郎：指赤壁之战时东吴的统帅周瑜。周瑜少年英才，年仅二十四岁就受封为建威中郎将，东吴人称之为周郎。

⑤乱石穿空：陡峭高耸的石壁像是要刺破天空。

⑥千堆雪：形容层层叠叠的白色浪花。

⑦公瑾：周瑜的字。

⑧小乔：周瑜之妻。乔：本作“桥”。《三国志·吴志》载，周瑜跟随孙策伐皖，得桥公二女，皆国色，孙策自纳大桥，周瑜纳小桥。

⑨英发：言论见识卓然不凡。

⑩羽扇纶巾：魏晋时的儒装。周瑜身为武将，却着儒装，显示其潇洒闲雅。纶巾：丝帛做的头巾，一般以青色丝帛为之，有青白织纹的，称白纶巾。

⑪樯橹：指船只，这里特指曹操的战船。樯：桅杆。橹：划船的工具。灰飞烟灭：赤壁之战中，周瑜听取部将黄盖的建议，火烧曹操战船，取得了战争的胜利。

⑫故国：故地，这里指赤壁古战场。

⑬“多情”一句：“应笑我多情”的倒装。

⑭华发：花白的头发。

⑮“一樽”一句：将酒洒在月光下的江上，借以表示对古人的凭吊。樽：酒器。酹（lèi）：洒酒表示祭奠。

【经典原意】

长江朝东流去，千百年来，所有才华横溢的英雄豪杰，都被长江滚滚的波浪冲洗掉了。那旧营垒的西边，人们说，那是三国时周郎大破曹兵的赤壁。陡峭不平的石壁插入天空，惊人的巨浪拍打着江岸，卷起千堆雪似的层层浪花。祖国的江山啊，那一时期该有多少英雄豪杰！

遥想当年的周公瑾，小乔刚刚嫁了过来，周公瑾姿态雄俊。手里拿着羽毛扇，头上戴着青丝帛的头巾，谈笑之间，曹操的无数战船在浓烟烈火中烧成灰烬。神游于故国（三国）战场，该笑我太多愁善感了，以致过早地生出白发。人的一生就像做了一场大梦，还是把一杯酒献给江上的明月，和我同饮共醉吧！

【当代阐释】

一曲超脱飞扬的生命壮歌

赤壁怀古，眼前奔腾的大江、穿空的乱石、拍岸的惊涛，不由得使人回想起历史上著名的赤壁之战。苏轼的思绪飘到了赤壁之战中叱咤风云的风流将才周瑜身上。周瑜的年轻有为，让苏轼联想到了自己的坎坷不遇，不免自嘲："多情应笑我。"语似轻淡，意却沉郁。但是，苏轼毕竟不是一介悲悲戚戚的寒儒，而是参破世间宠辱的智者，他有哲人的辽阔眼界。"大江东去，浪淘尽，千古风流人物"，既然千古风流人物也难免如此，那么一己之荣辱穷达又何足悲叹！人类既如此殊途而同归，则汲汲于一时功名，不免过于迂腐了。他在察觉到自己的悲哀后，不是像南唐李煜那样沉溺苦海，自伤心志，而是把周瑜和自己都放在整个江山历史之中进行观照。他看到了自己的政治功业无法与周瑜媲美，但上升到整个人类的发展规律和普遍命运，双方其实也没有什么大的差别。在苏轼看来，当年潇洒从容、声名盖世的周瑜现今又如何呢，不是也被大浪淘尽了吗？这样一比，苏轼便从悲哀中超脱了。"人生到处知何似，应似飞鸿踏雪泥。泥上偶然留指爪，鸿飞哪复计东西。"(《和子由渑池怀旧》)有了这样深沉的思索，遂发出"人间如梦，一樽还酹江月"的感慨。正如他在《西江月》词中所说的那样："世事一场大梦，人生几度秋凉。"消极悲观不是人生的真谛，超脱飞扬才是生命的壮歌。既然人间世事恍如一梦，何妨将樽酒洒在江心明月的倒影之中，脱却苦闷，从有限中玩味无限，让精神获得自由。其同期所作的《赤壁赋》于此说得更为清晰："惟江上之清风，与山间之明月，耳得之而为声，目遇之而成色。取之无禁，用之不竭，是造物者之无尽藏也，而吾与子之所共适也。"这种超然远想的文字，宛然是《庄子·齐物论》思想的翻版。但庄子以此回避现实，苏轼则以此超越现实。

这首词感慨古今，雄浑苍凉，大气磅礴，昂扬郁勃，把人们带入江山如画、奇伟雄壮的景色和深邃无比的历史沉思中，唤起人们对人生的感慨和思索。当我们的人生遭遇坎坷时，不妨高声吟唱这首超脱飞扬的生命壮歌："大江东去，浪淘尽，千古风流人物……"它一定会化解你心中的块垒。像词人一样乐观、旷达地面对人生，“宠辱不惊，看庭前花开花落；去留无意，望天上云卷云舒”，超越一切有限的东西，从而获得精神的无限。

【国学故事】

我词比柳七何如？

俞文豹《吹剑续录》云：“东坡在玉堂，有幕士善讴。因问：‘我词比柳七何如？’对曰：‘柳郎中词，只好合十七八女孩儿，执红牙板，歌‘杨柳岸晓风残月’。学士词，须关西大汉，执铁板，唱‘大江东去’。公为之绝倒。”

将进酒

贺铸

【原文】

城下路，凄风露，今人犁田古人墓。岸头沙，带蒹葭，漫漫昔时流水今人家①。黄埃赤日长安道，倦客无浆马无草②。开函关，掩函关，千古如何不见一人闲③？

六国扰④，三秦⑤扫，初谓商山遗四老⑥。驰单车，致缄书，裂荷焚芰接武曳长裾⑦。高流端⑧得酒中趣，深入醉乡⑨安稳处。生忘形，死忘名，谁论二豪初不数刘伶⑩？

【注释】

①“城下路”六句：写沧海桑田的变化。化用顾况《悲歌》：“边城路，今人犁田昔人墓。岸上沙，昔日流水今人家。”蒹葭：芦苇。

②“黄埃”两句：写长安道上人饥马渴的奔波劳碌。化用顾况《长安道》：“长安道，人无衣，马无草”诗意。浆：泛指饮料。

③“开函关”三句：写朝代的兴亡更迭。函关：即函谷关，在今河南灵宝县南，地势险要，是关中地区的门户，也是历来兵家必争之地。

④六国：指战国时期，函谷关以东的齐、楚、燕、赵、魏、韩六国，也指秦末农民起义时，六国王室后裔复立的六国。扰：战乱纷扰。

⑤三秦：秦朝灭亡后，项羽为阻止刘邦东出与他争霸，三分秦国故地，封给三个秦朝降将章邯、司马欣、董翳称为三秦。后用三秦代指关中地区。

⑥商山遗四老：即商山四皓，秦末汉初四个著名的隐士。秦末大乱时，东园公、绮里季、夏黄公、甪里先生隐居商山。因四人须眉皆白，故称四皓。汉朝建立之后，高祖征召，不应。后高祖欲废太子，吕后用留侯张良之计，请四皓出山辅佐太子。刘邦见四皓随侍太子，感慨道："羽翼已成矣。"遂停废太子之议。

⑦"驰单车"三句：写隐士相继接受了帝王的召请，开始奔走权门。致：送给。缄：书函。书：信。裂荷焚芰：指脱下隐士的衣服。南朝齐代隐士周颙奉诏出山做官，孔稚珪作《北山移文》讽刺他，其中有"焚芰制而裂荷衣，抗尘容而走俗状"之句，为本句所本。芰、荷：屈原《离骚》："制芰荷以为衣兮，集芙蓉以为裳。"后世遂以之为高士服饰的代称。接武：行路足迹前后相接，即细步慢行。武：脚步，足迹。曳长裾：拖着衣襟，指奔走于王侯权贵之门。邹阳《上吴王书》"饰固陋之心，则何王之门不可曳长裾乎？"裾：外衣的大襟。

⑧高流：指阮籍、陶渊明等高士。端：果真。

⑨醉乡：王绩《醉乡记》："阮嗣宗、陶渊明等十数人并游于醉乡，没身不反，死葬其壤，中国以为酒仙。"

⑩"谁论"句：谁在意别人的非议呢？二豪：贵介公子和缙绅处士，借指世俗之人。刘伶作《酒德颂》假设贵介公子和缙绅处士先是反对饮酒，后来反而被酒徒感化。不数：不赞同。

【经典原意】

城下道路上，风露凄迷，古人坟墓今已成田，有人耕犁；岸头沙边蒹葭苍苍，昔时流水，今已成陆，有人居住。黄埃弥漫，赤日炎炎的长安道上，人渴马饥。函谷关打开又关上，你争我夺，从古至今，为什么不见有人闲下来呢？

六国战乱纷扰，楚汉相争，项羽所封的那些诸侯王，也一一被扫灭。最初觉得商山四皓能看破红尘，置身局外，可是想不到他们接受了帝王的召请，脱下隐士的衣服，一个接一个拖着衣襟，奔走于王侯权贵之门。高士从酒中得到无穷的乐趣，处于安稳的醉乡。他们活着的时候不被人记得，死后也被忘掉姓名，即便如此，谁又在意世俗之人不赞同刘伶呢？

【当代阐释】

千古不见一人闲

此为怀古伤今之作。作者以愤慨、嘲弄的笔调来描写历史上那些追名逐利、蝇营狗苟、热衷权势、贪得无厌之徒，表达了自己超然物外，淡泊名利的襟怀。

沧海桑田，世事无常。劳碌奔波，到头来不过是一场空；改朝换代，富贵也不会长久。但千古以来，却很少见到有人肯闲下来，停止你争我夺的竞争。面对历史上的盛衰兴亡，前车之鉴，人们对于名位利禄，似乎应该看轻些。但是，一旦权势名利的诱饵摆在眼前时，还是有人会卑躬屈膝地情愿上钩。历史上那些真正鄙视功名利禄，不随波逐流，洁身自好的人却往往被人视为疯子。他们只能以放浪形骸、饮酒为乐的方式来对抗世俗。

一般的咏史之作，往往都是就某一历史事件、某一历史人物而生感慨，古今契合，一咏怀抱。而此词却不同凡响。它抓住带有普遍意义的历史现象来立意谋篇、抒发情怀；所咏怀抱，也并非与这一历史现象相契合，而是与之相对立。由此可见，贺铸的才情和识见是非常高的。

【国学故事】

千古醉人——刘伶

刘伶，西晋沛国人（今安徽宿县西北），字伯伦。“竹林七贤”之一。身长六尺，容貌极其丑陋，曾为建威参军。晋武帝泰始初，对朝廷策问，强调无为而治，以无能罢免。虽家庭穷困，但平生嗜酒。宣扬老庄思想和纵酒放诞之情趣，对传统“礼法”表示蔑视。罢官后的刘伶，更是日日“醉乡路稳宜频到”，终于嗜酒寿终。

《晋书》、《酒谱》讲述刘伶经常随身带着一个酒壶，乘着鹿车，一边走，一边饮酒，让人带着掘挖工具紧随车后，说：“什么时候死了，就地埋之。”

有一次，他喝醉了跟镇上的人吵架，对方生气地卷起袖子，挥拳就要打他，刘伶却很镇定从容地说：“我这像鸡肋般细瘦的身体，哪有地方可以安放老兄的拳头。”对方听了，笑了起来，终于把拳头放了下来。

刘伶曾写下《酒德颂》一首，大意是：自己行无踪，居无室，幕天席地，纵意所如，不管是停下来还是行走，随时都提着酒杯饮酒，唯酒是务，焉知其余。其他人怎么说，自己一点都不在意。别人越要评说，自己反而更加要饮酒，喝醉了就睡，醒过来也是恍恍惚惚的，于无声处，就是一个惊雷打下来，也听不见，面对泰山视而不见，不知天气冷热，也不知世间利欲感情。

明朝冯梦龙《古今笑》中也说“刘伶恒纵酒放达。或脱衣裸形在屋中，人见讥之。伶曰：‘我以天地为栋宇，屋室为裤衣。诸君何为入我裤中？’”

《世说新语·任诞·第二十三》刘伶醉酒说：有一次，他的酒病又发作得很厉害，要求妻子拿酒，他的妻子哭着把剩余的酒洒在地上，又摔破了酒瓶子，涕泗纵横地劝他说：“你酒喝得太多了，这不是养生之道，请你一定要戒了吧！”刘伶回答说：“好呀！可是靠我自己的力量是没法戒酒的，必须在神明前发誓，才能戒得掉。就烦你准备酒肉祭神吧。”他的妻子信以为真，听从了他的吩咐。于是刘伶把酒肉供在神桌前，跪下来祝告说：“天生刘伶，以酒为名；一饮一斛，五斗解酲。妇人之言，慎不可听。”说完，取过酒肉，结果又喝得大醉了。

《世说》称：“刘伶著酒德颂，意气所寄。”刘伶活在污浊的乱世，却又无力挽救当时的社会，只好放浪形骸，同时更借着酒醉的言辞行动，来表示他憎恨虚伪的道德礼教，以及自己内心对自然纯真的追求。

西河·金陵怀古

周邦彦

【原文】

佳丽地[①]，南朝[②]盛事谁记？山围故国绕清江，髻鬟对起。怒涛寂寞打孤城[③]，风樯遥度[④]天际。

断崖树，犹倒倚[⑤]。莫愁艇子曾系[⑥]。空余旧迹郁苍苍，雾沉半垒[⑦]。夜深月过女墙来，伤心东望淮水[⑧]。

酒旗戏鼓甚处市？想依稀[⑨]，王谢邻里。燕子不知何世，向寻常巷陌人家，相对如说兴亡，斜阳里[⑩]。

【注释】

①佳丽地：多美女的地方。佳丽：美女。谢朓《入朝曲》："江南佳丽地，金陵帝王州。"

②南朝：指占据江南的宋、齐、梁、陈四个朝代。

③"山围"三句：化用刘禹锡《石头城》"山围故国周遭在，潮打空城寂寞回"诗意。故国：故都，指南朝都城金陵。髻鬟：女子的发髻，这里指青山。

④风樯：风帆、桅杆，指帆船。度：同"渡"，过。

⑤"断崖树"两句：李白《蜀道难》："枯松倒挂倚绝壁。"

⑥"莫愁"句：古乐府《莫愁乐》："莫愁在何处？莫愁石城西。艇子打两桨，催送莫愁来。"莫愁：古乐府传说中的女子，一说石城（今湖北钟祥县，县西有莫愁村）人，一说洛阳人。因金陵城西有莫愁湖，诗人又误以石城为石头城（金陵别称），故咏金陵诗词中常言及莫愁。艇子：船夫。艇：轻便小船。

⑦垒：指旧时的营垒。

⑧"夜深"两句：化用刘禹锡《石头城》"淮水东边旧时月，夜深还过女墙来"诗意。女墙：城墙上面呈凹凸形的小墙。

⑨依稀：仿佛。

⑩"王谢"六句：化用刘禹锡《乌衣巷》"旧时王谢堂前燕，飞入寻常百姓家"诗意。王谢邻里：王谢两家居住的地方，即乌衣巷。王谢：六朝时的两个高门世族。邻里：古代基层的组织单位名。巷陌：街道的通称。

【经典原意】

金陵自古以来就是佳丽地，那南朝的盛事还有谁记得？青山围绕着旧都环绕长江两岸，对峙的山峰像美人头上的髻鬟，怒卷的狂涛拍打着空旷的孤城，船儿风帆高悬驶向遥远天际。

断崖上的古老树木，依然倒挂于绝壁，莫愁姑娘的船儿曾经牵系在这里。历史留下的旧迹都已经苍苍灰暗，浓雾埋没了半边城的营

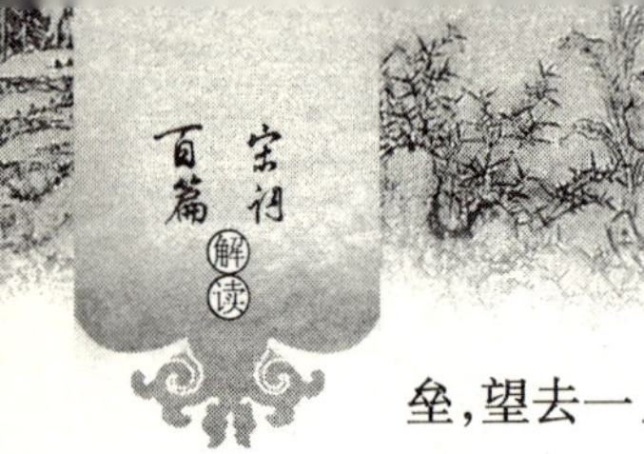

垒，望去一片苍青。深夜月亮越过城上的矮墙，伤心东望秦淮河的流水。

往日的酒楼戏馆都在哪里？想那冷落的街巷，或许就是当年豪门贵族的故居。燕子不知现在是何朝代，它们飞向寻常街巷人家，好像在诉说古都的兴亡，相对呢喃细语在斜阳里。

【当代阐释】

一曲忧伤的历史挽歌

有人说过，真正的文学，目的不在于解决问题，更重要的是提出问题。周邦彦的《西河·金陵怀古》是宋代咏史词中的名篇。这首词以六朝故都金陵为怀写对象，通过对今日凄清景物的描摹，抒发了历史变迁、朝代兴亡的感慨。周邦彦在《金陵怀古》中提出了一个古老而永恒的话题——生命有限哪堪面对历史兴亡的洪流。人生是有限的，历史却是从不停歇的，曾经的南朝佳丽地，如今却落寞孤单，那些所有证明曾经辉煌的历史遗迹，都斑驳陆离，暮霭沉沉，无论是闹市还是豪门，都逃不过时间的判决。最终一轮斜阳，两只飞燕，诗人把关于历史的思考捧给了我们，也许这首词最终并没有让我们看到任何对生命或历史的解决对策，但它却带来了比解决问题更多的美感——那是一种忧伤，一种寂寞，一种在对历史的回忆中体会到的重量。

《西河·金陵怀古》以参差不齐的句法，抑扬顿挫的音调，以及美丽的词句，清旷的境界，沉郁悲壮的风格，使壮美与优美融为一体，因怀古而满载历史的深邃和沧桑的美感。也许《西河·金陵怀古》并不能满足我们对历史的回忆，也许他对历史的理解更不够理性，但周美成就是文人，不是政治学家、哲学家，甚至也不是历史学家。他很留恋，却也无奈；很单纯，但很深刻；很怀念，也很失望；很美丽，又很伤痛……承载着中国文人特有的深情与忧伤，眷恋着浩瀚却无可挽留的历史。

【国学故事】

乌衣巷的兴衰

乌衣巷历史悠久。据史书记载，其名源于三国时期。公元229年，孙权称帝，国号“吴”，史称东吴。当年秋七月，孙权将都城由武昌迁南京，取“建功立业”之意，将南京改为建业。当时，孙权的兵士们都是穿黑衣，驻军之地就称为乌衣营。

公元280年，晋军攻占建业，孙皓投降，吴亡，改建业为建邺(南京城内有一个区就叫建邺区)。

公元290年，晋武帝死，皇宫和诸王争夺权力，互相残杀，酿成八王之乱。公元307年，晋怀帝司马炽任命琅邪王司马睿为安东将军，管理扬州、江南等地，公元316年，当时的皇帝司马邺被俘，西晋灭亡。次年，司马睿被推戴为皇帝，定都建康，即现在的南京。

司马睿之所以能立足于建业，顺利重组政权，使晋王朝得以再延，系得力于王导的谋划和周旋，以王导为代表的王氏家族和以谢安为代表的谢氏家族都居住在孙吴乌衣营旧址，此时的乌衣营已改称为“乌衣巷”。

唐代诗人刘禹锡的《乌衣巷》有“旧时王谢堂前燕，飞入寻常百姓家”句，感慨的就是居住在这条古巷的两个显赫的宰相家族：一是王导，辅佐创立了有百年历史的东晋王朝；另一位是谢安，指挥淝水之战，以少胜多，打败苻秦百万大军。作为一代名相，王、谢足以令后人追怀，更令人惊奇的是，王、谢家族人才辈出，他们居住的这条古巷，还有“王家书法谢家诗”的风采。王羲之与另外两位大书法家王献之、王洵，书法成就登峰造极。谢灵运是中国山水诗派的鼻祖，他与谢氏后裔的大诗人谢惠连、谢朓，在文学史上并称“三谢”。

王、谢两户大家族在乌衣巷居住了三百年，出现了一批对晋朝的历史产生过深远影响的人物，历朝历代都有两大家族的人物参与重要政治事件，对历史产生了相当大的影响。

公元589年，隋灭陈，隋文帝下令将“建康城邑平荡耕垦”。一时间，六朝豪华的宫阙、殿宇破坏殆尽，乌衣巷的繁华也随之烟消云散。

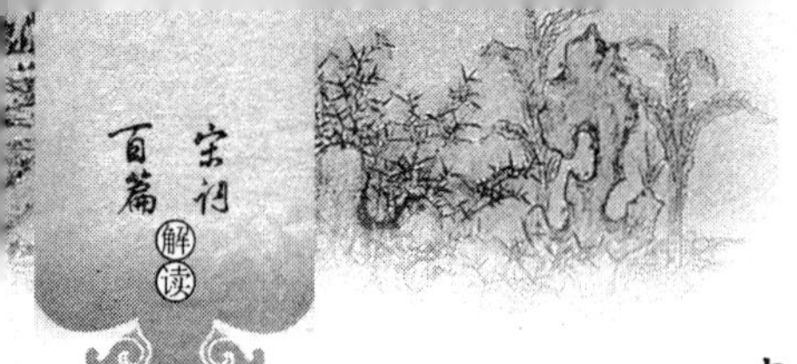

喜迁莺·晋师胜淝上①

李纲

【原文】

长江千里，限②南北，雪浪云涛无际。天险难逾③，人谋克壮④，索虏⑤岂能吞噬！阿坚百万南牧⑥，倏忽⑦长驱吾地。破强敌，在谢公处画，从容颐指⑧。奇伟！

淝水⑨上，八千戈甲⑩，结阵当蛇豕⑪。鞭弭周旋⑫，旌旗麾动⑬，坐却北军风靡⑭。夜闻数声鸣鹤，尽道王师将至⑮。延晋祚，庇烝民，周雅何曾专美⑯。

【注释】

①这首词作于南宋初年，是李纲咏史组词之一。这组词尚存七首，另外六首所咏皆是击败外族入侵或中兴王室的历史故事。其目的即是劝谏宋高宗抗击金军，中兴赵宋王朝。本首所咏是著名的淝水之战。东晋孝武帝太元八年（公元383年），东晋以数万军队，在淝水大破前秦的九十万大军，保障了东晋的安全。

②限：隔断。相传曹丕观望长江时曾说："此天之所以限南北。"

③天险：天然的险阻，指长江。逾：越过。

④谋：策略，谋略。克：能够。壮：宏伟远大。

⑤索虏：也叫索头、索头虏，是南朝对北方诸族的蔑称，因其编发为辫，故称。

⑥阿坚：前秦王苻坚。百万：当时前秦军队号称有百万。南牧：到南方放牧，这里指攻打南方的东晋。

⑦倏忽：迅疾。

⑧谢公：指领导抗击前秦的东晋宰相谢安，《晋书·谢安传》载，淝水之战的捷报传到时，谢安正与客人下棋。看过信之后，便随手放在床上，了无喜色，照旧下棋。客人问他，他轻描淡写地说："小儿辈遂已破贼。"处画：处理谋划。颐指：以面部表情示意指使人，原来形容气焰之盛，这里形容从容镇定。颐：腮，下颌。

⑨淝水：又名肥水，发源安徽合肥西北，注入淮河。以下六句写谢玄等率八千精兵渡过淝水与秦军决战的场面。

⑩戈甲：武器和盔甲，代指士卒。

⑪当：抵挡，抗击。蛇豕：指前秦军队。豕：猪。

⑫弭:没有装饰的弓。周旋:交战,追逐。《国语·晋语四》:"左执鞭弭,右属櫜鞬,以与君周旋。"

⑬旌旗:旗帜的统称。麾动:指挥,挥动。

⑭"坐却"一句:言轻易地击退敌人。却:退,击退。风靡:随风而倒,指秦军望风披靡。

⑮"夜闻"两句:《晋书·谢玄传》载,秦军"弃甲宵遁,闻风声鹤唳,皆以为王师已至"。王师:指东晋军队。

⑯"延晋祚"三句:言谢安延长东晋国运,庇护黎民百姓的功绩,即使《诗经》二雅歌颂的宣王中兴,也不能专美于前。祚:国运,皇位。烝(zhēng)民:黎民,众民。《诗经·大雅·烝民》赞美了仲山甫辅佐周宣王中兴的政绩。周雅:即《诗经》的《大雅》、《小雅》,其中一些诗篇赞美了尹吉甫、召公虎等讨伐猃狁、淮夷,辅佐宣王中兴的功绩。

【经典原意】

长江雪浪,滚滚滔滔,千里奔腾,一泻而下,阻隔南北。天险难以越过,再加上人的深谋远略,北方索虏,岂敢吞噬我们的土地?苻坚率百万之众长驱直入攻打东晋。迎战强敌,谢宰相处理谋划,指挥如意。

淝水之上,八千铁甲士卒,结阵抵挡前秦军队,鞭弓交战,旗帜挥动,稳坐击退敌兵,使他们望风披靡。夜闻风声鹤唳,都说是王朝的军队将要到来。谢丞相延长了东晋国运,庇护黎民百姓,即使《诗经》二雅歌颂的宣王中兴,也不能专美于前。

【当代阐释】

企盼王师收失地

全词从长江天险写起,指出既凭天险,又重人谋,何惧"索虏"!接着以主要篇幅描述了淝水之战晋胜秦败的过程及其值得借鉴的历史意义:强大的敌人并不可怕,只要弱小的一方敢于斗争,"人谋克壮",就可以打败他。词还突出了东晋宰相谢安"从容颐指"的作用。曾担任宋高宗宰相的李纲多么希望自己能起到类似谢安那样的作用,可惜他没有这样的机会。他写这首词,意在讽喻宋高宗以古为鉴,须知少可以胜多，弱可以胜强，强敌不足畏，全在“人谋克壮”。应痛下决心，北伐中原，收复失地。

词中激烈紧张的战争场面的描述背后，分明是作者的一颗急于奔赴疆场，杀敌报国之心。只可惜，他的满腔热血只能在对历史上酣畅淋漓的战争的想象中沸腾。现实中，统治者的懦弱和无能只能让他心有余而力无处使。“一个没有英雄的民族是可悲的民族，一个有了英雄而不崇敬英雄的民族更是可悲的民族。”在南宋，多少英雄的血就是在英雄无用武之地的无奈中渐渐冷去。

【国学故事】

李纲守东京

金太宗灭了辽国之后，借口宋朝收留了一名辽国逃亡的将领，兵分两路进攻北宋。西路由宗翰（又名粘罕）率领，攻打太原；东路由宗望（又名斡离不）率领，攻打燕京。两路大军约定在东京会师。

前线的告急文书像雪片一样飞到北宋朝廷。金太宗又派出使者到东京，胁迫北宋割地称臣。满朝文武大臣吓得不知该怎么办，只有太常少卿（掌管礼乐和祭祀的官）李纲坚决主张抵抗金兵。

西路金兵攻下燕京，宋将郭药师投降。金将宗望叫郭药师做向导，领兵南下，直取东京。

宋徽宗看到形势危险，又气又急，拉住一个大臣的手说：“唉，没想到金人会这样对待我。”话没说完，一口气塞住喉咙，昏厥过去，倒在床上。大臣们手忙脚乱地把他扶起，把太医请来灌药急救，总算把他救醒过来。他向左右侍从要了纸笔，写下了“传位东宫”的诏书，宣布退位。不久，他带着二万亲兵逃出东京，到亳州（今安徽亳县）避难去了。

太子赵桓即位，就是宋钦宗。宋钦宗把李纲提升为兵部侍郎，并且下诏亲自讨伐金兵。其实，宋钦宗并不比他父亲强多少，他做了一番表面文章，心里却七上八下没主意。

宋军在前线接连打败仗，东京吃紧起来，宰相白时中、李邦彦两人劝宋钦宗逃跑，宋钦宗也动摇了。

李纲得知这个消息，立刻求见宋钦宗，说："太上皇（指宋徽宗）传位给皇上，正是希望陛下能留守京城，陛下怎么能走呢？"

宋钦宗还没开口，宰相白时中先搭了腔，说："敌军声势浩大，哪能守得住？"

李纲驳斥说："天下的城池，没有比京城更坚固的。再说，京城是国家的中心，文武百官集中在这里，只要皇上督率抗战，哪有守不住的道理？"

旁边有个宦官也嘟嘟囔囔说东京的城池不牢固，抵挡不住金兵进攻。宋钦宗叫李纲视察城池。李纲去了一会儿，回来说："我视察过了，城楼又高又坚固，护城河虽然浅狭一些，只要安下精兵强弩，不愁守不住。"接着，他还提出许多防守措施，要钦宗团结军民，共同坚守，等各地援军到来，就组织反攻。

宋钦宗还有点犹豫，说："那么，谁能担当守城的重任呢？"

李纲把目光向大臣们扫视了一下，说："国家平时用高官厚禄供养官员，就是为了危急的时候要大家出力。白时中、李邦彦身为宰相，应当担当起守城的责任。"

白时中、李邦彦在旁边听了，急得直翻白眼。白时中气急败坏地嚷道："李纲你说得好听！你能打仗吗？"

李纲神色从容地说："如果陛下不嫌我没有能耐，派臣带兵守城，臣甘愿用生命报答国家！"

宋钦宗看李纲态度坚决，就派他负责全线防守。

白时中等和一批宦官并不死心，等李纲一走，又偷偷劝钦宗逃跑。第二天一早，李纲上朝的时候，只见禁军列队在皇宫两边，车马仪仗都已经准备停当，只等钦宗上车出发。

李纲大为恼火，厉声对禁军将士说："你们到底愿意守卫京城，还是想逃跑？"

将士们齐声回答说："愿意保卫京城！"

李纲和禁军将领一起进宫，对宋钦宗说："禁军将士的家属都在东京，不愿离开。如果强迫他们走，万一半路上逃散，敌人追来，谁来保

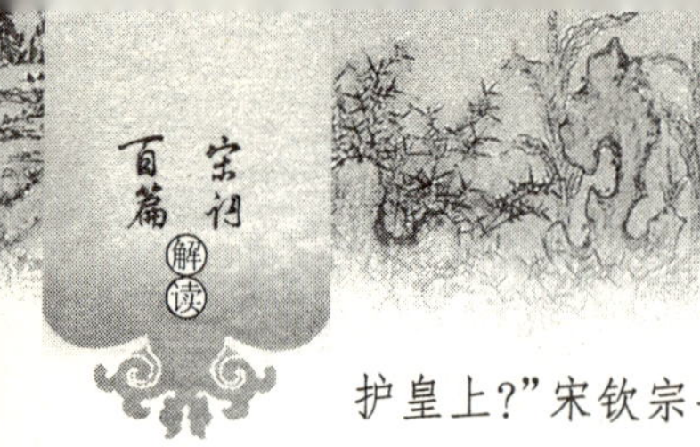

护皇上?"宋钦宗一听逃跑也有风险,才不得不留下来。

李纲立刻出宫向大家宣布:"皇上已经决定留守京城,以后谁再提逃跑,一律处斩。"兵士们听了,激动地欢呼起来。

李纲稳住了宋钦宗,就积极准备防守,在京城四面都布置好强大的兵力,配备好各种防守的武器;还派出一支精兵到城外保护粮仓,防止敌人偷袭。

过了三天,宗望率领的金兵已经到了东京城下。他们用几十条火船,从上游顺流而下,准备火攻宣泽门。李纲招募敢死队兵士两千人,在城下列队防守。金军火船一到,兵士们就用挠钩钩住敌船,使它没法接近城墙。李纲又派兵士从城上用大石块向火船投掷,石块像冰雹一样泻了下来,把火船打沉了,金兵纷纷落水。

宗望眼看东京城防坚固,一下子攻不下来,就派人通知北宋,答应讲和。宋钦宗和李邦彦一伙人早想求和,立刻派出使者到金营谈判议和条件。

宗望一面向北宋提出苛刻条件,一面加紧攻城。李纲亲自登上城楼,指挥作战。金兵用云梯攻城,李纲就命令弓箭手射箭,金兵纷纷应弦倒下。李纲又派几百名勇士沿着绳索吊到城下,烧毁了金军的云梯,杀死几十名金将。金兵被杀死的、落水淹死的不计其数。

正当李纲指挥将士拼死抵抗的时候,宋钦宗的使者带来了金营的议和条件。李纲的努力便付诸东流。

(摘编自《中华上下五千年》,光明日报出版社 2003 年 11 月)

南乡子·登京口北固亭有怀[①]

辛弃疾

【原文】

何处望神州[②]? 满眼风光北固楼。千古兴亡多少事? 悠悠[③],不尽长江滚滚流[④]。

年少万兜鍪[⑤],坐断东南战未休[⑥]。天下英雄谁敌手? 曹刘[⑦]。生子当如孙仲谋[⑧]。

【注释】

①这首词作于辛弃疾任镇江知府，镇守京口时。京口：即今江苏镇江。三国孙吴曾在此建都，后迁都建业，在此设京口镇。北固亭：又名北固楼，在镇江城北的北固山上，下临长江，地势险要。晋蔡谟所筑，梁武帝时改称北顾亭。

②神州：这里指沦陷的北方中原地区。

③悠悠：漫长久远。

④不尽长江滚滚流：杜甫《登高》："无边落木萧萧下，不尽长江滚滚来。"

⑤"年少"句：赞美孙权小小年纪便统率千军万马。年少：孙权继承父兄事业时年仅十九岁，故曰"年少"。万兜鍪(móu)：千军万马。兜鍪：头盔，代指士兵。

⑥坐断：占据。休：停止。

⑦"天下"两句：能与孙权匹敌的英雄，只曹操、刘备而已。《三国志·蜀志·先主传》载，曹操与刘备论天下英雄，说："今天下英雄惟使君(指刘备)与操耳。"后来《三国演义》里"青梅煮酒论英雄"即是由此而来的。

⑧仲谋：孙权的字。《三国志·吴志·吴主传》注引《吴历》载，曹操曾经与孙权对垒，见其舟船、器杖、军伍整齐严肃，喟然叹曰："生子当如孙仲谋，刘景升儿子若豚犬耳。"

【经典原意】

什么地方可以望见中原呢？北固楼上，满眼都是美好的风光，却望不见中原。从古到今，有多少国家兴亡大事呢？时间太漫长了。只有长江水滚滚东流，没有尽头。多少兴亡大事都已经过去了。

当年孙权小小年纪便统率千军万马，占据东南，坚持抗战。天下英雄谁是孙权的对手呢？只有曹操和刘备而已。就难怪曹操说："生子当如孙仲谋。"

【当代阐释】

呼唤英雄

辛弃疾在宋宁宗嘉泰三年(公元1203年)六月被起用为知绍兴府兼浙东安抚使后不久，即第二年的阳春三月，改派到镇江去做知府。镇江，在历史上曾是英雄用武和建功立业之地，此时成了与金人对垒的第二道防线。每当他登临京口(即镇江)北固亭时,触景生情,不胜感慨。这首词就是在这一背景下写成的。

作者站在长江之滨的北固楼上,翘首遥望江北金兵占领区,大有风景不再、山河变色之感,更加引起对中原故土的怀念。收回遥望的视线,看这北固楼近处的风物,想当年,这里金戈铁马,曾演出多少惊天动地的历史戏剧!北固楼的"满眼风光",那壮丽的自然山水里似乎隐隐弥漫着历史的烟云,这不禁引起了词人千古兴亡之感。他想到了三国时期年少有为,坐断江南的孙权。他称赞孙权能身经百战守住东南,实质上是在隐讽南宋统治者的屈辱求和,以致丧失中原。他写孙权的英勇战斗,也是在暗暗地谴责南宋主和派的昏庸怯懦。同时对孙权的赞扬和肯定,也表现出辛弃疾收复中原,统一中国的强烈愿望。

南宋时代人,如此看重孙权,实是那个时代特有的社会心理的反映。因为南宋朝廷实在太萎靡庸碌了,在历史上,孙权能称雄江东于一时,而南宋经过了好几代皇帝,竟没有出一个像孙权一样的人!所以,"生子当如孙仲谋"这句话,本是曹操的语言,现在由辛弃疾口中说出,却是代表了南宋人民要求奋发图强的时代的呼声。

【国学故事】

青梅煮酒论英雄

一日,关、张不在,玄德正在后园浇菜,许褚、张辽引数十人入园中曰:"丞相有命,请使君便行。"玄德惊问曰:"有甚紧事?"许褚曰:"不知。只教我来相请。"玄德只得随二人入府见操。操笑曰:"在家做得好大事!"唬得玄德面如土色。操执玄德手,直至后园,曰:"玄德学圃不易!"玄德方才放心,答曰:"无事消遣耳。"操曰:"适见枝头梅子青青,忽感去年征张绣时,道上缺水,将士皆渴;吾心生一计,以鞭虚指曰:'前面有梅林。'军士闻之,口皆生唾,由是不渴。今见此梅,不可不赏。又值煮酒正熟,故邀使君小亭一会。"玄德心神方定。随至小亭,已设樽俎:盘置青梅,一樽煮酒。二人对坐,开怀畅饮。酒至半酣,忽阴云漠漠，骤雨将至。从人遥指天外龙挂，操与玄德凭栏观之。操曰："使君知龙之变化否？"玄德曰："未知其详。"操曰："龙能大能小，能升能隐；大则兴云吐雾，小则隐介藏形；升则飞腾于宇宙之间，隐则潜伏于波涛之内。方今春深，龙乘时变化，犹人得志而纵横四海。龙之为物，可比世之英雄。玄德久历四方，必知当世英雄。请试指言之。"玄德曰："备肉眼安识英雄？"操曰："休得过谦。"玄德曰："备叨恩庇，得仕于朝。天下英雄，实有未知。"操曰："既不识其面，亦闻其名。"玄德曰："淮南袁术，兵粮足备，可为英雄？"操笑曰："冢中枯骨，吾早晚必擒之！"玄德曰："河北袁绍，四世三公，门多故吏；今虎踞冀州之地，部下能事者极多，可为英雄？"操笑曰："袁绍色厉胆薄，好谋无断；干大事而惜身，见小利而忘命，非英雄也。"玄德曰："有一人名称八俊，威镇九州，刘景升可为英雄？"操曰："刘表虚名无实，非英雄也。"玄德曰："有一人血气方刚，江东领袖——孙伯符乃英雄也？"操曰："孙策藉父之名，非英雄也。"玄德曰："益州刘季玉，可为英雄乎？"操曰："刘璋虽系宗室，乃守户之犬耳，何足为英雄！"玄德曰："如张绣、张鲁、韩遂等辈皆何如？"操鼓掌大笑曰："此等碌碌小人，何足挂齿！"玄德曰："舍此之外，备实不知。"操曰："夫英雄者，胸怀大志，腹有良谋，有包藏宇宙之机，吞吐天地之志者也。"玄德曰："谁能当之？"操以手指玄德，后自指，曰："今天下英雄，惟使君与操耳！"玄德闻言，吃了一惊，手中所执匙箸，不觉落于地下。时正值天雨将至，雷声大作。玄德乃从容俯首拾箸曰："一震之威，乃至于此。"操笑曰："丈夫亦畏雷乎？"玄德曰："圣人迅雷风烈必变，安得不畏？"将闻言失箸缘故，轻轻掩饰过了。操遂不疑玄德。后人有诗赞曰："勉从虎穴暂趋身，说破英雄惊杀人。巧借闻雷来掩饰，随机应变信如神。"知天雨方住，见两个人撞入后园，手提宝剑，突至亭前，左右拦挡不住。操视之，乃关、张二人也。原来二人从城外射箭方回，听得玄德被许褚、张辽请将去了，慌忙来相府打听；闻说在后园，只恐有失，故冲突而入。却见玄德与操对坐饮酒。二人按剑而立。操问二人何来。云长曰："听知丞相和兄饮酒，特来舞剑，以助一笑。"操笑曰："此非鸿门会，安用项庄、项伯乎？"玄德亦笑。

操命:“取酒与二樊哙压惊。”关、张拜谢。须臾席散,玄德辞操而归。云长曰:“险些惊杀我两个!”玄德以落箸事说与关、张。关、张问是何意。玄德曰:“吾之学圃,正欲使操知我无大志;不意操竟指我为英雄,我故失惊落箸。又恐操生疑,故借惧雷以掩饰之耳。”关、张曰:“兄真高见!”(摘自《三国演义》)

六州歌头

刘过

【原文】

镇长淮,一都会,古扬州①。升平②日,珠帘十里春风,小红楼③。谁知艰难去,边尘④暗,胡马⑤扰;笙歌散,衣冠渡⑥,使人愁。屈指细思,血战成何事,万户封侯⑦。但琼花无恙⑧,开落几经秋。故垒⑨荒丘,似含羞。

怅望金陵⑩宅,丹阳⑪郡,山不断,郁绸缪⑫。兴亡梦,荣枯泪,水东流,甚时⑬休?野灶炊烟里,依然是宿貔貅⑭。叹灯火,今萧索,尚淹留⑮。莫上醉翁亭⑯,看濛濛雨,杨柳丝柔。笑书生无用,富贵拙身谋⑰,骑鹤⑱来游。

【注释】

①“镇长淮”三句:写扬州地理位置的重要。镇:守护,镇守。长淮:淮河。

②升平:太平。

③“珠帘”两句:杜牧《赠别二首》其一:“春风十里扬州路,卷上珠帘总不如。”

④边尘:战士驰逐原野带起的风沙尘土,泛指战争。

⑤胡马:北方胡地的马匹,这里指金军。

⑥衣冠渡:官绅士大夫南渡逃命。衣冠:士大夫的穿戴,亦用作士大夫的代称。

⑦“万户”句:即“封万户侯”的倒文。万户侯:食邑万户的侯。

⑧但:只有。琼花:一种珍异的花木,古代以洛阳、扬州所产最著名。旧时扬州后土祠有琼花一株,相传是唐朝时所植。无恙:安全,完整。恙:忧虑,疾病。

⑨故垒：旧时的营垒。

⑩金陵：京口在唐时也称金陵。

⑪丹阳：唐代天宝年间，以京口为丹阳郡。

⑫绸缪（móu）：紧密缠绕。

⑬甚时：何时。

⑭貔貅（pí xiū）：猛兽名，比喻勇猛的军队。

⑮淹留：滞留，停留。

⑯醉翁亭：古迹名胜，在今安徽滁县西南，宋代僧人智仙建，欧阳修为滁州太守时曾在这里饮宴。因其自号醉翁，因名亭为醉翁亭。这里指欧阳修在扬州建的平山堂，其《朝中措》词曰："手种堂前垂柳，别来几度春风。"

⑰"富贵"句：是说才智短拙，不能谋得功名富贵。

⑱骑鹤：殷芸《小说》："有客相从，各言所志：或愿为扬州刺史，或愿多赀财，或愿骑鹤上升。其一人曰：'腰缠十万贯，骑鹤上扬州。'欲兼三者。"

【经典原意】

镇守长淮的大都会便是扬州。记得当年兴盛太平之日，十里春风卷珠帘，排排小红楼。谁知起了战事，胡马来侵扰，笙歌散去，文人们竞相南渡，使人忧愁。弯着指头细细思量，战士血战成就了什么事，不过是万户封侯罢了。只有琼花没有变化，花开花落已经度过了几个秋天。旧时的营垒荒丘对此也怀着羞惭。

惆怅地望着金陵的宫室，丹阳郡，群山连绵不断，紧密缠绕。兴亡之梦，为荣枯而流的眼泪，像东流之水，绵绵不绝，什么时候才能停止啊。野灶炊烟里，依然住着像貔貅一样勇猛的军队。感叹灯火，这么萧索，还停留不去。不要上醉翁亭，看濛濛细雨，杨柳如丝般柔顺。笑书生没有用，不能谋得功名富贵，骑鹤来这里闲游。

【当代阐释】

笑书生无用

刘过是布衣之士，但他一生关心北伐，热衷于祖国的统一。加之他又以词名天下，所以宋史称他为"天下奇男子，平生以气义撼当世。"

这首词是刘过在扬州的感怀之作。前半阕通过对比的手法铺写了“珠帘十里春风”的扬州经过战火之后的破败凄凉景象。流露出词人沉痛的故国之情。后半阕由景物描写转入直接抒情，怀古伤今之中抒发了国事兴亡和个人的身世浮沉之感。词中揭露出将士们浴血奋战的结果只是将军们的“万户封侯”，一般的官吏只知道谋取个人功名富贵的黑暗现实。词中流露出作者对于自己不能以身报国的愤懑之情，表现出一个平民知识分子忧国忧时的情怀。

扬州慢

姜夔

【原文】

淳熙丙申正日，予过维扬。夜雪初霁，荠麦弥望。入其城，则四壁萧条，寒水自碧。暮色渐起，戍角悲吟。予怀怆然，感慨今昔，因自度此曲。千岩老人以为有《黍离》之悲也。

淮左①名都，竹西②佳处，解鞍少驻初程。过春风十里③，尽荠麦青青。自胡马窥江④去后，废池乔木，犹厌言兵。渐黄昏、清角吹寒，都在空城。

杜郎⑤俊赏，算而今、重到须惊。纵豆蔻词工，青楼梦⑥好，难赋深情。二十四桥⑦仍在，波心荡冷月无声。念桥边红药⑧，年年知为谁生。

【注释】

①淮左：宋在苏北和江淮设淮南东路和淮南西路，淮南东路又称淮左。

②竹西：扬州城东一亭名，景色清幽。

③春风十里：借指昔日扬州的最繁华处。

④胡马窥江：1129 年和 1161 年，金兵两次南下，扬州都遭惨重破坏。这首词作于 1176 年。

⑤杜郎：唐朝诗人杜牧，在扬州他以诗酒轻狂著称。

⑥青楼梦：杜牧《遣怀》，“十年一觉扬州梦，赢得青楼薄幸名。”

⑦二十四桥：在扬州西郊，传说有二十四美人吹箫于此。

⑧桥边红药：二十四桥又名红药桥，桥边生红芍药。

【经典原意】

淳熙年丙申月冬至这天，我经过扬州。夜雪初晴，放眼望去，全是荠草和麦子。进入扬州，一片萧条，河水碧绿凄冷，天色渐晚，城中响起凄凉的号角。我内心悲凉，感慨于扬州城今昔的变化，于是自创了这支曲子。千岩老人认为这首词有《黍离》的悲凉意蕴。

扬州是淮河东边著名的大都，在竹西亭美好的住处，解下马鞍稍微停留，这是最初的路程。春风吹遍了扬州十里，都是荠菜麦子一派青青。自从金兵进犯长江回去以后，荒废了池苑，伐去了乔木，至今还讨厌说起旧日用兵。天气渐渐进入黄昏，凄凉的画角吹起了冷寒，这都是在劫后的扬州城。

杜牧有卓越的鉴赏，料想今天，重来此地一定吃惊。即使“豆蔻”词语精工，青楼美梦的诗意很好，也很难表达出深厚的感情。二十四桥仍然还在，但桥下江中的波浪浩荡，凄冷的月色，处处寂静无声。怀念桥边的红芍药花，每一年可知道它为什么人开花繁生？

【当代阐释】

战争：文明的毁灭

战争是对文明的摧毁，不管是正义的还是非正义的，破坏、毁灭、劫难总是与战争如影随形。姜夔的这首《扬州慢》向我们展示的就是历史上著名的“扬州浩劫”的惨状——侵略战争对一座古老的文明都市的摧残。

词人长途远行路过扬州，因为扬州是繁华昌盛的历史名城，风景秀丽的游览胜地，自然要解鞍暂停，下马观赏。而看到的不是“名都”的繁华，“佳处”的秀丽，而是萧条的惨相：十里长街，“尽荠麦青青”，一片凄凉。为什么过去盛极一时的名都扬州，现在却如此荒凉？原来是女真贵族于宋高宗建炎三年（公元 1129 年）和绍兴三十一年（公元

1161 年)两次猖狂南犯,两淮之地尽失,扬州遭受极大破坏。虽然战祸已过,但是兵火留下的残破景象,久久不能消除。据史书记载,宋孝宗乾道六年(公元 1170 年),江淮东路的农田,荒芜的还有四十万亩以上。连年战争给人民带来了深重的灾难,以致时过境迁"废池乔木"、"犹厌言兵"。陈廷焯在《白雨斋词话》中说:"'犹厌言兵'四字,包括无限伤乱语,他人累千百言,亦无此韵味。"战争给人们造成的心灵创伤可见一斑。"渐黄昏、清角吹寒,都在空城",黄昏时的扬州城更是凄凉之至。

看到这破败悲惨的一幕,词人不禁抚今追昔。昔日扬州的繁华,曾有多少词人、骚客歌咏过它,并留下传诵千古的名篇佳作,也曾吸引过多少风流才子到此冶游,并留下了不少奇闻逸事。其中唐代诗人杜牧的事和诗最传人口。所以词人设想,如果杜牧还活着,他若重游扬州,看到眼前的惨状,必定会大为吃惊。即使像杜牧那样善于状物抒情的名家,即使用他那写"豆蔻"词的精微劲,写"青楼"诗的好才华,也难写尽这萧索冷落的情景和哀时伤乱的情怀吧。"二十四桥仍在,波心荡冷月无声",景物依旧,世事已非,使人顿生桥在而时变的惆怅。唐人诗云"天下三分明月夜,二分无赖是扬州"(徐凝《忆扬州》)。过去扬州的月色颇富诗意,而今却变成了寒气逼人的"冷月"。倒影在冬天的流水之中,无声无息,沉寂凄凉。"念桥边红药,年年知为谁生?"过去"扬州芍药甲天下"(王观《扬州芍药谱》),但花不知人间的盛衰巨变,只是自开自谢,自生自灭。"名都"已成"空城"的不幸,跃然纸上。全词感情沉痛,哀怨无限,给人留下了无穷的遐想。

词中所写是扬州城一地的不幸,却不由得让人联想到更多:被大肆劫掠的雅典帕特农神庙、大火熊熊燃烧了三天三夜的圆明园、二战中遭受巨大破坏的柏林、南京大屠杀、饱受战火摧残的伊拉克土地……这些影像跨越时空,互相重叠,让我们看到了战争的野蛮、文明的毁灭。

【国学故事】

扬州浩劫

北宋靖康二年(公元1127年)，金兵攻屠汴京，掳徽、钦二帝和大量年轻妇女(多为王公贵族和皇室女眷)北去，北宋王朝覆灭。同年五月，徽宗第九子康王赵构在南京(河南商丘)即位，重新建立了宋政权，年号“建炎”，史称宋高宗。南宋王朝建立不久，因金兵不断犯境，商丘又邻近前线，形势不稳，宋高宗赵构便以巡狩为名，顺着大运河，南下扬州。这时李纲被去职，宋高宗任用汪伯彦、黄潜善为相，他们缺乏华莱士那样的勇敢心，恐惧于金国的装甲骑兵，对金兵采取不抵抗政策，一面逃走，一面议和，金兵看透了南人卑劣的把戏。

南宋建炎二年(公元1128年)年底，金左副元帅宗维攻屠徐州，驱军南下，扼守在淮阳的韩世忠军一触即溃，败走盐城，金兵沿途劫掠，以战养战，长驱直进。建炎三年(公元1129年)二月初，已杀到扬州附近。镇守在这里的统制官见了金兵十分惊讶和害怕，不战自退。江淮制置使刘光世带领大军前往迎敌，但胆小的汉人军无斗志，走到半路就散了伙。金兵得了天长后，派轻骑奔袭扬州。这时扬州城内已开始混乱，军民十分恐惧，人心惶惶，四处逃难，而宰相汪伯彦、黄潜善还若无其事地带着一班官僚在听高僧说法。许多官员到相府询问，他们冷静地说：“已有措施，不必惊慌。”形势十分紧急，敌人已到跟前，这些官僚们却还在酣歌宴会，直到听说皇帝已经逃出扬州，这才仓皇策马出走。二月初三清晨，宋高宗酣睡未醒，内侍省押班康履把他推醒，向他报告紧急军情，说派去探听消息的内侍连夜逃回报讯，天长已经陷落，金兵正奔袭扬州。这一紧急情况令赵构大吃一惊，睡意顿消，从床上一跃而起，急急忙忙穿上甲胄，跳上一匹战马，向外出逃，紧跟在他后面的只有御营都统制王渊、内侍康履等五六人。

皇帝逃走了的消息很快传遍扬州城内，老百姓更加惊慌了，扶老携幼，背负肩挑，匆匆逃难，宫女们在街上哭哭啼啼到处乱跑，惨遭乱民奸污，官员们骑马挥刀在人群中横冲直撞，城门口十分拥挤，数千妇女儿童和老弱被踩、挤死，扬州城一片混乱。

赵构逃出南门，在扬子桥驻马，一个浙东籍卫士对他出言不逊，说他重用黄潜善，以致造成这一局面。赵构十分生气，拔出佩剑竟然将卫士一剑刺死，然后继续向南逃跑，一口气跑到长江边上的瓜洲镇。这时瓜洲渡口的情况更为混乱，不但找不到官船，就连民间渡船也很稀少，十几万难民挤在江边争渡。偶有一只渡船，但到不了岸边，就被泅在水中等在那里竞渡的人截住了，有勇力者不去与金兵作战，反而杀人掠夺财物并抢夺渡船过江。赵构在王渊的帮助下，总算觅到一只小船，许以重赏，才策马泅水，攀登上船，渡到了对岸的西津口。这次他匹马渡江，身边竟无一人跟随，上岸后，便独自一人走进岸边的水帝庙里坐下休息，取下佩剑，把剑上的血渍擦掉。镇江府守臣钱伯言得知宋高宗过江到了西津口的消息后，便派出府兵，把他迎到镇江府治，直到这时，赵构才稍安定。

是日晚，金兵先头部队五百骑兵进入扬州，大肆奸淫抢掠，纵火焚烧摘星楼，第二天金兵追至瓜洲渡口，这时没有渡江的难民尚有15至20万人，一见金兵冲到，有数万人奔逃堕江而死，江面上到处是死尸，在岸边的难民被金兵杀得血污狼藉，惨不忍睹，妇女都被驱赶回城，遭到金兵的残忍虐待。在瓜洲渡口，遍地都是被丢弃的金帛珠玉，任凭金兵取拾，至于官府案牍、朝廷仪物堆积如山。在这次战乱中，南朝皇室的脸都丢尽了。

就在这一天，金兵后续人马四千五百人陆续从天长进入扬州，扬州城内发生了大劫掠、大屠杀，城中的金银玉帛，一抢而空，未及逃出的宫女和朝官女眷也全被掳去。金兵在扬州城内掳劫了半个月之后，满载金银玉帛北去，在退出扬州时，纵火焚城，城中所有建筑物全被烧毁，扬州几乎化为废墟，这座历史名城遭到一场空前浩劫。

离亭燕

张昇

【原文】

一带江山如画。风物向秋潇洒[①]。水浸碧天何处断？霁色[②]冷光相射。蓼屿[③]荻花洲，掩映竹篱茅舍。

云际客帆高挂。烟外酒旗低亚[④]。多少六朝兴废事，尽入渔樵[⑤]闲话。怅望倚层楼，寒日无言西下。

【注释】

①潇洒：爽朗萧疏。

②霁色：雨后初晴的景色。

③蓼屿：长有蓼草的小岛。

④低亚：低垂。

⑤渔樵：渔父和樵夫。

【经典原意】

金陵一带山水如画，一切景物到了秋天显得萧疏爽朗。天幕低垂，水势浮空，天水相连，浑然一色，看不到尽头。万里晴空所展现的澄澈之色和江波潋滟所闪现的凄冷的光互相照射。在密集的蓼荻丛中，隐约地现出了竹篱茅舍。

极目处，客船的帆高挂着，烟外酒家的旗子低垂着。六朝多少兴盛和衰亡的故事，如今都成了渔父和樵夫们闲时的谈资。怀着怅惘的心情，倚在高楼的栏杆上，看到眼前的景物，凄冷的太阳正默默地向西沉下。

【当代阐释】

历史是不能忘记的

秋景潇洒，江山如画。蓼屿荻洲，茅舍竹篱。云际帆移，酒旗低压。词人倚楼怅望，一带江山尽收眼底。而六朝兴废，悠悠万事，已成了渔樵闲话。此词写江南秋色兼抒怀古之情。落寞凄凉，引人遐想。

金陵在短短的三百多年里经历了六个朝代的兴盛和衰亡，它们是怎样兴盛起来的，又是怎样的衰亡的，这许许多多的往事，本应被好好地研究、整理，作为现在的统治者的前车之鉴。但是，时间是无情的，

它就像滔滔的江水一样，会把过去的历史慢慢地洗刷掉，这些往事也会被人淡忘，只是偶尔会被江上打鱼的渔夫和山中砍柴的樵夫回忆起来，作为闲谈的资料。

对自己民族的历史失去记忆是很可怕的事情。就是因为不能认真地总结历史，多少悲剧被一代代地重演。词中透露出词人心里的隐忧。但他的隐忧没有说明白，只从低沉的调子里现出点端倪，耐人寻味。

无穷无尽是离愁
——伤别怀人词

【导读】

天下没有不散的筵席，有聚就有散，有散就有送别和无尽的伤感。“爱别离”，是佛家所说的人生大苦之一。“何等为爱别离苦？所爱之物破坏离散。”（《大涅盘经第十二》）作为至情至性的诗人，面临与亲朋挚友的分别，心中自然会产生万般的情思，不吐不快。因此，古往今来，许多文人墨客对于离别总是歌吟不绝。在中国古典文学作品中，伤别之作不计其数。

别离最苦，是因为离别最使人感受到人生的无常。人生聚散不定，一别之后，不知何时再聚，也可能再聚无日，一别竟成永诀；命运莫测，别后不免为对方担心，有了无穷的牵挂；生命短暂，青春相别，再见时也许皆已白头，彼此如同一面镜子，瞬间照出了岁月的无情。这种种情状怎能不令人“黯然销魂”（江淹《别赋》）？

抒写离别的诗词，包含着丰富的内容和情感。这里有殷殷的叮嘱：“劝君更尽一杯酒，西出阳关无故人”（王维《送元二使安西》）；这里有不舍的牵挂：“我寄愁心与明月，随君直到夜郎西”（李白《闻王昌龄左迁龙标遥有此寄》）；这里有万丈豪情：“莫愁前路无知己，天下谁人不识君”（高适《别董大》）；这里有无限愁绪：“数声风笛离亭晚，君向潇湘我向秦”（郑谷《淮上与友人别》）；这里有情深意长的勉励：“海内存知己，天涯若比邻。无为在歧路，儿女共沾巾”（王勃《送杜少府之任蜀川》）；这里有坦陈心志的告白：“洛阳亲友如相问，一片冰心在玉壶”（王昌龄《芙蓉楼送辛渐》）……无不发自肺腑，真切动人。

读这些伤别怀人的宋词时，我们或许都有一种莫名的感触。是的，在生活中，我们都有过与朋友亲人离别时的情景与感受，而词人用那饱含深情的表述深刻地触动了我们内心深处所隐匿的情感，让我们深思对生活的理解与感悟。“杨柳”、“东风”、“明月”、“离恨”，正是这些精练的词语，巧妙地穿插和应用于抒写离别的宋词之中，才更加完整和真实地体现和描绘出了人们惜别时的情感。而“多情自古伤离别，更那堪冷落清秋节”，“离愁渐远渐无穷，迢迢不断如春水”；“无穷无尽是离愁”，“剪不断，理还乱，是离愁”……这些从宋词中走出的清词丽句之所以能流传千古，正在于它们道尽了古往今来离人心中的共通感受，为丰富人们的情感意识描下了辉煌浓重的一笔。

离别纵然伤感，但正因为离别，我们更加懂得了相聚的宝贵。让我们珍惜爱情、亲情、友情，珍惜人间一切美好的感情。

雨霖铃[①]

柳永

【原文】

寒蝉凄切，对长亭晚，骤雨[②]初歇。都门帐饮无绪[③]，留恋处[④]，兰舟[⑤]催发。执手相看泪眼，竟无语凝噎[⑥]。念去去[⑦]千里烟波，暮霭沉沉楚天[⑧]阔。

多情自古伤离别，更那堪冷落清秋节。今宵酒醒何处，杨柳岸、晓风残月。此去经年[⑨]，应是良辰好景虚设。便纵有千种风情[⑩]，更与何人说。

【注释】

①雨霖铃：原为唐教坊曲。相传唐玄宗避安禄山乱入蜀，时霖雨连日，栈道中听到铃声。为悼念杨贵妃，便采作此曲，后柳永用为词调。又名《雨霖铃慢》。上下阕，一百零三字，仄韵。

②骤雨：阵雨。

③都门帐饮：在京都郊外搭起帐幕设宴饯行。无绪：没有情绪，无精打采。

④留恋处：一作“方留亦处”。

⑤兰舟：据《述异记》载，鲁班曾刻木兰树为舟。后用作船的美称。

⑥凝噎：悲痛气塞，说不出话来。一作“凝咽”。

⑦去去：重复言之，表示行程之远。

⑧暮霭：傍晚的云气。沉沉：深厚的样子。楚天：南天。古时长江下游地区属楚国，故称。

⑨经年：一年又一年。

⑩风情：男女恋情。

【经典原意】

秋后的知了叫得是那样地凄凉悲切，面对着长亭，正是傍晚时候，一阵急雨刚住。在汴京城门外饯行的帐篷里喝着酒，没有好心绪，正在依依不舍的时候，船上人已催着出发。握着手互相瞧着，满眼泪花，直到最后也无言相对，千言万语都噎在喉间说不出来。想到这回去南方，这一程又一程，千里迢迢，一片烟波，那夜雾沉沉的楚地天空竟是一望无边。

自古以来多情的人最伤心的是离别，更何况又逢这冷落凄凉的秋天，这离愁哪能经受得了！谁知我今夜酒醒时身在何处？怕是只有杨柳岸边，凄冷的晨风和黎明的残月了。这一去长年相别，（相爱的人不在一起，）我料想即使遇到好天气、好风景，也如同虚设。就纵然有满腹的情意，又再同谁去诉说呢？

【当代阐释】

多情自古伤离别

这首词写中秋时节男女的离情别恨，以秋景渲染和衬托别情，生动地展示了离人的内心活动，全词情景交融，感情真挚，情调哀怨凄清。

两个深爱的人，在不得不离别的那一刻，会怎么样？请看词中描绘的场面："执手相看泪眼，竟无语凝噎。"两人拉着手，只是相看，只是流泪，只是哽咽。平时纵有千言万语，这时是一句也说不出来的，这时的心情是说什么也不能表达的。

想象自己辞别了情人，乘上夜行舟之后，又会如何？我们得到了一个千古名句："今宵酒醒何处？杨柳岸、晓风残月。"词人在幽幽离思中想象着今宵旅途中的况味：夜阑更深，孤舟临岸，微寒的晓风中词人梦回酒醒，只有一弯残月静静挂在杨柳梢头，徒增无限寂寞，无限伤怀而已。想别后年复一年，与恋人重逢之日渺茫难期，纵有美景良辰，哪会有欣赏的兴致。多少美好情意，又向谁诉说呢。作者对于离情别绪的体会，细致而又到位。

前人诗中曾有"别日何易会日难"（曹丕《燕歌行》）"别易会难得"（宋武帝《丁都护歌》）等句，都是以强调重聚之难而感叹离别之苦。李商隐从这里推进一步，表明因为"相见时难"所以"别亦难"。柳永的这首词就为我们展现了离别之难。"都门帐饮无绪，留恋处，兰舟催发。执手相看泪眼，竟无语凝噎。"把男女主人公的那种留恋，那种依依不舍，不忍离去，又不得不离去的无奈、痛苦展现得淋漓尽致。真是“多情自古伤离别”，正因为多情，才能如此不堪忍受分离的痛苦。一颗心也随着离人而去，再好的美景也无心独自欣赏了。这些真实生动的描写让人感同身受，每一个有过离别体验的人都会产生共鸣吧。

【文化常识】

慢词

慢，古书上写作曼，亦是延长引申的意思，歌声延长，就唱得迟缓了，因此由曼字孳乳出慢字。《乐记》云：“宫、商、角、徵、羽，五音皆乱，迭相陵，谓之慢。”又云：“郑卫之音，乱世之音也，比于慢矣。”这两个慢字，都是指歌声淫靡。《宋史·乐志》常以遍曲与慢曲对称。法曲、大曲都是以许多遍构成为一曲，如果取一遍来歌唱，就称为遍曲。慢曲只有单遍，可是它的歌唱节拍，反而比遍曲迟缓。张炎《词源》云：“慢曲不过百余字，中间抑扬高下，丁抗掣拽，有大顿、小顿、大柱、小柱、打、揞等字，真所谓上如抗，下如坠，曲如折，止如槁木，偶中矩，句中钩，累累乎端如贯珠之语，斯为难矣。”这一段话，其中有许多唱歌术语，我们已不能完全了解，但还可以从中了解慢曲之所以慢，就因为有种种延长引申的唱法。唐代诗人卢纶有一首《赋姚美人拍筝歌》，有句云：“有时轻弄和郎歌，慢处声迟情更多。”由此可见唐人唱曲已有慢处。到了宋代，有了慢词，于是曲有急慢之别。大约令、引、近，节奏较为急促，慢词字句长，韵少，节奏较为舒缓。但在令慢之中，也各自还有急慢之别。例如促拍采桑子，是令曲中的急曲子。三台是古十拍的促曲，就是慢词中的急曲子了。

词调用慢字的，这个慢字往往可以省去。如姜白石有长亭怨慢，周公谨、张玉田均作《长亭怨》。王元泽有《倦寻芳》，潘元质题作《倦寻芳慢》，其实都是同样一首词。《诗余图谱》把《倦寻芳》和《倦寻芳慢》分为两调，极为错误。不知《扪風新话》引述王元质此词，亦称《倦寻芳慢》，可以证明这个慢字，在宋代是可有可无的。此外如《西子妆》、《庆清朝》等词，在宋人书中，有的加慢字，有的不加，都没有区

别。大概同名令曲还在流行的，那么慢词的调名，就必须加一个慢字。同名令曲已不流行，或根本没有令曲的，就不必加慢字了。

宋初的词主要是小令。在柳永以后，长篇的慢词才开始流行。

踏莎行

晏殊

【原文】

祖席[1]离歌，长亭别宴。香尘[2]已隔犹回面。居人[3]匹马映林嘶，行人去棹[4]依波转。

画阁魂消，高楼目断[5]，斜阳只送平波远。无穷无尽是离愁，天涯地角寻思遍。

【注释】

①祖席：送别之宴席。古人出行时祭祀路神，因称饯别宴会为“祖席”。

②香尘：因道路上多落花，尘土都带有花的芳香。

③居人：在家之人。

④棹：桨，指船。

⑤目断：尽眼望去。

【经典原意】

长亭饯行的歌宴酒席，终于散了，美人已经登船，犹回首凝眸，依依不舍，送行人上马目送，马儿声声嘶鸣，似在代他千万遍呼唤。船儿顺流而下，渐行渐远，只有离愁别恨，在送行人心中生生不已。

登上画阁，更上高楼，为的是再见帆影。可是，望尽天际，只见斜阳一道，平波流水，无边无际，哪有船帆的影子？这一刻，真个是肠断魂销！他止不住要把满怀离愁别恨向天地倾诉，而这天地也装不下这无穷无尽的愁恨相思意。

【当代阐释】

无穷无尽是离愁

此词写饯别相送及别后的怀思，情景逼真，含蕴无尽。如一幅丹青妙手绘的春江送别图，令读者置身其间，真切地感受到作者的缱绻深情。唐圭璋《唐宋词简释》谓这首小词"足抵一篇《别赋》"。

刚分手时，落花满地，尘土也带有芬芳的气息，已隔着漠漠的香尘，彼此还一再含情回顾，缱绻缠绵。尽管在频频回望对方，总有不能再看到的时候。一个小树林，隔断了人的视线，那马儿也像了解"居人"的心意，仰首长嘶，而"行人"已乘船渐行渐远，终于随着江流的曲折而隐没不见了。"居人"登上画阁，不禁黯然魂销，凭倚高楼，独自含愁极望，唯见江波映照着落日余晖，伸展向遥远的天边，怨极恨极而又无可奈何，徒令人增添别恨而已。"无穷无尽是离愁，天涯地角寻思遍"，主人公放纵自己的想象，让此情随波而去，绕遍天涯，仿佛天地间都充满了无穷无尽的离愁别恨，相思相望之情几趋极致。

卜算子·送鲍浩然之浙东[①]

王观[②]

【原文】

水是眼波横[③]，山是眉峰聚[④]。欲问行人去那边，眉眼盈盈处[⑤]。

才始送春归，又送君归去。若到江南赶上春，千万和春住。

【注释】

①鲍浩然：生平不详。浙东：今浙江东南部。宋时属浙江东路，简称浙东。

②王观：字通叟，如皋（今属江苏）人。生卒年不详。宋仁宗朝进士，历任大理寺丞、江都知县等职。神宗时官至翰林学士，因所赋《清平乐》词忤怒太后而被罢职。有《冠神集》，已佚，仿存词十六首。《词律》以为调名取义于"卖卜算命之人"。

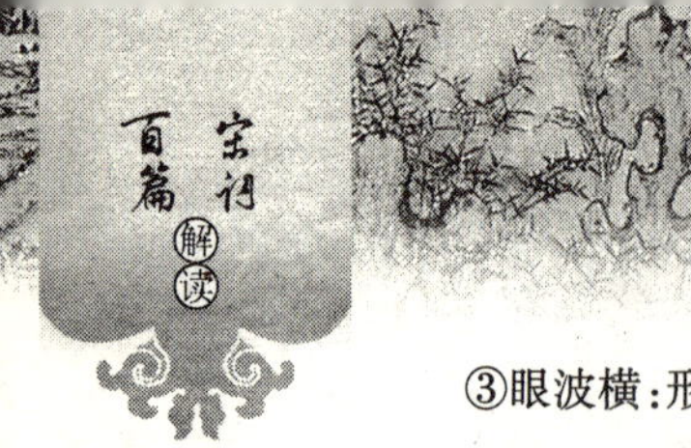

③眼波横:形容眼神闪动,状如水波横流。

④眉峰聚:形容双眉蹙皱,状如两峰并峙。

⑤眉眼盈盈处:喻指山水秀丽的地方。盈盈:美好的样子。

【经典原意】

水是眼波闪动,山是眉峰攒聚。要问行人去哪里,是去眉眼盈盈之处。

刚刚送春回归,又送你归去。如果到江南赶上春天,千万和春同住。

【当代阐释】

才始送春又送君

此词构思新巧,笔调轻快,在送别之作中别具一格。开篇“水是眼波横”二句匠心独运:前人惯以“眉如春山”、“眼如秋水”之类的譬喻来形容女子容颜之美,而作者此处则反用其意,说水是眼波横流、山是眉峰攒聚,其妙处不仅在于推陈出新、发想奇绝,而且在于运用移情手法,化无情为有情,使原本不预人事的山水也介入送别的场面,为友人的离去而动容。“欲问行人”二句,仍就“眉眼”加以生发,亦见用笔灵动、造语新奇。“眉眼盈盈处”,既是喻指友人故乡的秀丽山水,又令人想见友人妻妾倚栏盼归之际美目传恨、秀眉凝愁的情态,妙语双关。“才始送春归”二句抒写离情别绪:方才“送春”,已是十分怅恨;今又“送君”,更添怅恨十分。旦夕之间,两谙别苦,情何以堪?但作者却故意出语平淡,含而不露。“若到江南”二句再发奇想,叮嘱友人如能赶上江南春光,务必与春光同住。惜春之情既溢于言表,对友人的祝福之意亦寓于句中。

透过作者故作轻快的语言,我们可以看出词人对友人真挚的情谊和祝福。如果说恋人相别是儿女情长,浓得化不开,那么朋友之别,感情深而不露,浓而不腻,这正是所谓的“君子之交淡如水”吧。

踏莎行

欧阳修

【原文】

候馆梅残[①]，溪桥柳细。草薰风暖摇征辔[②]。离愁渐远渐无穷，迢迢不断如春水。

寸寸柔肠，盈盈[③]粉泪。楼高莫近危阑倚。平芜尽处是春山，行人[④]更在春山外。

【注释】

①候馆：接待宾客的馆舍。梅残：暗用南北朝陆凯的诗意："折梅逢驿使，寄与陇头人。江南无所有，聊赠一枝春。"驿路梅花正含有怀人之意。

②草薰风暖：从江淹《别赋》"闺中风暖，陌上草薰"两句而来。薰：香。辔：马缰，即以代表马。

③盈盈：泪水满眼的样子。

④行人：此指心上人。

【经典原意】

馆舍庭院里的梅花已经凋残，小溪边柳树枝条迎风飞舞。微风吹着青草，摇动行人的马上辔头。离家也渐渐遥远，我的愁绪越来越浓，就像一路奔腾的春水一样连绵不断。

思念的人儿柔肠寸寸，千回百转；任那透明的泪珠流过化过妆的脸。画楼太高，不要凭倚高栏，因所见到的情景更令人伤感。眼前到处是春山，而那位心上人，却在春山更远处。

【当代阐释】

两处离愁一种相思

这首词写的是早春的离情相思之情。开头三句是一幅洋溢着春天气息的溪山行旅图：旅舍旁的梅花已经开过了，只剩下几朵残英，溪桥边的柳树刚抽出细嫩的枝叶。暖风吹送着春草的芳香，远行的人就在这美好的环境中顾盼徐行。可是这明媚的春景并没有给旅人增添一点快乐，“离愁渐远渐无穷，迢迢不断如春水”，他离家越来越远，就越来越感到那一片离愁的沉重，就像眼前这伴着自己的一溪春水一样，来路无穷，去程不尽。

行者自己感到离愁之无穷无尽，进而设想对方的相思之形。她必然会痛心流泪，伤心时，只能登上小楼，眺望远方。“楼高莫近危阑倚”，是行人在心里对泪眼盈盈的闺中人深情的体贴和嘱咐。因为能望到的，只不过是一望无际的原野，原野的尽头，又有春山挡住了视线，而她牵肠挂肚的人儿，又在春山之外，如何能看得见呢？陌上游子如此为楼头思妇设想，愈发显得两人一往情深，离别的苦痛也愈加浓重了。这就是“行人更在春山外”一句，数百年来不知感动过多少人的缘故吧。

【国学故事】

欧阳修简洁为文

北宋大文学家欧阳修，自幼天资过人，但是，他四岁时父亲就去世了。由于家境贫寒，家里无钱买纸和笔，欧阳修的母亲郑氏为了让儿子习文练字，想出了一个巧妙的办法，用荻草代替毛笔教小欧阳修写字，还教给他诵读许多古人的篇章。到他年龄大些了，家里没有书可读，便就近到读书人家去借书来读，有时接着进行抄写。就这样日以继夜、废寝忘食，只是致力读书。欧阳修勤奋刻苦，练成了一手好字，成为远近闻名的神童。

欧阳修在翰林院任职时，一次，与同院三个下属出游，见路旁有匹飞驰的马踩死了一只狗。欧阳修提议：“请你们分别来记叙一下此事。”只见一人率先说道：“有黄犬卧于道，马惊，奔逸而来，蹄而死之。”另一人接着说：“有黄犬卧于通衢，逸马蹄而杀之。”最后第三人说：“有犬卧于通衢，卧犬遭之而毙。”欧阳修听后笑道：“像你们这样修史，一万卷也写不完。”那三人于是连忙请教：“那你如何说呢？”欧阳修道：“‘逸马杀犬于道’，六字足矣！”三人听后脸红地相互笑了起来，比照自己的冗赘，深为欧阳修为文的简洁所折服。

据《宋稗类钞》记载：有一次欧阳修替人写了一篇《相州锦堂记》，其中有这样两句："仕宦至将相，富贵归故乡。"交稿后，他又推敲了一下，觉得不妥，便派人骑快马将稿子追回，修改后再送上。来人接过改稿，草草一读，很是奇怪：这不还和原稿一模一样吗？仔细研读后才发现，全文只是将"仕宦至将相，富贵归故乡"改成了"仕宦而至将相，富贵而归故乡"，快马追回的只是两个"而"字。但他反复吟诵后，才发现个中妙处。原来，改句中增加了两个"而"字，意义虽未改变，但是读起来语气由急促变为舒缓，音节和谐，增加了语言抑扬顿挫的音乐美。

临江仙·送钱穆父①

苏轼

【原文】

一别都门三改火②，天涯踏尽红尘③。依然一笑作春温④。无波真古井，有节是秋筠⑤。

惆怅孤帆连夜发，送行淡月微云。樽前不用翠眉颦⑥。人生如逆旅⑦，我亦是行人。

【注释】

①钱穆父：名勰，又称钱四。元祐三年（公元1088年），因坐奏开封府狱空不实，出知越州（今浙江绍兴）。元祐五年（公元1090年），又徙知瀛洲（治所在今河北河间）。元祐六年（公元1091年）春，钱穆父赴任途中经过杭州，苏轼作此词以送。

②都门：京城，这里指汴京（今河南开封）。改火：古时钻木取火，因四季不同而改用不同的木材，称为"改火"。后来以"改火"指一年。三改火：即过了三年。

③红尘：飞扬的尘土。形容繁华热闹。也指繁华热闹的地方。又佛、道等家称世俗的人间社会为红尘。这里兼取二义。

④春温：春天的晴和温暖。这里指心境的平和无虑。

⑤"无波"两句：化用白居易《赠元稹》"无波古井水，有节秋竹竿"句。古井无波：古井枯竭，不起波澜，比喻人心寂然不动。节：竹节，比喻人之节操。筠（yún）：坚韧的竹皮，引申为竹之别称。

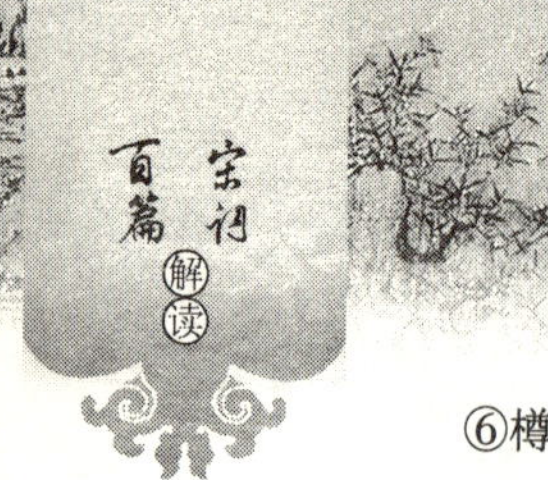

⑥樽:酒器。翠眉:用黛螺描画过的眉。颦:皱眉。宋代官吏宴饮,多有官伎歌舞侑酒,这里表面是劝歌伎不要悲伤,实际上是劝慰友人不必哀愁。

⑦逆旅:客舍。

【经典原意】

京城一别已经三年,此后我们都踏遍天涯。今日相见依然面带笑容,犹如春天般和煦温暖。你我之心寂然不动,如古井枯竭,不起波澜,又如竹子有节一样坚守着自己的节操。

惆怅的是孤帆连夜出发,只有浅浅的月光和微薄的行云在殷勤送行。离宴中用不着为离愁别恨而哀怨。人生如客舍,我也是匆匆的行人。

【当代阐释】

人生如逆旅

这首词是宋哲宗元祐六年春苏轼知杭州时,为送别自越州(今浙江绍兴)北徙途经杭州的老友钱穆父(名勰)而作。全词一改以往送别诗词缠绵感伤、哀怨愁苦或慷慨悲凉的格调,创新意于法度之中,寄妙理于豪放之外,议论风生,直抒性情,写得既有情韵,又富理趣,充分体现了作者旷达洒脱的个性风貌。词人对老友的眷眷惜别之情,写得深沉细腻,婉转回互,一波三折,动人心弦。

词的上片写与友人久别重逢。元祐初年,苏轼为起居舍人,钱穆父为中书舍人,气类相善,友谊甚笃。元祐三年穆父出知越州,都门帐饮时,苏轼曾赋诗赠别。岁月如流,此次杭州重聚,已是别后的第三个年头了。三年来,穆父奔走于京城、吴越之间,此次又远赴瀛州,真可谓"天涯踏尽红尘"。分别虽久,可情谊弥坚,相见欢笑,犹如春日之和煦。更为可喜的是友人与自己都能以道自守,保持耿介风节,借用白居易《赠元稹》诗句来说,即"无波古井水,有节秋竹竿"。作者认为,穆父出守越州,同自己一样,是由于好议论政事,为言官所攻。

以上数句,回忆前番离别,概述仕宦生涯,接下来抒发作者对仕宦失意、久处逆境所持的达观态度,通过对友人纯一道心、保持名节的赞颂，表明了自己淡泊的心境和坚贞的操守。词的上片既是对友人辅君治国、坚持操守的安慰和支持，也是词人半生经历、松柏节操的自我写照，是词人的自勉自励，寓有强烈的身世之感。明写主，暗寓客；以主慰客，客与主同，表现出作者与友人肝胆相照，志同道合。

词的下片切入正题，写月夜送别友人。“惆怅孤帆连夜发，送行淡月微云”一句，描绘出一种凄清幽冷的氛围，渲染了作者与友人分别时抑郁无欢的心情。

“樽前不用翠眉颦”一句，由哀愁转为旷达、豪迈，说离宴中歌舞相伴的歌妓用不着为离愁别恨而哀怨。这一句，其用意一是不要增加行者与送者临别的悲感，二是世间离别本也是常事，则亦不用哀愁。这二者似乎有矛盾，实则可以统一在强抑悲怀、勉为达观这一点上，这符合苏轼宦途多故之后锻炼出来的思想性格。词末二句言何必为暂时离别伤情，其实人生如寄，李白《春夜宴从弟桃花园序》云：“夫天地者，万物之逆旅也，光阴者，百代之过客也。”既然人人都是天地间的过客，又何必计较眼前聚散和江南江北呢？词的结尾，以对友人的慰勉和开释胸怀总收全词，既动之以情，又揭示出得失两忘、万物齐一的人生态度。

苏轼一生虽积极入世，具有鲜明的政治理想和政治主张，但另一方面又受老庄及佛家思想影响颇深，每当官场失意、处境艰难时，他总能“游于物之外”，“无所往而不乐”，以一种恬淡自安、闲雅自适的态度来应对外界的纷纷扰扰，表现出超然物外、随遇而安的旷达、洒脱情怀。这首送别词中的“一笑作春温”、“樽前不用翠眉颦。人生如逆旅，我亦是行人”等句，是苏轼这种豪放性格、达观态度的集中体现。

然而这些旷达之语的背后，仍能体察出词人对仕宦浮沉的淡淡惆怅，以及对身世飘零的深沉慨叹。

琴调相思引·送范殿监[1]赴黄岗

贺铸

【原文】

终日怀归翻送客，春风祖席南城陌。便莫惜离觞频卷白[②]。动管色，催行色；动管色，催行色。何处投鞍风雨夕？

临水驿，空山驿；临水驿，空山驿。纵明月相思千里隔。梦咫尺，勤书尺；梦咫尺，勤书尺。

【注释】

①范殿监：应为作者的友人，生平、名字不详。

②卷白：即“卷白波”。宋黄朝英《缃素杂记》卷三云：“盖白者，罚爵之名。饮有不尽者，则以此爵罚之。所谓卷白波者，盖卷白上之酒波耳，言其饮酒之快也。”

【经典原意】

每天都思念家乡却反过来为你送行，春风送暖，在南城陌上的长亭饯别。不要吝惜酒，多喝几杯吧。凄婉的乐曲响起，催促着启程，凄婉的乐曲响起，催促着启程。

这一别后，在风雨飘摇的傍晚时分，你不知宿息何处？千里相隔，只有把相思寄于明月。梦里相约，勤传尺素。梦里相约，勤传尺素。

【当代阐释】

书尺千里寄相思

此词一咏三叹，利用叠句的回环往复，“以参差不齐之句，写郁勃难状之情”，离情别绪如低回忧伤的旋律在词中回荡。

词人无时无刻不在思念着家乡，盼望着能够早日回到故乡。以这种心态，又要为朝夕相伴、志同道合的好友送别，客中送客、宦愁又添离愁、思乡又加怀友。

客主二人，愁颜相向、郁郁寡欢、以酒浇愁。酒酣耳热之际，席间奏起了凄婉的离歌，那凄凉哀伤的乐曲在席间回荡，也在别离人的心头回荡。它似乎在提醒离人，分别的时候到了，行人该启程上路了。

一别之后，朋友在风雨飘摇的傍晚时分，不知宿息在何处？词人对朋友的无限关怀溢于言表。

山程水驿、风雨凄迷，“纵明月相思千里隔”，真挚的友情将会超越时空的局限,使他们在梦中近在咫尺地相会。这便是李白所想象的,“我寄愁心与明月,随君直到夜郎西”了。当然,梦中的咫尺欢会毕竟是梦境、是虚幻不真实的。现实情况依然是“千里隔”,在此情况下,只有“勤书尺”了。全词就在“梦咫尺,勤书尺”这样语重情长的再三嘱托中结束,余音袅袅,令人回味。

满庭芳①

秦观

【原文】

山抹微云,天连衰草,画角声断谯门②。暂停征棹,聊共饮离尊。多少蓬莱旧事,空回首、烟霭纷纷。斜阳外,寒鸦万点,流水绕孤村③。

销魂。当此际,香囊④暗解,罗带轻分。漫赢得青楼,薄幸⑤名存。此去何时见也?襟袖上、空惹啼痕。伤情处,高城望断,灯火已黄昏。

【注释】

①满庭芳:此调取柳宗元诗句“满庭芳草积”。又名《锁阳台》、《满庭霜》、《潇湘暮雨》、《满庭花》、《话桐乡》。

②山抹微云:指一缕缕薄云横绕山腰,像是涂抹上去一样。天连衰草:指远处的枯草紧连着天际。画角:涂有彩色的军中号角。谯门:高楼上之门,可以眺望远方,今城市所存鼓楼,正与谯门同。

③“寒鸦”两句:化用隋炀帝诗句:“寒鸦千万点,流水绕孤村。”

④香囊:装香物的小袋,古人佩在身上的一种装饰物。

⑤漫:徒然。薄幸:薄情。

【经典原意】

山上淡淡地抹了一丝白云,遥远的青天连上广袤的枯草,这时画角之声已经停歇在寂静的谯门。暂且搁住将要远行的船棹,勉强一起举起告别的酒樽。许多蓬莱阁上的往事,空空地回首,就像烟雾一样缭绕纷飞。遥看远处的夕阳之外,有栖归的寒鸦数点,静静的溪水环绕着孤独的乡村。

离情别绪使人销魂,正当这个时候,他的香囊已经暗暗脱解,爱情像罗带将轻易地离分。不用提起怎样进入青楼,如今薄情的名声依然犹存。这次一别不知何时再能相见,胸襟两袖之上,白白地染上悲伤的泪痕。能掠起伤感之处,是在那高城已经望断,灯光闪烁的黄昏。

【当代阐释】

黯然销魂为别离

此词乃词人三十一岁赴会稽太守宴时,结识一位歌女,后分手,因感伤而作。古代文人与歌女之间总是有着剪不断,理还乱的关系,二者总能相惜相怜,相知相伴。他们之间的感情并非一般的浪荡子和薄情女所能比。词中所写是词人和歌女的离别,开篇三句写别时景物,一向为人所乐道。"山抹微云,天连衰草,画角声断谯门",所见景物就与恋恋不舍的离情紧密结合在一起,烘托出词人放眼远方时的难舍难分的情感,凄厉的画角声更是叩击着词人的心灵。此情此景,怎能不令人肠断!

航船将要出发之际,词人热恋的歌女匆匆赶来送别。"多少蓬莱旧事","烟霭"般朦胧纷扰,理不出什么头绪,又梦境一般轻柔空幻,仿佛不曾实际发生过似的。而无情的离别却确确实实摆在面前。此刻,他们几乎不敢相互凝视,只得把视线移向远处,遥望天际:只见斜阳照射下有几点寒鸦,闪光的河水紧绕着孤零零的荒村。在广阔无垠的空间里,"寒鸦"与"孤村",是多么渺小的存在。在茫茫人海之中,游人和客子不同样是渺小而又孤单的么?这里秋景渲染出的离情别绪让人感同身受。

江淹在《恨赋》中说:"黯然销魂者,唯别而已矣!""当此际",只能解下贴身佩带的"香囊"赠送离人,寄托相思。"此去何时见也"。这是明知故问,双方心里明明白白地知道:此地一别,相会无期,只能"襟袖上、空惹啼痕”。离别总是太匆匆，“高城望断，灯火已黄昏”，此时游子已经船行江中，别后的凄凉与依依难舍之状呼之欲出。

真情总能打动人心，不管是亲情、友情、爱情，还是这种才子佳人的知己之情。

【国学故事】

山抹微云秦学士

这首《满庭芳》是广泛传诵的名篇，曾得到苏轼的赞赏。他一面称秦观为“山抹微云秦学士”，另一方面又批评这首词的基调过分低沉。说他：“不意别后，公却学柳七作词。”对秦观学柳永有所不满。秦观分辩说：“某虽无学，亦不如是。”东坡曰：“‘销魂，当此际’，非柳七语乎？”（见《词林纪事》引《高斋诗话》）

《铁围山丛谈》卷四载：秦观女婿范温在某贵人宴席间默默无闻，酒宴间有侍儿“善歌秦少游长短句”，问“此郎何人也？”范温自答说：“某乃‘山抹微云’女婿也。”可以看出这首词在当时流传之广。

琴操是苏东坡做杭州知府时所认识的妓女中的才女。她的轶事甚多，包括与苏东坡交往的种种趣闻。有一天，西湖边上有人闲唱秦观的《满庭芳》，偶然唱错了一个韵，把“画角声断谯门”误唱成“画角声断斜阳”。刚好琴操听到了，说：你唱错了，是“谯门”，不是“斜阳”。此人戏曰：“你能改韵吗？”琴操当即将这首词改成阳字韵，成了面貌一新的词：

山抹微云，天连衰草，画角声断斜阳。暂停征辔，聊共饮离觞。多少蓬莱旧侣，频回首烟霭茫茫。孤村里，寒烟万点，流水绕红墙。

魂伤当此际，轻分罗带，暗解香囊，漫赢得青楼薄幸名狂。此去何时见也？襟袖上空有余香。伤心处，长城望断，灯火已昏黄。

经琴操这一改，换了不少文字，但仍能保持原词的意境、风格，丝毫无损原词的艺术成就，若非大手笔，岂能为也！苏东坡读了琴操的改词后，非常欣赏。也从一个侧面反映了这首词受人喜爱的程度。

兰陵王·柳

周邦彦

【原文】

柳阴直[1]，烟里丝丝弄[2]碧。隋堤上、曾见几番，拂水飘绵送行色[3]。登临望故国，谁识京华[4]倦客。长亭路、年去岁来，应折柔条[5]过千尺。

闲寻旧踪迹，又酒趁哀弦，灯照离席，梨花榆火催寒食[6]。愁一箭风快，半篙波暖，回头迢递便数驿，望人[7]在天北。

凄恻[8]，恨堆积。渐别浦萦回，津堠岑寂，斜阳冉冉[9]春无极。念月榭携手，露桥[10]闻笛。沉思前事，似梦里、泪暗滴。

【注释】

①直：柳阴连成一条直线。

②烟：薄雾。弄：飘拂。

③隋堤：汴河之堤，隋炀帝时所修。飘绵：指柳絮随风飘扬。行色：行为出发时的情状。

④京华：京师。

⑤长亭：路旁供行人休息或送别的亭子。柔条：柳枝。古人有折柳赠别之习。

⑥旧踪迹：过去的情状。趁：逐，追随。哀弦：哀怨的乐声。离席：送别的筵席。榆火：朝廷于清明节取榆、柳之火以赐百官。寒食：清明前一天为寒食。

⑦迢递：遥远。驿：驿站。望人：送行人。

⑧凄恻：悲伤。

⑨渐：正当。别浦：水流分支的地方。津堠：码头上守望的地方。津：渡口。堠：哨所。岑寂：空寂静谧。冉冉：慢慢移动的样子。

⑩念：想到。月榭：月光下的楼台。露桥：布满露珠的桥梁。

【经典原意】

正午的柳荫直直地落下，雾霭中，丝丝柳枝随风摆动。在古老的隋堤上，曾经多少次看见柳絮飞舞，把匆匆离去的人相送。每次都登上高台向故乡瞭望，杭州远隔山水一重又一重。旅居京城使我厌倦，可有谁知道我心中的隐痛？在这十里长亭的路上，我折下的柳条有上千枝，可总是年复一年地把他人相送。

我趁着闲暇到了郊外，本来是为了寻找旧日的行踪，不料又逢上筵席给朋友饯行。华灯照耀，我举起了酒杯，哀怨的音乐在空中飘动。驿站旁的梨花已经盛开，提醒我寒食节就要到了，人们将把榆柳的薪火取用。我满怀愁绪看着船像箭一样离开，艄公的竹篙插进温暖的水波，频频地朝前撑动。等船上的客人回头相看，驿站远远地抛在后面，端的离开了让人愁烦的京城。他想要再看一眼天北的我呦，却发现已经是一片朦胧。

我孤零零地十分凄惨，堆积的愁恨有千万重。送别的河岸迂回曲折，渡口的土堡一片寂静。春色一天天浓了，斜阳挂在半空。我不禁想起那次携手，在水榭游玩，月光溶溶。我们一起在露珠盈盈的桥头，听人吹笛到曲终……唉，回忆往事，如同是一场大梦。我暗中不断垂泪，难以排遣的是那永远的隐痛。

【当代阐释】

柳长情更长

这首词的题目是“柳”，内容却不是咏柳，而是伤别。古人折柳送别，故借柳抒写离别之意。开篇景起，由堤上柳引出对往昔送别的回忆和久住京师的身世之感，又由回忆和久客淹留之感折回到目前的离席；由离席再生发开拓出去，预为行者设想别后愁思，又由预为行者设想归入现实中自己的别后之思；最后，又由现实引发出对昔日相聚时的回忆。未别之时，回忆离别之苦；已别之后，则又回忆相聚时的欢乐，而诗人的久客淹留之感，伤离恨别之情，完全在这种回旋往复的描叙中展示出来。

生活中充满了离别，今天朋友为你送行，明天你又送别朋友，正所谓“长亭路，年去岁来，应折柔条过千尺”。频繁的离别不能不激荡起情感的涟漪。往事还历历在目，离别又在即，转眼间，已经身隔万里。就在这一次次别离中，让人深深地感受到了聚散无定，生命无常。而别后又不知何年何月才能相会，更加深了人的离愁别恨，因此，才会“凄恻，恨堆积”，离别之苦太让人难以忍受了。

【文化常识】

“折柳”之深情

古人分别时要折柳相送，这是当时一种很流行的民间习俗，尤其是在文人墨客中，是一种时尚。

张籍《蓟北旅思》：“客亭门外柳，折尽向南枝。”周邦彦《兰陵王》：“柳荫直，烟里丝丝弄碧。隋堤上，曾见几番，拂水飘绵送行色。……长亭路，年去岁来，应折柔条过千尺。”从“折尽向南枝”和“柔条过千尺”这样的词句中，我们就可以看出这种习俗、时尚存在的普遍性。

送别的地点多在长亭、桥头或大堤，如周邦彦词中提到的“隋堤”，还有下文的“霸陵”（附近有霸桥）即是。送别时不仅折柳相送，饯行饮酒自然是少不了的；有时还要吹笛、唱歌，曲子是现成的，几乎当时有点文化的人都可随口唱出；诗人们当然更要吟诗赋词以相赠。在古代诗词中，我们可以读到许多与“折柳送别”这种文化习俗相关的作品，可以说这是中国文学史上一个非常重要的文化景观。如：

李白《春夜洛城闻笛》：“谁家玉笛暗飞声，散入春风满洛城。此夜曲中闻折柳，何人不起故园情。”

李白《忆秦娥》：“箫声咽，秦娥梦断秦楼月。秦楼月，年年柳色，灞陵伤别。”

李白《金陵酒肆留别》：“风吹柳花满店香，吴姬压酒唤客尝。金陵子弟来相送，欲行不行各尽觞。”

郑谷《淮上与友人别》：“扬子江头杨柳春，杨花愁杀渡江人。数声风笛离亭晚，君向潇湘我向秦。”（“杨花”就是柳絮。苏轼有《杨花词》）

吴文英《风入松》：“楼前暗绿分携路，一丝柳、一寸柔情。”

诗词中不仅写"折柳送别"这种行动，而且，凡是与柳相关的词语都要拿来抒发分别时的离愁别恨，朋友间的厚意深情。如"柳丝"、"柳枝"、"柳阴"、"柳色"、"烟柳"、"柳绵"（又可说成是"柳花"、"杨花"、"柳絮"）、"杨柳"、"折杨柳"、"杨柳春"、"杨柳依依"等等。

"折柳"诗词中，还有一段非常感人的故事。

宋朝礼部属官李之问，爱上了都城名妓聂胜琼。李将回原籍时，聂胜琼为之送别，饮于莲花楼，唱了一首词，末一句是："无计留春住，奈何无计随君去。"为这，李之问又留下来住了一个多月。后来因为妻子催促太紧，李不得不怅然离去。不到十天，聂胜琼写了一首《鹧鸪天》，寄给李之问。李中途得之，藏在箱子里，回家后被妻子发现。李只得以实相告。李夫人读了《鹧鸪天》，见其语句清健，非常高兴。不但没有阻止李聂的这段情缘，反而拿出私房钱让李之问去都城迎娶聂胜琼。

聂胜琼《鹧鸪天》："玉惨花愁出凤城，莲花楼下柳青青，尊前一唱阳关后，别个人人第五程。寻好梦，梦难成，有谁知我此时情。枕前泪共帘前雨，隔个窗儿滴到明。"

"折柳送别"时，要吹笛，有时还要放声歌唱，所以，古诗中常把折柳、吹笛（唱曲）联系在一起，来表达依依惜别的深情。与之相关的乐曲有这样三首：

一是北朝乐府《鼓角横吹曲》中的《折杨柳枝》。有一首歌词曰："上马不捉鞭，反拗杨柳枝。下马吹横笛，愁杀行客儿。"李白《塞下曲》："笛中闻折柳，春色未曾看。"还有前面提到的《春夜洛城闻笛》，这两首诗中所言"闻折柳"，都应该是《折杨柳枝》这支曲子。

二是唐朝的《渭城曲》，又称《阳关三叠》。其实原来并不是一首歌曲，只是王维写的一首诗《送元二使安西》："渭城朝雨浥轻尘，客舍青青柳色新。劝君更进一杯酒，西出阳关无故人。"后来由乐人谱入乐府，当作送别曲，并把末句"西出阳关无故人"反复重叠歌唱，所以称为《阳关三叠》。这在唐朝是一首非常流行的送别曲。

三是唐朝的《杨柳枝词》。是唐教坊曲名，作者多以此题咏柳，以

表达离别之意。刘禹锡就有《杨柳枝词》九首，其中一首的内容是："城外春风吹酒旗，行人挥袂日西时。长安陌上无穷树，唯有垂杨管别离。"据学者王先谦解释，"杨柳"是柳的一种，垂杨即垂柳。如李商隐《隋宫》："于今腐草无萤火，终古垂杨有暮鸦。"这句中的"垂杨"指的就是隋堤柳。（在古诗词中，似乎是柳寓生离，杨寓死别，应该是有明确分工的。如白居易《赠卢子蒙》："闻道咸阳坟上树，已抽三丈白杨枝"。）

贺新郎·别茂嘉[①]十二弟

鹈鴂、杜鹃实两种，见《离骚补注》

辛弃疾

【原文】

绿树听鹈鴂[②]，更那堪、鹧鸪[③]声住，杜鹃声切[④]。啼到春归无寻处，苦恨芳菲都歇[⑤]。算未抵[⑥]人间离别。马上琵琶关塞黑[⑦]，更长门翠辇辞金阙[⑧]。看燕燕，送归妾[⑨]。

将军百战身名裂[⑩]，向河梁、回头万里，故人长绝[⑪]。易水萧萧西风冷，满座衣冠似雪[⑫]。正壮士悲歌未彻[⑬]。啼鸟还知如许恨，料不啼清泪长啼血[⑭]。谁共我，醉明月。

【注释】

①茂嘉：辛弃疾的族弟，此时被贬官桂林。

②鹈鴂（tí jué）：一种鸣禽，即伯劳，夏至始鸣，东至乃止。一说即杜鹃。

③鹧鸪：鸟名，啼声哀凄，似曰："行不得也哥哥。"

④杜鹃：鸣禽，即子规，又名杜宇，相传是古蜀王杜宇（号望帝）的魂魄所化。暮春出现，夜里啼鸣，天明方止。鸣声哀切，似乎在说："不如归去"。切：凄切。

⑤"啼到"两句：屈原《离骚》"恐鹈鴂之先鸣兮，使夫百草为之不芳"。张衡《思玄赋》"鹈鴂鸣而不芳"。杜鹃暮春啼鸣之时，也是众芳凋谢之时。歇：消歇，这里指花草凋谢。

⑥未抵：抵不上。

⑦“马上”一句:用昭君出塞事。王昭君,名嫱,湖北秭归人,汉元帝后宫宫女。后被赐嫁给匈奴呼韩邪单于。晋代为避司马昭讳,改称明君,后人又称明妃。马上琵琶:石崇《王明君辞序》“昔公主嫁乌孙,令琵琶马上作乐,以慰其道路之思。其送明君,亦必尔也。”后世画《昭君出塞图》都是戎装骑马,怀抱琵琶。关塞黑:途中边关要塞一片昏黑。

⑧“更长门”一句:谓昭君辞别汉家。长门:汉宫殿名,是汉武帝皇后陈阿娇被废后所居之处,后来泛指失宠后妃的居所,昭君在汉之时,居于冷宫,故曰。翠辇:用翠羽装饰的宫车。金阙:宫殿。

⑨“看燕燕”两句:用庄姜送戴妫事。《诗经・邶风・燕燕》“燕燕于飞,差池其羽。之子于归,远送于野。瞻望弗及,泣涕如雨。”毛传以为“卫庄姜送归妾也”。《左传・隐公三年、四年》载卫庄姜无子,将庄公妾陈国女子戴妫之子完当作自己的儿子。完继位不久,就在州吁之乱中被杀。其母戴妫被遣返母家,庄姜作《燕燕》诗以送别。

⑩“将军”一句:用汉代名将李陵事。司马迁《报任安书》载李陵提步卒不满五千,与匈奴单于连战十余日,转斗千里,所杀无数。单于举一国之军围攻李陵。最后李陵矢尽路穷,救兵不至,士卒伤亡殆尽,失败投降。身名裂:声名已经毁坏。

⑪“向河梁”两句:用李陵别苏武之事。苏武,李陵旧友,出使匈奴,被拘留漠北,始终坚贞不屈,最终得以返回汉朝。《文选》载李陵《与苏武》诗三首、苏武《诗》四首、《古文苑》载李陵《录别诗》十首,都托为李陵别苏武之作。河梁:桥。李陵《与苏武》“携手上河梁,游子暮何之。”故人:老朋友,这里指苏武。长绝:永别。《汉书・苏武传》载苏武归汉时,李陵置酒贺之曰:“异域之人,一别长绝。”因起舞而歌,泣下数行,与苏武诀别。

⑫“易水”两句:用荆轲事。《史记・刺客列传》载荆轲西行刺秦,燕太子丹及其门客知其此去必死,皆著白衣冠,于易水送之。高渐离击筑,荆轲和而歌,为变徵之声。士皆垂泪涕泣。又歌曰:“风萧萧兮易水寒,壮士一去兮不复还。”

⑬悲歌:荆轲所唱之“变徵之声”即《易水歌》。李陵别苏武亦有《别歌》一曲。未彻:还没唱完。

⑭“啼鸟”两句:谓啼鸟如果懂得人间离恨,啼的怕不是泪水,而是血了。如许恨:指上述种种人间离别的恨事。啼血:杜鹃口中有血红色斑点,故旧时有杜鹃啼血之说。白居易《琵琶行》“杜鹃啼血猿哀鸣”。

【经典原意】

在绿树下听到鹈鴂鸟鸣声凄切,如说"行不得也哥哥",那就更不用说鹧鸪和杜鹃的叫声了。一直叫到春天过去,无处可寻,只能苦苦的伤心难过,心恨万物的芳华、美丽都已经消失。料想这还比不上人事间的离别。现在的我就像汉代王昭君一样,弹着琵琶骑着马辞别汉阙。现在我要回去了,大家都来送我。

汉代李陵将军与匈奴交战多次但最后降于匈奴,身败名裂,现在回顾过去的时光,一个故人都没了!易水萧萧,大家为我送行,衣冠都冷得像雪一样。虽然各个正值壮年,但却都唱着悲伤的歌曲。连叫着的小鸟都懂得这许多生离死别的人间恨事,想必它叫着流的不是泪,而是血。以后还会有谁和我一起把酒醉月呢?

【当代阐释】

谁共我,醉明月

这是一首寄寓着作者忧国深情的送别词。作者对他的族弟茂嘉调任远地深有感触。词题下有小注曰:"鹈鴂、杜鹃实两种,见《离骚补注》。"以本词看,确是如此。而且三个鸟鸣叫的前后顺序也应如词中所写。即鹈鴂先鸣而鹧鸪次之,杜鹃为最晚。按《离骚》"恐鹈鴂之先鸣兮,使夫百草为之不芳"之意,鹈鴂之鸣当暮春之初。鹧鸪的鸣声如云"行不得也哥哥",既有留恋族弟之意,也有抗金之志难以实行之根。杜鹃声如"不如归去",则愤慨中稍有安慰,意谓如此政局,如此当权者,出仕真不如归隐,落职未必不是好事。但主调仍是壮志难酬之憾恨。词一开头,便用鸟的悲鸣和残春的凋零景象,衬托离愁别恨。但是,这决不是在倾吐兄弟间的私情,而是借古喻今,用"马上琵琶"、"长门"等历史故事,讽刺了宋王朝对金统治者妥协、求和的政策,表达了对投降敌人的将领的蔑视和自己壮志未酬的悲愤。"料不啼清泪、长啼血",是对统治当局的血泪控诉。作者借送别弟弟,抒发了抑郁不平之气。

杜鹃啼之叫声,本已凄切至极,而作者说"算未抵人间离别",写尽了人间离别之苦。知己之人将要离去,满腹心事(即壮志难酬的悲愤)也将无处诉说,这种离别之苦更加让人难以忍受。

【文化常识】

宋词的两种主要艺术风格:婉约与豪放

婉约派:其内容主要写男女情爱,离情别绪,伤春悲秋,光景流连;其形式大都婉丽柔美,含蓄蕴藉,情景交融,声调和谐,具有一种柔婉之美。

由于长期以来词多趋于宛转柔美,人们便形成了以婉约为正宗的观念。如《弇州山人词评》就以李后主、柳永、周邦彦等词家为“词之正宗”,正代表了这种看法。婉约词风长期支配词坛,直到南宋姜夔、吴文英、张炎等大批词家,无不从不同的方面承受其影响。

代表词人:柳永、晏殊、秦观、李清照。

豪放派:创作视野较为广阔,气象恢弘雄放,喜用诗文的手法、句法和字法写词,语词宏博,用事较多,不拘守音律。南渡以后,由于时代巨变,悲壮慷慨的高亢之调,应运发展,蔚然成风,辛弃疾更成为创作豪放词的一代巨擘和领袖。

北宋诗文革新派作家如欧阳修、王安石、苏轼、苏辙都曾用“豪放”一词衡文评诗。第一个用“豪放”评词的是苏轼。据南宋俞文豹《吹剑续录》载:“东坡在玉堂,有幕士善讴,因问:‘我词比柳词何如?’对曰:‘柳郎中词,只合十七八女孩儿执红牙拍板,唱杨柳岸晓风残月。学士词,须关西大汉,执铁板,唱大江东去。’公为之绝倒。”这则故事,表明两种不同词风的对比。

代表词人:苏轼、辛弃疾。

虞美人·大光祖席[1],醉中赋长短句

陈与义

【原文】

张帆欲去仍搔首[2],更醉君[3]家酒。吟诗日日待春风,及

至桃花开后却匆匆。

歌声频为行人咽[④],记著樽前雪[⑤]。明朝酒醒大江流,满载一船离恨向衡州[⑥]。

【注释】

①大光:席益的字。席益,洛阳人,陈与义同乡好友。建炎三年(公元1129年),席益流寓衡山,陈与义也避金兵至湖南,两人相遇。次年元旦后数日,陈与义离开衡山赴邵阳,席益设宴饯行,此词即作于席上。

②搔首:挠头,这里指流连踟躇。《诗经·邶风·静女》"搔首踟躇"。

③君:指席大光。

④咽:呜咽。

⑤樽:酒杯。雪:即雪儿,隋朝末年李密的爱姬,善歌舞。李密每见宾客僚属文章有奇丽入意者,就交与雪儿配乐歌唱,称"雪儿歌"。后来泛指家伎或家伎的乐曲。

⑥衡州:地名,即今湖南衡阳,是衡山至邵阳的第一站。

【经典原意】

船帆张挂起来了人却搔首伫立,不忍离去,一杯一杯地醉饮送别的酒。每每盼望春风吹拂,以便和你日日唱和吟诵,可是待到桃花一开,却要匆匆动身启程。

歌声为行人幽咽,我会记住这酒杯和饯别的主人。明日酒醒之后,面对着江水奔流,载上满满的离愁别恨驶向衡州。

【当代阐释】

满载一船离恨向衡州

这首词写友人之间的一次送别。"张帆欲去"之时,友人席益又设饯别宴,这一番情谊令词人感动,当然要一醉方休了。于是,情不自禁地回忆起相聚时的日日吟诗,及至桃花开后,春天也转眼即逝,友人间的离别也在眼前。清人刘熙载评价这首词"吟诗日日待春风,及至桃花开后却匆匆"句是"好在句中"(《艺概》)。下片想象别后思念的愁苦,“明朝酒醒大江流,满载一船离恨向衡州”,把抽象的离情别恨变成可以用船来装载的具体可感的物象,作者不忍惜别的情义尽含其中。苏轼送别秦观,有《虞美人》词说:“无情汴水日东流,只载一船离恨向西州。”此句当从苏轼词中化出。

此词作于战乱之中,词人和朋友都经受着漂泊不定的避乱命运,对未来充满了不可捉摸的担心和忧虑,在这样的时代背景当中,朋友之间深挚的友谊更加令人感动。

人生自古有情痴，此恨不关风与月
——爱情相思词

【导读】

翻开中国第一部诗歌总集《诗经》，第一篇就是那首表现爱情的诗歌——《关雎》，它反映了一个青年对一位容貌美丽的姑娘的爱慕和追求，写他求而不得的痛苦和想象求而得之的喜悦。爱情是人类永恒的主题。古往今来，人们用文学的形式演绎着各式各样的爱情故事，而其中最为精练、隽永的文学形式便是爱情诗。从《诗经》开始，我国古代文学史上产生了不计其数的脍炙人口的爱情诗歌精品。

莎士比亚说："爱情是一个伟大的暴君，每颗心都心甘情愿受它蹂躏。"那么，从那些深受爱情"蹂躏"的心中流淌出来的会是什么样的歌呢？

汉乐府民歌中的一位女主人公指天为誓："上邪！我欲与君相知，长命无绝衰。山无陵，江水为竭，冬雷震震，夏雨雪，天地合，乃敢与君绝！"发出了最决绝的爱情誓言。而长篇叙事诗《孔雀东南飞》中的焦仲卿与刘兰芝更是以身殉情，给后人留下了多少遗憾。金元之交的诗人元好问说："问人间，情是何物？直教生死相许"道尽了爱情力量的伟大。相恋中的男女，浓情蜜意，"心有灵犀一点通"；而相别时，又要尝尽"一日不见，如隔三秋"的相思之苦。至于李商隐《无题》中的名句："春蚕到死丝方尽，蜡炬成灰泪始干"，一千多年来，有多少痴情男女用这两句诗，来向对方表达自己生死不渝的忠贞爱情？千秋万世受其感动的读者，恐怕是难以计数了！

诗人们将爱情中的欢乐、悲伤、焦虑、期待、思念、追忆等种种感受和经历，写入诗篇，今天我们读来，仍然会怦然心动。宋词与爱情相遇，也结下了不解之缘，演绎出了一首首淋漓尽致、回肠荡气的千古爱情绝唱。这里有生死相隔、刻骨铭心的爱恋，有别离后魂牵梦绕的相思，有少女怀春的羞怯，有不被情人理睬的懊恼，有有情人难成眷属的遗恨，有“两情若是久长时，又岂在朝朝暮暮的”的乐观……喜怒哀乐，悲欢离合，浅吟低唱，一字一句总关情。

它们是离我们几百年、几千年之远的古代痴男怨女的爱情，但又跨越历史，直击现代人的心灵。因为“人生自古有情痴，此恨不关风与月”，不管时空如何转变，只要我们有一颗需要爱和被爱的心，就能被古人的爱情所感动，并与之发生共鸣。

蝶恋花[1]

柳永

【原文】

伫倚危楼[2]风细细，望极春愁，黯黯[3]生天际。草色烟光残照里，无言谁会凭栏意。

拟把疏狂[4]图一醉，对酒当歌[5]，强乐[6]还无味。衣带渐宽[7]终不悔，为伊消得人憔悴。

【注释】

①蝶恋花：原为唐教坊曲，调名取义简文帝“翻阶蛱蝶恋花情”句。又名《鹊踏枝》、《凤栖梧》等。双调，六十字，仄韵。

②危楼：高楼。

③黯黯：迷蒙不明。

④拟把：打算。疏狂：粗疏狂放，不合时宜。

⑤对酒当歌：语出曹操《短歌行》。当：与“对”意同。

⑥强：勉强。强乐：强颜欢笑。

⑦衣带渐宽：指人逐渐消瘦。语本《古诗》：“相去日已远，衣带日已缓”。

【经典原意】

独倚高楼，晚风拂面细细，纵目望去，天边，黯然袭来一缕伤春的愁思。绵延无尽的草色，苍青地染在夕阳斜照的暮霭里，此时，又有谁领会我无语凭栏的心意。

想疏狂放纵自己，求得暂时忘却的沉醉，可对酒当歌，空有芳醇妙曲伴随，这勉强行乐，终是无聊得空虚乏味。衣带日渐宽松，仍然无怨无悔，为了她，值得这般形容憔悴。

【当代阐释】

爱就爱得执著

真爱之所以可贵，就在于它的执著和不悔。它是“上穷碧落下黄泉”的苦苦追索，是“春蚕到死丝方尽”的无怨无悔，是“直教生死相许”的不改初衷。正像一首流行歌曲中唱的：“激情燃烧固然刻骨/只惜短暂/谁不想爱得洒脱/细水长流虽说平素/却能久长/要爱就爱得执著/承诺不见得就是真爱/但爱却是一生的承诺”

不独爱情，古往今来，有多少人像追求爱情一样执著地追求着自己的理想和事业，“虽九死其犹未悔”。难怪王国维在《人间词话》中谈到“古今之成大事业、大学问者，必经过三种境界”时，借用“衣带渐宽终不悔，为伊消得人憔悴”来形容“第二境”。这大概正是柳永的这两句词概括了一种锲而不舍的坚毅性格和执著态度。

现代社会，人心似乎越来越浮躁，很少有人静下心来，潜心静气地去做好一件事，就连爱情也似乎成了一种频繁变换的游戏。“衣带渐宽终不悔，为伊消得人憔悴”式的执著与坚持就尤为可贵。

【国学故事】

柳永“奉旨填词”

柳永（公元987—1053年）原名三变，是福建崇安人，因为排行第七，大家也叫他“柳七”。父亲柳宜饱读诗书，而且官做得很大。受家庭教育的影响，柳永把读书做官看成是人生的第一目标。大约在30岁的时候，他告别家乡到京城追求功名。谁知第一次考试就落榜了。隔了几年，第二次考试又没被录取，这回他忍不住发牢骚了，便写了一首词《鹤冲天》：

黄金榜上，偶失龙头望。明代暂遗贤，如何向？未遂风云便，争不恣狂荡。何须论得丧？才子词人，自是白衣卿相。

烟花巷陌，依约丹青屏障。幸有意中人，堪寻访。且恁偎红倚翠，风流事，平生畅。青春都一饷。忍把浮名，换了浅斟低唱。

这首词的主要意思是：考不上进士，做不成官，有什么关系呢？只要我有才能，我就是一个不穿朝服的官吏。那些虚浮的名声有什么用，还不如把它换成喝酒、唱歌、作词的生活吧！

这话本是一个失意读书人在背后发的小小牢骚，但这首牢骚词不胫而走，传到了宫里，也传到宋仁宗的耳朵里。仁宗一听大为恼火，牢牢记住了这首词和他的作者。

隔了几年，柳三变又参加了一次科举考试，这次好不容易通过了。等录取的名单放到了皇上面前，宋仁宗看着看着，觉得其中一个名字很熟，他问身边的太监："这个柳三变是谁？"

太监回答："这个柳三变就是所谓的'白衣卿相'呀！陛下不知道呵，连西夏国的人都在说呢，有人居住、有井水的地方就有人唱柳三变的词呢！"

这话提醒了宋仁宗，他不以为然地说："他不是说且去浅斟低唱，何要浮名吗？那就让他去喝他的酒、填他的词吧！还要功名干什么？"说着，就把柳永的名字一笔勾掉了。

柳永在仕途上又一次遭受了严重的打击！

多年来在首都繁华的环境里所受到的熏陶，再加上官场向他关上了大门，使得出生优裕的柳三变从此流连往返于社会最底层，交了许多民间的朋友，包括歌妓在内。

从此，柳三变就经常自嘲是"奉旨填词"，意思是遵循皇帝的旨意在写词填曲！写词填曲真的成了他全部的生活和生命。

柳三变的许多词，准确地反映了社会下层女子受压迫、遭蹂躏的痛苦生活，从而得到了她们的友谊和资助；她们也因为唱了他的词而迅速走红，对他倍加爱戴。

在民间流传着这样的歌谣："不愿君王召，愿得柳七叫；不愿千黄金，愿得柳七心；不愿神仙见，愿识柳七面"，可见他在这一时期的词作所受欢迎的程度。

词是被人唱的，而唱它的人多是社会地位很低、被人瞧不起的歌妓。过去没人专门从事词的创作，是柳三变开拓了词的领域，并使词获得了表达更为复杂的思想情感和更为广泛的社会生活的能力。在内容上，他大胆引进了市井百姓的情调和情绪；在形式上，他创新并发展了一百多字的长调。他一生写了二百多首词，声情并茂，脍炙人口，如《醉蓬莱》、《望海潮》、《雨霖铃》、《八声甘州》等，为词的通俗性、民间性、音乐性做出了巨大的贡献。

柳永的名字是他后来改的。在做了很久的风流词人以后，柳三变又回到了封建士大夫的行列中。他先是将名字改为“柳永”，使得统治者再也想不起昔日的柳三变。47岁那年他中了进士，走上了当官的道路。他的政绩不错，民声也好，为国为民做了一些好事。

但是，柳永的词风从此以后也有了较大的改变，他写的词开始脱“俗”变“雅”起来，也有了不少歌颂皇恩和粉饰太平的词作。这时的柳永才真的“奉旨填词”了。

蝶恋花

晏殊

【原文】

槛①菊愁烟兰泣露，罗幕②轻寒，燕子双飞去。明月不谙离恨苦，斜光到晓穿朱户③。

昨夜西风凋碧树，独上高楼，望尽天涯路。欲寄彩笺兼尺素④，山长水阔知何处。

【注释】

①槛：栏杆。

②罗幕：丝罗的帷幕，富贵人家所用。

③朱户：犹言朱门，指大户人家。

④尺素：书信的代称。古人写信用素绢，长约一尺，故称尺素，语出《古诗》“客从远方来，遗我双鲤鱼。呼儿烹鲤鱼，中有尺素书”。

【经典原意】

清晨栏杆外的菊花笼罩着一层愁惨的烟雾，兰花沾露就像是饮泣的泪珠，罗幕之间透露着缕缕轻寒，燕子双飞而去。皎洁的月亮不明白离别之苦，斜斜的银辉直到破晓都照入红红的门户。

昨夜西风惨烈，凋零了绿树，我独自登上高楼，望尽了天涯路。想

给我的心上人寄封信，可是高山连绵，碧水无尽，又不知道我的心上人在何处。

【当代阐释】

独上高楼，望尽天涯路

晏殊词有云：“天涯地角有穷时，只有相思无尽处。”（《玉楼春》）离别之后，有情人就要忍受相思之苦。这首《蝶恋花》表达的也是这种无尽的相思、怀念之情。

可是王国维却从“昨夜西风凋碧树，独上高楼，望尽天涯路”那种对所爱的人的期待、追寻、盼望的感情中看到，这与一个人期待、追寻、盼望他的理想、事业、信仰有近似之处。这是成大事业、大学问者，必经过的第一种境界，对我们不无启示。

“昨夜西风凋碧树”，你要看得更远，“望尽天涯路”，看到天的尽头，如果窗前是一棵枝叶繁茂的大树，你还能看得远么？所以是昨夜西风，把那无数的浓荫都给吹落了，你的视野才开阔。如果你总是被眼前现实利害所约束，“目迷乎五色，耳乱乎五音”，每天都在声色犬马之中，耳目都被遮蔽了，你还有什么高远的理想？同时，你要站得高，才能望得远，“欲穷千里目，更上一层楼”，“不畏浮云遮望眼，只缘身在最高层”。而且如果你要和一群人登楼，那也不行，因为精力会被分散，不能专注，所以是独上高楼，你才有登楼的体验，也才有望远的体会。总之，只有摆脱遮蔽你眼目的繁华，才能看到那最珍贵、最美好的东西。

【国学故事】

晏殊的写作故事

晏殊，字同叔，幼聪慧，七岁能文，被誉为神童。宋真宗召见他时，让他和进士们一起在朝廷接受面试。晏殊作文，援笔立就。据说，晏殊在会试中看了题目后，向皇上奏道：“臣十天前已做过这篇文章，草稿尚在，请圣上另命一题。”皇上赞其诚实，当众赐同叔进士出身。

有一次，晏殊路过扬州，在城里走累了，就进大明寺里休息。晏殊进了庙里，看见墙上写了好些题诗。他挺感兴趣，就找了把椅子坐下。然后，让随从给他念墙上的诗，可不许念出题诗人的名字和身份。晏殊听了会儿，觉得有一首诗写得挺不错，就问："哪位写的?"随从回答说："写诗的人叫王琪。"晏殊就叫人去找这个王琪。王琪被找来了，拜见了晏殊。晏殊跟他一聊，挺谈得来，就高兴地请他吃饭。俩人吃完饭，一块到后花园去散步。这会儿正是晚春时候，满地都是落花。一阵小风吹过，花瓣一团团地随风飘舞，好看极了。晏殊看了，猛地触动了自己的心事，不由得对王琪说："先生，我每想出个好句子，就写在墙上，再琢磨个下句。可有个句子，我想了好几年，也没琢磨出个好下句。"

王琪连忙问："请大人说说是个什么句子?"

晏殊就念了一句："无可奈何花落去。"

王琪听了，马上就说："您干吗不对个——'似曾相识燕归来'?"

晏殊一听，拍手叫好，连声说："妙，妙，太妙了！"

王琪的下句对得确实好，跟上句一样，说的都是春天的景色。拿"燕归来"对"花落去"，又工整又巧妙。用"似曾相识"对"无可奈何"也恰到好处。这两句的音调正好平仄相对，念起来非常和谐好听。

晏殊对这两句非常喜欢，他写过一首词《浣溪沙》，里边就用上了这副联语。

晏殊慕王琪诗才，请他当了幕僚，后来又请王琪的好友张亢做幕僚。这两个人一肥一瘦，就像一副对联。胖子张亢，被王琪称为"牛"，瘦子王琪被张亢称为"猴"，他们戏作对句云："张亢触墙成八字，王琪望月叫三更。"前一句说的是"牛"，后一句说的是"猴"，晏殊大笑，并为这两个才子击掌叫好。

江城子·乙卯正月二十日夜记梦

苏轼

【原文】

十年生死两茫茫①。不思量②，自难忘。千里孤坟，无处话凄凉。纵使相逢应不识，尘满面，鬓如霜③。

夜来幽梦忽还乡。小轩窗，正梳妆。相顾无言，惟有泪千行。料得年年肠断处，明月夜，短松冈④。

【注释】

①茫茫：形容全无音信。

②思量：想念。

③"纵使"三句：指作者生活不安定，到处奔走，人已衰老。

④松冈：种松之坟地。

【经典原意】

两人一生一死，隔绝十年，音讯渺茫。不去思念，也很难忘却。妻子的孤坟远在千里，没有地方与她交谈凄凉的景况。即使相逢也料想不会认识，因为我四处奔波，灰尘满面，早已鬓发如霜。

晚上忽然在隐约的梦境中回到了家乡，只见妻子正在小窗前梳妆。两人互相望着，没有言语，只有泪千行。料想年年断肠的地方，晚上明月照耀着长着小松树的坟山。

【当代阐释】

生死相隔的爱恋

"执子之手，与子偕老"，这是每一个忠于爱情的人最浪漫、最美好的愿望，可是苏轼和爱妻没有这样的幸福和美满。妻子的过早离去，给诗人的心头留下了永久的伤痛。这是一首传诵千古的悼亡词，苏轼悼念的是去世十年的爱妻，却准确地写出了每一个曾经痛失爱侣、亲人、挚友之人的共同心境。

相思之苦，最苦莫过于在心中有许多生动的记忆，眼前却看不见人。情由忆生，记忆越生动，眼前的空缺就越鲜明，人就越被相思之苦所折磨。“十年生死两茫茫”，曾经相濡以沫的爱人生死永隔已经多少个黄昏，思之不得见之，念之不得语之，只留得记忆中残存的欢景愉时。“十年生死两茫茫”，“茫茫”的何止“生死”？十年了，一切皆“茫茫”，一切皆“今非昔比”，但这份感情却没有因时光流逝而“茫茫”。逝者已逝，但生者永记，在每个月明相思之夜，不思量间，自会神回小轩窗，自会肠断短松冈，思念、无奈、悲切、感慨，一同涌上心头……这就是苏轼对亡妻刻骨铭心的爱恋。

柳永说：“多情自古伤离别。”晏殊说：“无情不似多情苦。”伤离别的，受相思之苦的，都是多情之人。那无情之人倒是一身轻，但他们其实更不幸，因为他们的心是空的。苏轼的妻子死若有知，应是含笑而去。因为有一个如此多情的苏轼，在她去世后，仍然思念和牵挂着她。人们对于爱情的追求不就是这样的生死难相忘吗？即使生命消逝，而情留人间，即使“无处话凄凉”，受生离死别之苦，却也无憾人生！

【国学故事】

苏轼与王弗的故事

苏轼十九岁与王弗结婚，后出蜀入仕，夫妻琴瑟调和，甘苦与共。有一年新春时节，苏轼摘了一朵兰花，插在夫人头上，笑着说：“夫人更娇美了！”王弗也笑着说：“可惜我不配戴这朵兰花。”苏轼问：“为什么？”王弗答：“我爱兰花，不仅因为兰花芳香四溢，风姿脱俗，更在于它的不以无人而不芳的品格。因而人们称之为‘花中君子’、‘空谷佳人’，我能配戴它吗？”诗人大笑说：“正因为兰花姿色清秀，超尘脱俗，夫人正可佩带。人们把兰花称为‘王者之秀’，夫人姓王，恰好应其自然。”从这段生活趣闻中，可知诗人的婚后生活是多么幸福。十年后王弗因病谢世于京师开封，苏轼极为悲痛，次年，将夫人归葬于家乡的祖茔。

鹊桥仙[①]

秦观

【原文】

纤云弄巧[②]，飞星传恨[③]，银汉迢迢暗度。金风玉露[④]一相逢，便胜却人间无数。

柔情似水，佳期如梦。忍顾[⑤]鹊桥归路！两情若是久长时，又岂在朝朝暮暮[⑥]！

【注释】

①鹊桥仙:此调有两体，五十六字者始自欧阳修，因其词中有“鹊迎桥路接天津”句，取以为名;八十八字者始于柳永。此调多咏七夕。

②“纤云”一句:丝丝云彩编织出许多奇巧形态，暗示这是乞巧节。

③“飞星”一句:作者想象被银河阻隔的牛郎、织女二星，闪现出离愁别恨的样子。

④金风:秋风。玉露:晶莹如玉的露珠，指秋露。

⑤忍顾:不忍心回头看。

⑥朝朝暮暮:日日夜夜。这里指日夜相聚。

【经典原意】

彩云显露着自己的乖巧，流星传递着牛郎、织女的愁恨。纵然那迢迢银河宽又阔，鹊桥上牛郎、织女喜相逢。团圆在金风习习霜降日，胜过了人间多少凡俗情。

莫说这含情脉脉似流水，莫遗憾美好时光恍如梦。莫感慨牛郎、织女七夕会，莫悲伤人生长恨水长东。只要是真情久长心相印，又何必朝夕相聚度此生。

【当代阐释】

爱情地久天长

七夕是一个美好而又充满神话色彩的节日，相传这天夜晚(阴历七月初七)是分居银河两侧的牛郎织女一年一度相会的日子。这个美丽的神话,引起了古往今来多少诗人的咏叹。其中能长久地脍炙人口、传诵不衰的绝唱,则要推秦观的这首《鹊桥仙》了。

正如明人沈际飞评曰:“(世人咏)七夕,往往以双星会少离多为恨,而此词独谓情长不在朝暮,化朽腐为神奇!”

天长地久是每个人对爱情的希冀。在我们的内心深处,谁不希望和相爱的人长相厮守?“不在乎天长地久,只在乎曾经拥有”,只不过是求而不得后的无奈和故作洒脱。当现代人感叹爱情的不可靠时,是否想过如何去经营一份长久的爱。秦观的这首词给我们提供了一个思考的角度。爱情如何才能长久?它给出的答案是:“两情若是久长时,又岂在朝朝暮暮。”我们不希望相爱的人像牛郎、织女一样,一年才得见一次面,但是,反过来想,也许正是这样聚少离多,才使爱情更持久、更强烈。相比那些朝夕相伴、卿卿我我、缠缠绵绵,“浓得化不开”的“爱”,彼此之间保持一定的距离和空间,让爱自由地呼吸,从容地舒展,这样的爱情是否更有活力呢?真正长久的爱情还要经得起分离的考验。不因山水阻隔而感情减淡甚至移情别恋,即使天各一方也能彼此情意相通、心心相印,这才是真正的爱情。

“金风玉露一相逢”的爱的喜悦不唯天上的牛郎、织女才能品尝,人间的情侣们,若用心去对待爱情,同样可以享受爱情的欢乐。真挚而久长的爱情远胜于轻浮而短暂的风流韵事。“两情若是久长时,又岂在朝朝暮暮”这句名言已成为追求真爱的人们的座右铭。

【文化常识】

七夕

七夕,在我国,农历七月初七的夜晚,天气温暖,草木飘香,这一天就是人们俗称的七夕节,也有人称之为“乞巧节”或“女儿节”,这是中国传统节日中最具浪漫色彩的一个节日,也是姑娘们最为重视的日子。

这个节日起源于汉代,东晋葛洪的《西京杂记》有“汉彩女常以七月七日穿七孔针于开襟楼，人俱习之”的记载，这便是我们于古代文献中所见到的最早的关于乞巧的记载。后来的唐宋诗词中，妇女乞巧也被屡屡提及，唐朝王建有诗说“阑珊星斗缀珠光，七夕宫娥乞巧忙”。据《开元天宝遗事》载：唐太宗与妃子每逢七夕在清宫夜宴，宫女们各自乞巧，这一习俗在民间也经久不衰，代代延续。

宋元之际，七夕乞巧相当隆重，京城中还设有专卖乞巧物品的市场，世人称为乞巧市。宋罗烨、金盈之辑《醉翁谈录》说：“七夕，潘楼前买卖乞巧物。自七月一日，车马嗔咽，至七夕前三日，车马不通行，相次壅遏，不复得出，至夜方散。”在这里，从乞巧市购买乞巧物的盛况，就可以推知当时七夕乞巧节的热闹景象。人们从七月初一就开始办置乞巧物品，乞巧市上车水马龙、人流如潮，到了临近七夕的时日，乞巧市上简直成了人的海洋，车马难行，观其风情，似乎不亚于最盛大的节日——春节，说明乞巧节是古人最为喜欢的节日之一。

青玉案

贺铸

【原文】

凌波①不过横塘路，但目送、芳尘去②。锦瑟华年③谁与度？月桥花院④，琐窗朱户⑤，只有春知处。

飞云冉冉蘅皋⑥暮，彩笔⑦新题断肠句。试问闲愁都几许⑧？一川⑨烟草，满城风絮，梅子黄时雨。

【注释】

①凌波：形容女子步态轻盈。

②芳尘去：指美人已去。

③锦瑟华年：指美好的青春时期。锦瑟：饰有彩纹的瑟。

④月桥：月光融融的小桥。花院：花木葱茏的深院。

⑤琐窗：雕绘连琐花纹的窗子。朱户：朱红的大门。

⑥蘅皋：长着香草的沼泽中的高地。

⑦彩笔：比喻有写作的才华。事见南朝江淹故事。

⑧都几许：共有多少。

⑨一川：遍地。

【经典原意】

你的玉步不肯来到横塘，我只有目送你离去。但现在不知你与谁相伴，共度这花样的美好年华？在那修着偃月桥的院子里，朱红色的小门映着美丽的琐窗。只有春风才能知道你的归处。

天上飞云在空中拂过，长满杜蘅的小洲在暮色中若隐若现。佳人一去不复返，我用彩笔写下断肠的诗行。如果要问我的忧伤有多深多长，就像一川青草，像随风飘转的柳絮，像梅子黄时的雨水，无边无际。

【当代阐释】

望美人兮不来

贺铸晚年退隐苏州，看见了一位女郎，便心生倾慕之情。后还在苏州盘门外十余里，一个名横塘的地方筑了一座小屋，名为“企鸿居”。

词人渴望女郎芳步，直到横塘近处，而不料佳人翩然径去，不觉怅然若失。美人既远，目送芳尘，人不可留，尘亦难驻，惆怅极矣！词人不独目送，亦且心随，他想象着女子居住的深闺院落，更是遥不可及。词人一片痴情，木立如痴，直到天色已晚，暮霭渐生。望美人兮不来，不禁愁绪满怀。这愁绪之浓烈，如同“一川烟草，满城风絮，梅子黄时雨”。词的结尾处以江南景色比喻忧愁的深广：“一川烟草”以面积广大喻愁之多，“满城风絮”以整个空间立体地比喻愁之深广，“梅子黄时雨”以连绵不断比喻愁之时间长和难以断绝，真切地表现出词人失意、迷茫、凄苦的内心世界，被誉为绝唱。贺铸也因此而有“贺梅子”的雅号。黄庭坚称赞说：“解作江南断肠句，只今唯有贺方回”（《寄贺方回》）。罗大经《鹤林玉露》云：“诗家有以山喻愁者，杜少陵云‘忧端如山来，澒洞不可掇’，赵嘏云‘夕阳楼上云重叠，未抵闲愁一倍多’是也。有以水喻愁者，李颀云‘请量东海水，看取浅深愁’，李后主云‘问君能有几多愁？恰似一江春水向东流’，秦少游云‘落红万点愁如海’

是也。贺方回云'试问闲愁都几许？一川烟草，满城风絮，梅子黄时雨。'盖以三者比愁之多也，尤为新奇，兼兴中有比，意味更长。"

词中所写无疑是一段单相思，但词人对那位女子倾心眷慕，真诚以之，故而美妙动人。对爱情的渴望，对美的追求，是人类最美好的情感。就算求而不得，这种惆怅、失落、幽怨也即"闲愁"的情感体验本身就是一种美，化而为诗，更是婉丽动人。

【国学故事】

梦笔生花

江淹，南北朝时的著名文人。相传有一天，他歇宿在一小山上。睡梦中，见神人授他一支闪着五彩光芒的神笔，自此文思如涌，成了一代文章风流魁首，当地人称为"梦笔生花"。和"梦笔生花"故事相成始末的是江淹到了晚年，才思微退。传说他有一天晚上梦见一个人，自称是郭璞（晋代文学家），他对江淹说道："我有一支五色彩笔留在你处已多年，请归还给我吧！"江淹从怀中取出，还给了那人。其后他写的文章就日见失色。时人谓之才尽，于是便有"江郎才尽"一说。

临江仙①

晏几道

【原文】

梦后楼台高锁，酒醒帘幕低垂。去年春恨却来②时，落花人独立，微雨燕双飞③。

记得小蘋④初见，两重心字⑤罗衣。琵琶弦上说相思，当时明月在，曾照彩云⑥归。

【注释】

①临江仙：唐玄宗时教坊曲名。又名《谢新恩》、《采莲回》、《瑞鹤仙令》、《画屏春》、《庭院深深》。

②却来：重来，再来。

③“落花”两句：此两句原为五代翁宏诗。

④小蘋：歌女名。

⑤心字：沈雄《古今词话》谓为衣领屈曲如心字。

⑥彩云：指小蘋。

【经典原意】

梦醒时觉得人去楼空、孤寂困锁，酒醉醒来但见门帘低低垂下。去年春天离别的愁恨恰巧又在此时滋生。想起凋残的百花中独自凝立的自己，霏霏细雨里燕子双双翱飞。

记得与歌女小蘋初次相见，她穿着两重心字的罗衣。通过琵琶的弹奏诉说出自己的相思。当初相见时的明月如今犹在，它曾照着像彩云一样的小蘋回归。

【当代阐释】

此情可待成追忆

晏几道（约公元1040—1112年），字叔原，号小山，晏殊第七子。作为宰相之子，少年晏几道过的是珠围翠绕、锦衣玉食的生活，“金鞍美少年，去跃青骢马。牵系玉楼人，绣被春寒夜”，而且聪明伶俐，据《花庵词选》中记载，仁宗赵祯有一次在宫中举行宴会，特召他作一首《鹧鸪天》演唱。但他十八岁那年，父亲晏殊去世，此后家道中落。神宗熙宁七年（公元1074年），晏几道因郑侠上《流民图》反对王安石变法受到牵连，身陷囹圄。出狱后境况日下，四十多岁时才做了小官，晚年甚至到了衣食不能自给的程度。

如此经历，形成了晏几道孤傲耿介的个性，好友黄庭坚总结他有“四痴”：“叔原，固人英也。其痴亦自绝人……仕宦连蹇而不能一傍贵人之门，是一痴也；论文自有体而不肯一作新进士语，此又一痴也；费资千百万，家人寒饥而面有孺子之色，此又一痴也；人百负之而不恨，己信人终不疑其欺己，此又一痴也。”

“旧时王谢堂前燕，飞入寻常百姓家”，沉沦下僚、失意潦倒的晏几道，既不肯依附权贵，又拙于谋生，只能通过缅怀既往的辉煌岁月，来

安置失落的心灵。他的词大多是描写由富变衰以后的抑郁或失恋诀别之后的悲哀，笔调感伤，凄婉动人。

据晏几道《小山词自序》中云，有“莲、鸿、蘋、云”四位歌女，晏几道每作一词，则“即以草授诸儿”，供她们弹唱，词人与朋友则“持酒听之，为一笑乐而已”，当时的欢悦可见一斑。这首《临江仙》为词人怀思歌女小蘋所作。之所以如此怀想她们，是因为那个时候是晏几道一生中最美好的时光。家世正隆，青春正在，佳人佐酒，好友在侧，赌酒猜枚，击节按拍，无不自在。但这一生中最美好的时光终究逝去了，只可怀想，不可重温。“落花人独立，微雨燕双飞”，全词在怀人的同时，也抒发了人世无常、欢娱难再的淡淡哀愁。

有些人永远活在过去，有些人却能拿得起放得下，将过往珍藏，重新开启人生的旅程。这两种人生态度，我们选择哪一种呢？

【国学故事】

晏几道的故事

晏几道词风哀感缠绵、清壮顿挫，著作《小山词》，词风逼近乃父，后人称他们父子为“大晏小晏”，甚至欲以他们父子“追配李氏父子”，和南唐二主李璟、李煜相比。

据说晏几道幼时曾喜欢柳永的词。一次，在家中宴会上，五岁的小晏几道竟将街头流行的“酒力渐浓春思荡，鸳鸯绣被翻红浪”，拍手唱给大家听。一屋高雅宾客面面相觑，脸上是一片死灰，哪里还能开口！晏殊脸色涨得通红，呵斥道：“住口！小孩子不得胡说乱唱！”小晏几道不依，嚷着这歌好听。晏殊恼怒，立刻给了儿子一个耳光。丫鬟们慌忙奔过来，捂住小晏几道的嘴，要将他拉走。小晏几道委屈极了，边走边哭道：“我说的都是真话，我就觉得好听嘛，我为什么不能唱？”晏殊跌足，喟然长叹：“孺子不可教也！”

但是，长大后的晏几道，却开始像他父亲晏殊那样，视柳永那类慢词为“下里巴人”；在他后半生的神宗时代，是柳永之后、苏轼主导的慢词黄金时代，晏几道却更加沉醉在“阳春白雪”的小令创作里，写那些回肠荡气的悲欢离合。

《研北杂志》记载说，苏轼曾对晏几道拒绝慢词、坚持小令的作法十分纳闷。一次，苏轼亲自来拜访晏几道，想和他谈谈心。晏几道从破旧的屋子里踱出来，冷冷地道："当今朝廷高官，多半是我晏府当年的旧客门生，我连他们都无暇接见，更何况你！"掉头回屋。

一剪梅

李清照

【原文】

红藕香残玉簟①秋，轻解罗裳②，独上兰舟③。云中谁寄锦书④来？雁字⑤回时，月满西楼。

花自飘零水自⑥流。一种相思，两处闲愁⑦。此情⑧无计可消除，才下眉头，却上心头。

【注释】

①红藕：红色荷花。玉簟：光滑如玉的竹席。

②罗裳：丝绸做的衣裙。

③兰舟：指木兰舟，诗词中多泛指舟的美称。

④锦书：《晋书·窦滔妻苏氏传》：窦滔徙流沙，其妻苏若兰织锦为《回文璇玑图》诗赠之，文词凄婉。后人因称夫妻书信为锦书，也泛作书信的美称。

⑤雁字：群雁飞行，常排成"一"或"人"字，故称。古有鸿雁传书之说。

⑥自：空自。

⑦一种：一样。这两句意谓：虽闲愁两处，而相思一样。《古离别》云："一种相思两地愁。"

⑧此情：指相思之情。

【经典原意】

红藕香气消残，玉席生寒，我轻轻解开外衣独自登上小船。远方谁给我寄锦书来？明月圆时西楼遥望，只有大雁空自飞回。

花独自飘零，溪水空自流。我们有同一种相思之情，人却分在两

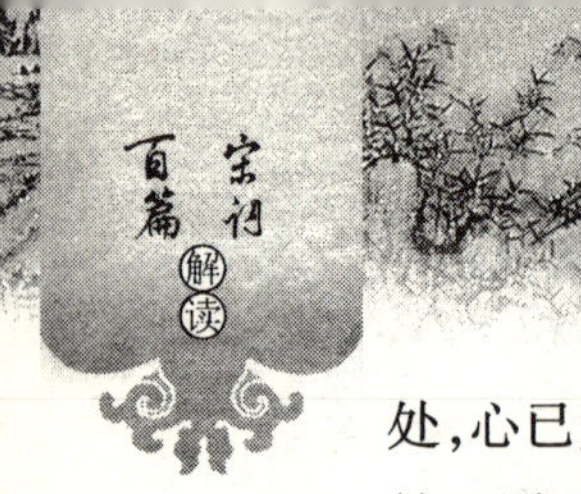

处，心已笼罩深愁，这种相思之情无法排除，皱着的眉头刚舒展，思情就又涌上了心头。

【当代阐释】

此情无计可消除

爱情世界中，最恼人的莫过于与爱人分别后的无尽相思。这种相思之情不足为外人道，只在自己的心底潜滋暗长，挥之不去。李清照的这首词以女性特有的敏感捕捉到了稍纵即逝的真切感受，并以素淡的语言描写出来："此情无计可消除，才下眉头，却上心头"，将抽象而不易捉摸的相思之情表现得具体可感。但凡有过这种情感体验的人们都会产生共鸣。

作者以其独特的方式感知着人类社会普遍存在的一种自然情感，并以她独特的艺术技巧将之呈现，并在这一瞬间凝为审美的精华，使其作品产生永恒的艺术魅力。这就是所有传世巨作所共有的，在各个层面上以独具个性化的表现手法传达出人类的普遍意识情感，唤起不同时代、民族、国界的人们的审美体验。

【文化常识】

鸿雁传书

鸿雁是大型候鸟，每年秋季南迁，常常引起游子思乡怀亲之情和羁旅伤感。鸿雁传书指通信，也有以鸿雁来指代书信。如隋人薛道衡《人日思归》："人归落雁后，思发在花前。"早在花开之前，就起了归家的念头；但等到雁已北归，人还没有归家。诗人在北朝做官时，出使南朝陈，写下这思归的诗句，含蓄而又婉转。以雁写思的还有"夜闻归雁生相思，病入新年感物华"（欧阳修《戏答元稹》）、"残星数点雁横塞，长笛一声人倚楼"（唐人赵嘏《长安秋望》）、"星辰冷落碧潭水，鸿雁悲鸣红蓼风"（宋人戴复古《月夜舟中》）等。鸿雁作为传送书信的使者在诗歌中的运用也就普遍了。如"鸿雁几时到，江湖秋水多"（杜甫《天末怀李白》）、"朔雁传书绝，湘篁染泪多"（李商隐《离思》）等。

溯其源，汉朝时，苏武出使匈奴，被单于流放北海去放羊。十年后，汉朝与匈奴和亲，但单于仍不让苏武回汉。与苏武一起出使匈奴的常惠，把苏武的情况密告汉使，并设计，让汉使对单于讲："汉朝皇帝打猎射得一雁，雁足上绑有书信，叙说苏武在某个沼泽地带牧羊。"单于听后，只好让苏武回汉。后来，人们就用鸿雁比喻书信和传递书信的人。这就是"鸿雁传书"的传说。另一种更为人所知的是民间流传的故事：唐朝薛平贵远征在外，其妻王宝钏苦守寒窑十数年，矢志不移。一日，王宝钏正挑野菜，忽闻空中鸿雁连声呼唤，遂请求代为传书于平贵，然一时难寻笔墨，情急之下，撕下罗裙，咬破指尖，写下血泪书信，倾诉对爱情的忠贞和盼望夫妻团圆的心情。前者是对国的忠心，后者是对感情的忠贞，这两种故事的流传，让"鸿雁"成为古代通信的使者，也让这两个故事本身成为一段千古佳话。

钗头凤

陆游

【原文】

红酥手①，黄縢酒②。满城春色宫墙柳③。东风恶，欢情薄④，一怀愁绪⑤，几年离索⑥。错，错，错！

春如旧⑦，人空瘦⑧，泪痕红浥鲛绡透⑨。桃花落，闲池阁⑩。山盟⑪虽在，锦书难托⑫。莫⑬，莫，莫！

【注释】

①红酥手：红润、柔软的手。

②黄縢酒：黄封酒，古时候一种官家酿的酒。这两句是写唐琬把酒送给陆游喝。

③宫墙柳：围墙里一片绿柳。

④欢情：美满的爱情生活。这两句说：东风无情，把美满的姻缘吹散了（这里把东风比作拆散他们夫妇的封建家长）。

⑤一怀愁绪：满怀都是愁苦的情绪。

⑥离索:离别后孤独的生活。

⑦春如旧:春景还是像当初那样的美丽。

⑧人空瘦:只是人白白地为了相思而清瘦了。

⑨“泪痕”一句:和着胭脂的泪水把手帕都湿透了。红浥:泪水沾了脸上的胭脂。浥:湿润。鲛绡:薄绸的手帕。

⑩闲池阁:锦绣般的花园已经冷落了。

⑪山盟:永久相爱的誓言。

⑫锦书:锦字回文书,情书。托:寄。

⑬莫:罢了(表示无可奈何的感叹)。

【经典原意】

红润柔软的手,捧出黄封的酒,满城荡漾着春天的景色,宫墙里摇曳着绿柳。东风多么可恶,把浓郁的欢情吹得那样稀薄,满怀抑塞忧愁的情绪,离别几年来的生活十分萧索。回顾起来都是错,错,错!

美丽的春景依然如旧,只是人却白白相思得消瘦,泪水洗尽脸上的胭红,把薄绸的手帕全都湿透。满园的桃花已经凋落,幽雅的池塘也已干涸,永远相爱的誓言虽在,可是锦文书信靠谁投托。深思熟虑一下,只有莫,莫,莫!

【当代阐释】

爱情没有错

中小学课本里的陆游,是“当年万里觅封侯,匹马戍梁州”的金戈英雄,是“死去元知万事空,但悲不见九州同”的爱国诗人。可是,就在这个铮铮铁汉的身上,却发生过一段让人痛心的爱情悲剧。陆游和唐婉,本是一对恩爱夫妻,但因陆母不喜唐婉,威逼二人各自另行嫁娶。若干年后的一个春日,两人游园邂逅,陆游醉题园壁,唐婉随后应答,词林中便有了两首名为《钗头凤》的伤心之作。陆词把两情离散后再度重逢的悲切之情描绘得淋漓尽致,对唐婉充满哀怜,对过去则充满了悔恨。

今天,我们的爱情更加自由,这样的悲剧或许不会重演。但是,爱情的花朵从来都是脆弱的，它要抵御金钱、物质、世风、舆论等等方向吹来的恶风的摧折。坚守真爱，不要等到失去时“空悲切”。

【国学故事】

陆游与唐婉的爱情悲剧

南宋山阴（今浙江绍兴）沈园的粉壁上曾题着两阕《钗头凤》，这两阕词虽然出自不同的人之手，前一首为南宋著名词人陆游所作，后一首为其前妻唐婉所作，却共同诉说着一个凄婉的爱情故事——唐婉与陆游的沈园情梦。

陆游出生于越州山阳一个殷实的书香之家，幼年时期，正值金人南侵，常随家人四处逃难。这时，他母舅唐诚一家与陆家交往甚多。唐诚有一女儿，名唤唐婉，与年龄相仿的陆游情意十分相投。两家父母和众亲朋好友，也都认为他们是天造地设的一对，于是陆家就以一只精美无比的家传凤钗作信物，订下了唐家这门亲上加亲的姻事。成年后，一夜洞房花烛，唐婉便成了陆家的媳妇。从此，陆游、唐婉更是鱼水欢谐、情爱弥深。

陆游此时已经荫补登仕郎，但这只是进仕为官的第一步，紧接着还要赴临安参加“锁厅试”以及礼部会试。新婚燕尔的陆游流连于温柔乡里，根本无暇顾及应试功课。陆游的母亲唐氏是一位威严而专横的女性。她一心盼望儿子陆游金榜题名，登科进官，以便光耀门庭。目睹眼下的状况，她大为不满，几次以姑姑的身份，更以婆婆的立场对唐婉大加训斥，责令她以丈夫的科举前途为重，淡薄儿女之情。但陆、唐二人情意缠绵，无以复顾，情况始终未见显著的改善。陆母因之对儿媳大起反感。于是她来到郊外无量庵，请庵中尼姑妙因为儿媳卜算命运。妙因一番掐算后，煞有介事地说：“唐婉与陆游八字不合，先是予以误导，终必性命难保。”陆母闻言，吓得魂飞魄散，急匆匆赶回家，叫来陆游，强令他道：“速修一纸休书，将唐婉休弃，否则老身与之同尽。”陆游心中悲如刀绞，素来孝顺的他，面对态度坚决的母亲，除了暗自饮泣，别无他法。迫于母命难违，陆游只得答应把唐婉送归娘家。

陆游与唐婉难舍难分，不忍就此一去，相聚无缘，于是悄悄另筑别院安置唐婉，陆游一有机会就前去与唐婉鸳梦重续、燕好如初。无奈纸总包不住火，精明的陆母很快就察觉了此事。严令二人断绝来往，并为陆游另娶一位温顺本分的王氏女为妻，彻底切断了陆、唐之间的悠悠情丝。

无奈之下，陆游只得收拾起满腔的幽怨，在母亲的督教下，重理科举课业，埋头苦读了三年，在二十七岁那年只身离开了故乡山阴，前往临安参加“锁厅试”。在临安，陆游以他扎实的经学功底和才气横溢的文思博得了考官陆阜的赏识，被荐为魁首。

获取第二名的恰好是当朝宰相秦桧的孙子秦埙。秦桧深感脸上无光，于是在第二年春天的礼部会试时，硬是借故将陆游的试卷剔除。使得陆游的仕途在一开始就遭受了风雨。

礼部会试失利，陆游回到家乡，家乡风景依旧，人面已新。睹物思人，心中倍感凄凉。在一个繁花竞妍的春日晌午，陆游随意漫步到禹迹寺的沈园。在园林深处的幽径上迎面走来一位女子，陆游猛一抬头，竟是阔别数年的前妻唐婉。此时的唐婉，已由家人做主嫁给了同郡士人赵士程。此时相遇，四目相对，千般心事、万般情怀，却不知从何说起。这次唐婉是与夫君赵士程相偕游赏沈园的，那边赵士程正等她。在好一阵恍惚之后，已为他人之妻的唐婉终于提起沉重的脚步，留下深深的一瞥之后走远了，只留下了陆游在花丛中怔怔发呆。

和风袭来，吹醒了沉在旧梦中的陆游，他不由地循着唐婉的身影追寻而去，遥见唐婉与赵士程正在池中水榭上进食。隐隐看见唐婉低首蹙眉，有心无心地伸出玉手红袖，与赵士程浅斟慢饮。昨日情梦，今日痴怨尽绕心头，陆游感慨万端，于是提笔在粉壁上题了一阕《钗头凤》。

随后，秦桧病死。朝中重新召用陆游，陆游奉命出任宁德县立簿，远远离开了故乡山阴。第二年春天，唐婉再一次来到沈园，徘徊在曲径回廊之间，忽然瞥见陆游的题词。反复吟诵，想起往日二人诗词唱和的情景，不由得泪流满面，心潮起伏，不知不觉中和了一阕词，题在陆游的词后，这就是开头提到的第二首《钗头凤》。

唐婉是一个极重情谊的女子，自从看到了陆游的题词，她的心就再难以平静。感情的烈火煎熬着她，使她日渐憔悴，抑郁成疾，终于芳年早逝。只留下一阙多情的《钗头凤》，令后人为之叹息。

七十五岁时，陆游告老还乡。唐婉的影子始终萦绕在他的心头。此番倦游归来，唐婉早已香销玉殒，自己也已至垂暮之年，然而对旧事、对沈园依然怀着深切的眷恋。常常在沈园幽径上踽踽独行，追忆着深印在脑海中那惊鸿一瞥的一幕，这时他写下了“沈园怀旧”诗：

其一：

梦断香消四十年，沈园柳老不飞绵；

此身行作稽山土，犹吊遗踪一泫然。

其二：

城上斜阳画角哀，沈园无复旧池台；

伤心桥下春波绿，疑是惊鸿照影来。

沈园是陆游怀旧的场所，也是他伤心的地方。他想着沈园，但又怕到沈园。春天再来，撩人的桃红柳绿，恼人的鸟语花香，风烛残年的陆游虽然不能再亲至沈园寻觅往日的踪影，然而那次与唐婉的际遇，使陆游牢记不忘，于是又赋“梦游沈园”诗：

其一：

路近城南已怕行，沈家园里更伤情；

香穿客袖梅花在，绿蘸寺桥春水生。

其二：

城南小陌又逢春，只见梅花不见人；

玉骨久沉泉下土，墨痕犹锁壁间尘。

陆游八十五岁那年春日的一天，忽然感觉到身心爽适、轻快无比。原准备上山采药，因为体力不允许就折往沈园，并满怀深情地写下了最后一首沈园情诗：

沈家园里花如锦，半是当年识放翁；

也信美人终作土，不堪幽梦太匆匆。

此后不久，陆游就溘然长逝了。

踏莎行

姜夔

【原文】

自沔东[①]来，丁未元日至金陵[②]江上，感梦而作。

燕燕轻盈，莺莺[③]娇软。分明又向华胥[④]见。夜长争得[⑤]薄情知？春初早被相思染。

别后书辞[⑥]，别时针线。离魂暗逐郎行[⑦]远。淮南皓月冷千山，冥冥[⑧]归去无人管。

【注释】

①沔东：唐、宋州名，今湖北汉阳。

②丁未：孝宗淳熙十四年（公元1187年）。元日：农历正月初一日。金陵：今江苏南京。

③燕燕、莺莺：即指所思的女子。

④华胥：传说中的国名，此代指梦境。

⑤争得：怎得。

⑥书辞：指书信。

⑦离魂：指离开肉体的灵魂。郎行：郎那边。

⑧冥冥：暗沉沉。

【经典原意】

你的身姿轻盈如燕，你的声音娇软如莺，你的容貌我看得清楚分明，在梦中与你再一次相见。你轻嗔道：薄情人啊，你可知道，在这漫漫春夜，我心中绵绵无尽的相思之苦吗？

分别后，你给我的情书我依然留着，你分别时亲手缝制的衣衫我依然穿着，你的魂魄似乎脱离躯体，一直随着我，陪伴我四处远游。淮南的寒月洒遍荒野，万水千山一片寂静，你一个人，梦魂归去，无人陪伴。

【当代阐释】

梦里依稀故人来

据说姜夔二十多岁时，在合肥有过一段情缘，后来分手了，但他对旧日情人始终恋恋不忘。淳熙十四年（公元1187年）元旦，词人从汉阳（宋时沔州）东去湖州途中抵金陵时，梦见了往日的情人，写下此词。

词人在梦中见到了体态“轻盈”如燕、声音“娇软”如莺的旧日情人。情人向自己诉说别后相思之情。说她甚至连魂魄也脱离躯体，追逐自己来到远方。然而魂魄飞越千山万水，寻觅情郎的结果却是“淮南皓月冷千山，冥冥归去无人管。”末二句写作者梦醒后深情想象情人魂魄归去的情景：在一片明月光下，淮南千山是如此清冷，她就这样独自归去无人照管。一种惜玉怜香之情，一种深切的惭愧负疚之感，洋溢于字里行间，感人至深。王国维说：“白石之词，余所最爱者，亦仅二语，曰‘淮南皓月冷千山，冥冥归去无人管’。”（《人间词话》删稿）

对情人的怀念成为姜夔心灵深处永远的悲哀和伤痛。爱过便刻骨铭心，所谓时间能冲淡一切的说法并不适用于至情至性之人。

【国学故事】

落魄词人姜夔

姜夔的生活，应该算是宋朝文人中最穷苦困顿的了：少年丧父、衣食无着，布衣终生，始终抑郁不得志，寄人篱下。虽然他也努力进取，想科考入仕，却屡试屡败，不得不彻底灰心无奈，只一味地在“酒祓清愁，花消英气”中消磨年华。由于没有生活来源，姜夔不得不靠卖字和朋友接济为生，俯仰由人，有时竟会窘迫到吃了上顿无下顿的地步。

他晚年寓居武康时，因没有居所，只好躲进白石洞里。有潘转翁者，讥讽他为“白石道人”。姜夔答以诗云：

南山仙人何所食，夜夜山中煮白石。

世人唤作白石仙，一生费齿不费钱。

表面自嘲“一生费齿不费钱”，似乎甘于清苦，其实字凝句重，日子苦不堪言。晚年，姜夔朋辈凋零，生活益加凄苦，病卒于临安（今杭州）

水磨方氏馆旅邸，竟不能殡殓。幸得友人捐助，才把他葬于钱塘门外。

风入松

吴文英

【原文】

听风听雨过清明，愁草瘗花铭[①]。楼前绿暗分携[②]路，一丝柳，一寸柔情。料峭春寒中酒[③]，交加[④]晓梦啼莺。

西园日日扫林亭，依旧赏新晴。黄蜂频扑秋千索，有当时，纤手香凝。惆怅双鸳[⑤]不到，幽阶一夜苔生[⑥]。

【注释】

①草：起草。瘗（yì）：埋葬。庾信有《瘗花铭》。铭：文体的一种。

②绿暗：形容绿柳成荫。分携：分手。

③料峭：形容春天的寒冷。中酒：醉酒。

④交加：形容杂乱。

⑤双鸳：指女子的绣鞋，这里兼指女子本人。

⑥幽阶苔生：苔生石阶，遮住了上面的足印。

【经典原意】

听着凄风声，听着苦雨声，我独自寂寞地过着清明，满腹愁情地草草掩埋好遍地的落花，我又满怀忧愁地起草葬花之铭。楼前绿荫浓暗处是昔日依依惜别的地方，当中的每一缕柳丝，都寄托着一寸柔情，在乍暖还冷的春寒中，我独自一个人喝着闷酒，想借几分醉意到梦境中去与佳人重逢，不料又被黄莺交杂的啼声惊醒了我的晓梦。

西园的亭台和树林，每天我都派人去打扫得干干净净，每天依旧到这里来欣赏新晴的美景。蜜蜂频频扑向你荡过的秋千，绳索上还有你的纤纤素手所把握过而留下的芳香。我是多么怅惘伤心，盼望你的倩影总是没有信音。那幽寂的空阶上，一夜之间早已经长出了青青的苔藓。

【当代阐释】

清明时节最相思

本词是清明怀人之作。关于本词的写作背景，陈洵在《海绡说词》中说："思去妾也。此意集中屡见。《渡江云》题曰'西湖清明'是邂逅之始，此则别后第一个清明也。'楼前绿暗分携路'，此时觉翁当仍寓西湖。风雨新晴，非一日间事。除了风雨，即是新晴，盖云我只如此度日。扫林亭，犹望其还赏，则无聊消遣。见秋千而思纤手，因蜂扑而念香凝，纯是痴望神理。'双鸳不到'，犹望其到；'一夜苔生'，踪迹全无，则惟日日惆怅而已"。

正因为是分别后的第一个清明，所以思念之情更加刻骨铭心。词人在清明之夜，愁风雨，伤离别，无以排遣，只得借酒浇愁，希望醉后梦中能与情人相见。无奈春梦却被莺啼声惊醒。清明过后，风雨已止，天气放晴。阔别已久的情人，怎么能忘怀！即使情人不能来，还是痴心望着她来，所以"日日扫林亭"。在曾经和情人多少次游赏的林亭，看到"黄蜂频扑秋千索"，仿佛佳人仍在。怀人之情至深，所以思极念极，希望越大，失望也就越大，精神也就倍感痛苦。这首词把词人对情人的怀念之情写得细腻深婉，感人至深。

【国学故事】

清明节的来历

清明，二十四节气之一。在每年四月的四、五、六日。清明是表征物候的节气，含有天气晴朗、草木繁茂的意思。清明这天，民间有踏青、寒食、扫墓等习俗。清明节又叫寒食节。本来，寒食节与清明节是两个不同的节日，寒食节正确的日子是在冬至后一百零五天，由于清明与寒食的日子接近，而寒食是民间禁火扫墓的日子，渐渐的，寒食与清明就合二为一了，而寒食既成为清明的别称，也变成为清明时节的一个习俗，清明之日不动烟火，只吃凉的食品。

关于清明，有这样一个传说：

相传春秋战国时代，晋献公的妃子骊姬为了让自己的儿子奚齐继位,就设毒计谋害太子申生,申生被逼自杀。申生的弟弟重耳,为了躲避祸害,流亡出走。在流亡期间,重耳受尽了屈辱。原来跟着他一道出奔的臣子,大多陆陆续续地各奔出路去了。只剩下少数几个忠心耿耿的人,一直追随着他。其中一人叫介子推。有一次,重耳饿晕过去。介子推为了救重耳,从自己腿上割下了一块肉,用火烤熟了就送给重耳吃。十九年后,重耳回国做了君主,就是著名春秋五霸之一中的晋文公。

晋文公执政后,对那些和他同甘共苦的臣子大加封赏,唯独忘了介子推。有人在晋文公面前为介子推叫屈。晋文公猛然忆起旧事,心中有愧,马上差人去请介子推上朝受赏封官。可是,差人去了几趟,介子推不来,晋文公只好亲自去请。可是,当晋文公来到介子推家时,只见大门紧闭。介子推不愿见他,已经背着老母躲进了绵山(今山西介休市西南)。晋文公便让他的御林军上绵山搜索,没有找到。于是,有人出了个主意说,不如放火烧山,三面点火,留下一方,大火起时介子推会自己走出来的。晋文公乃下令举火烧山,孰料大火烧了三天三夜,大火熄灭后,终究不见介子推出来。上山一看,介子推母子俩抱着一棵烧焦的大柳树已经死了。晋文公望着介子推的尸体哭拜一阵,然后安葬遗体,发现介子推脊梁堵着个柳树树洞,洞里好像有什么东西。掏出一看,原来是片衣襟,上面题了一首血诗:

割肉奉君尽丹心,但愿主公常清明。
柳下作鬼终不见,强似伴君作谏臣。
倘若主公心有我,忆我之时常自省。
臣在九泉心无愧,勤政清明复清明。

晋文公将血书藏入袖中。然后把介子推和他的母亲分别安葬在那棵烧焦的大柳树下。为了纪念介子推,晋文公下令把绵山改为“介山”,在山上建立祠堂,并把放火烧山的这一天定为寒食节,晓谕全国,每年这天禁忌烟火,只吃寒食。

走时,他伐了一段烧焦的柳木,到宫中做了双木屐,每天望着它叹道:“悲哉足下。”“足下”是古人下级对上级或同辈之间相互尊敬的称呼，据说就是来源于此。

第二年，晋文公领着群臣，素服徒步登山祭奠，表示哀悼。行至坟前，只见那棵老柳树死而复活，绿枝千条，随风飘舞。晋文公望着复活的老柳树，像看见了介子推一样。他敬重地走到跟前，珍爱地掐了一枝，编了一个圈儿戴在头上。祭扫后，晋文公把复活的老柳树赐名为"清明柳"，又把这天定为清明节。

以后，晋文公常把血书带在身边，作为鞭策自己执政的座右铭。他勤政清明，励精图治，把国家治理得很好。

此后，晋国的百姓得以安居乐业，对有功不居、不图富贵的介子推非常怀念。每逢他死的那天，大家禁止烟火来表示纪念。还用面粉和着枣泥，捏成燕子的模样，用杨柳条串起来，插在门上，召唤他的灵魂，这东西叫"之推燕"。此后，寒食、清明成了全国百姓的隆重节日。每逢寒食，人们即不生火做饭，只吃冷食。在北方，老百姓只吃事先做好的冷食如枣饼、麦糕等；在南方，则多为青团和糯米糖藕。每届清明，人们把柳条编成圈儿戴在头上，把柳条枝插在房前屋后，以示怀念。

非必丝与竹，山水有清音

——山水田园词

【导读】

我们已经习惯了在各种各样的职业中度过自己的人生，从来没有想到可能会有这样一种职业，那就是“看四季的轮回”。我们已经习惯了在工作中消磨自己的人生，想不到还可以有这样一种温柔优雅的生活。其实，这样的生活并不难得到，只要你翻看古诗词，那一首首山水田园诗（词）就会给我们送来阵阵温柔优雅的气息，就会让我们看到四季的轮回。

读一读陶渊明的《归园田居》，你会有“久在樊笼里，复得返自然”的喜悦，会有“采菊东篱下，悠然见南山”的幽静和安闲。读一读孟浩然的《过故人庄》，“故人具鸡黍，邀我至田家。绿树林边合，青山郭外斜。开轩面场圃，把酒话桑麻。待到重阳日，还来就菊花。”让你对恬淡而又充满情趣的农家生活神往不已。还有王维的山水诗，“空山新雨后，天气晚来秋。明月松间照，清泉石上流。”更像股股清泉，涤荡你的心灵。

宋代的词人们也写下了不少的山水词、田园词。“三三两两钓鱼舟，岛屿正清秋。笛声依约芦花里，白鸟成行忽惊起”，那是潘阆魂牵梦绕的西湖；“烟柳画桥，风帘翠幕，参差十万人家”，“有三秋桂子，十里荷花”，那是柳永沉醉流连的人间天堂——杭州；“素月分辉，银河共影，表里俱澄澈”，那是月中的洞庭湖，“妙处难与君说”，需要你细细地品味。如果你厌烦了海参鱼翅，觉得生活无滋无味，那就尝尝“雪沫乳花”，“蓼茸蒿笋”，因为“人间有味是清欢”。如果你苦苦地寻找春天而不得，那就去农村、去山野，因为“春在溪头荠菜花”。在这里，你可以看到“芳草鹅儿，绿满微风岸”，还可以听到“蛙声一片”。

长年生活在喧嚣的都市，忙碌于繁杂的事务的人们，有多少次想放下手头的工作，逃离眼前的环境。那就来品读这些山水田园词吧，可以安顿你疲劳的心灵，可以涤荡你芜杂的思绪。我们都在追问人生的意义，意义从哪里领悟？不是钢筋混凝土，不是车水马龙，诗人告诉我们，应当到大自然中去寻找："此中有真意，欲辩已忘言"。

趁一个落雨的天气，腾一个下午的清闲，煮一壶淡淡的绿茶，听一曲幽幽的古筝，让我们翻开诗集、词集。在这满是人流、满是高楼的城市，读几首山水田园诗，静静地领略一下久违了的清纯质朴的感觉，这绝对是一顿绝妙的精神大餐！

酒泉子

潘阆

【原文】

长忆西湖，尽日[1]凭栏楼上望。三三两两钓鱼舟，岛屿正清秋。

笛声依约芦花里，白鸟[2]成行忽惊起。别来闲整钓鱼竿，思入水云[3]寒。

【注释】

①尽日：整天。

②白鸟：即白鹭，白色的鹭鸶，腿修长，能涉水捕食鱼虾等。

③水云：即远方江面与天际云朵交汇在一起的地方。

【经典原意】

经常怀念杭州西湖，它吸引我整天倚靠楼上栏杆遥望。只见三三两两的钓鱼小舟，与点缀在湖中的小岛露出一派清秋的气息。

笛声隐隐约约地荡漾在芦花丛里，一行行白鹭受到惊扰突然飞起，离别西湖之后，一有空闲就整理好钓鱼竿，打算驾舟入湖玩赏秋日水波烟云的冷寒。

【当代阐释】

最忆是西湖

潘阆，宋人，生年不详，卒于大中祥符二年（公元1009年），字逍遥，大名（今属河北省）人。曾在洛阳卖药，北宋太宗至道元年（公元995年），以能诗受荐举。自制《忆余杭》多首，一时盛传，曾得苏东坡的欣赏，把它写在玉屏风上，宋代另一位文学家石延年（字曼卿）还使人照词意作过画。

西湖旧称武林水、钱塘湖、西子湖，位于杭州市之西，自宋代开始通称西湖。三面环山，一水抱城，山清水秀，风景如画。一山（孤山）、两堤（苏堤、白堤）、三岛（阮公墩、湖心亭、小瀛洲）、五湖（外西湖、北里湖、西里湖、岳湖和南湖）、十景（曲院风荷、平湖秋月、断桥残雪、柳浪闻莺、雷峰夕照、南屏晚钟、花港观鱼、苏堤春晓、双峰插云、三潭印月）构成了倾倒天下的国色天香。西湖的美不仅在湖，也在山。尽管山都不高，但峰奇石秀，林泉幽美，虎跑、龙井、玉泉等名泉深涧奔腾喧嚣，烟霞洞、水乐洞、石屋洞等洞壑境清情幽。它们像众星拱月一样，捧出了风韵绝世的西湖。历代诗人、词人陶醉于西湖的湖光山色中，流连忘返。大文豪苏东坡对杭州西湖更是推崇之至："天下西湖三十六，就中最好是杭州。"阳春三月，草长莺飞，烟雨台榭，柳掩桃迎；夏时荷花映日，莲叶接天，水光潋滟，山色空濛；秋天则层林如染，金桂飘香，秋涛卷雪，平湖秋月；冬日则暗香浮动，疏影横斜，断桥残雪，远山凝黛。西湖之美，难言其妙。

词中所写为秋日西湖，那三三两两的渔船，洁白如雪的芦花，一行行的白鹭，点染出一幅疏明清朗的西湖清秋图，让人神清气爽。与春天"日出江花红胜火"（白居易《忆江南》）的绚丽和夏季"接天莲叶无穷碧"（杨万里《晓出净慈寺送林子方》）的繁盛相比自有一番潇洒与神韵，也称得上是"风光不与四时同"，令人向往。

【国学故事】

潘阆轶事

宋人笔记《续湘山野录》里记载了潘阆的一件轶事十分有趣：

潘阆有个好朋友柳开，平素尚气自负，潘阆却对他的自负一向嗤之以鼻。柳开一次赴任途中经过扬州，潘阆是本地人，当然要来迎接招待朋友。官员在道，有专门的传舍居住，按柳开的级别，大约是能够住比较高规格的房间，但这间旅舍里的中堂却牢牢锁着，柳开的暴躁脾气立即发作，怒冲冲地向服役的驿吏质问，驿吏回答："这间屋子有古怪，居住的人都不能安稳，向来没有人敢住的，已经锁了十来年了。"柳开说："我的文章惊鬼神，名气震夷夏，有什么畏惧！"便命令驿吏开了门户，扫除干净，公然居中而坐。

潘阆知道柳开的老毛病又犯了，暗暗想："我倒不信还有不怕鬼神的人！"于是找个借口说要回家去，让柳开一个人独宿驿舍，出门前悄悄地跟驿吏通了气："这家伙是我的老相识了，总是说大话唬人，我今晚要整治整治他，你别大惊小怪。"驿吏刚受饱了柳开的气，当然毫无异议，只等着看好戏了。

当晚潘阆着意化妆一番，全身染成黛绿色，穿着豹纹短裤（按：都是原文，看这打扮让人汗颜，古人也如此前卫），装上两根兽牙，披头散发，手持巨棍——估计这模样也算得上青面獠牙，保管能把人吓出心脏病来——从外墙跳入驿舍，高踞厅堂屋脊之上。这一夜天公特别作美，月色加倍明亮，照得人毫发毕见，柳开正拖着剑在台阶间转圈逡巡，潘阆猛然捏出怪声大喝一声："咄！"

他这一声喝得煞是恐怖，柳开毛骨悚然，抬头观看，潘阆不失时机又喝了一声，柳开的心脏功能想是比较坚强，倒没有吓晕过去，却也露出了惶恐惧怕的神情，慌忙向这位"神鬼"告罪："在下只是赴任经过，暂居这里，不敢冒犯，还请恕罪！"

潘阆捏着怪声开始一一数落柳开生平所干的幽隐不法的事迹。要知道柳开当时是一个凶暴残忍的人物，据说他喜欢吃人肝，做地方知府时常常杀死俘虏或求取死刑犯的肝脏来吃，这绝对是一种变态的嗜好，连宋太宗都无法忍耐想要治他的罪，却因有人从中说情而作罢。柳开平时做这些事，心里肯定也不能无所忌惮，潘阆熟知他的行事，说出来每一件都是柳开自以为隐藏很深的罪孽，自然说得柳开冷汗涔涔而下，身体瑟瑟发抖，最后潘阆厉声道："我是阴司使者，阴府里因为你的罪孽如此深重，命令我前来索命，这就跟着走吧！"

柳开已经跪拜在地，哀求道："这些事诚然是有的，只是我还没有去就任，我的家事也尚有牵挂，要是圣者能够高抬贵手庇护我一下，定有厚报！"说着一再磕头，竟然哭泣起来。

潘阆停了半晌，徐徐地道："你认识我么？"柳开说："我是尘土般的下等之人，怎么能识得圣者？"潘阆道："我便是潘阆也。"

这一场捉弄以柳开丑态百出而告终，笔记中只写："柳乃速呼阆下"，立即呼叫潘阆下来，大概恼羞成怒的同时，也不无杀机。潘阆也知道柳开的性格暴躁，当然不至于轻易给他捉住，当夜就悄悄开溜。柳开无地自容，天不亮就开船出发，不告而别。

注：柳开（公元947—1000年），字仲涂。进士出身，是宋代古文运动的先驱，任气自负，具有过人的雄心胆识。（摘编自《天上人间梦里——宋代词人列传》，文：雨后微香）

【文化常识】

山水田园诗

田园诗源于晋代陶渊明，山水诗源于南朝宋谢灵运，以唐代王维、孟浩然为代表。这类诗以描写自然风光、农村景物以及安逸恬淡的隐居生活见长。诗境隽永优美，风格恬静淡雅，语言清丽洗练，多用白描手法。分成山水诗和田园诗两类。山水诗主要以山水作为描写和抒发感情的对象。田园诗多以田园风光为题材。山水田园诗属于写景诗的范畴，侧重于歌咏自然景物中的山水田园。这类诗歌的主要特点就是"一切景语皆情语"，亦即作者笔下的山水自然景物都融入了作者的主观情愫，或是借景抒情，或是情景交融。抒发了诗人热爱自然，钟情山水之情，厌弃官场，向往归隐之情，遭遇贬谪，郁闷孤愤之情。

望海潮

柳永

【原文】

东南形胜[①]，三吴[②]都会[③]，钱塘自古繁华。烟柳画桥，风帘[④]翠幕，参差[⑤]十万人家。云树[⑥]绕堤沙，怒涛卷霜雪，天堑[⑦]无涯。市列珠玑[⑧]，户盈[⑨]罗绮，竞豪奢。

重湖[⑩]叠巘[⑪]清嘉[⑫]，有三秋[⑬]桂子，十里荷花。羌管[⑭]弄晴，菱歌泛夜[⑮]，嬉嬉钓叟莲娃[⑯]。千骑拥高牙，乘醉听箫鼓，吟赏烟霞[⑰]。异日图将好景，归向凤池[⑱]夸。

【注释】

①形胜:地理条件优越。

②三吴:《水经注》以吴兴、吴都、会稽为三吴。

③都会:大都市。

④风帘:挡风作的帘子。

⑤参差:指房屋楼阁高低不齐。

⑥云树:树木远望似云,极言其多。

⑦天堑:天然的险阻,这里指钱塘江。

⑧珠玑:珍宝。

⑨盈:充满,言其多。

⑩重湖:这里指西湖。

⑪巘(yǎn):小山峰。

⑫清嘉:清秀美丽。嘉:一般作“佳”。

⑬三秋:农历九月。

⑭羌管:笛子。这里泛指乐器。

⑮泛夜:指在夜间飞扬。

⑯嬉嬉:欢乐快活的样子。莲娃:采莲的姑娘。

⑰千骑:形容州郡长官出行时随从众多。高牙:古代将军旗杆用象牙。烟霞:山水美景。

⑱异日:他日。图:描绘。凤池:原指皇帝禁苑中的池沼,此指中书省,代指朝廷。

【经典原意】

东南形势重要,湖山优美的地方,三吴的都会,钱塘自古以来十分繁华。如烟的柳树、彩绘的桥梁,挡风的帘子、翠绿的帐幕,房屋高高低低,约有十万人家。高耸入云的大树环绕着沙堤,怒涛卷起霜雪一样白的浪花,天然的江河绵延无边。市场上陈列着珠玉珍宝,家庭里充满着绫罗绸缎,争讲奢华。

里湖、外湖与重重叠叠的山岭非常清秀美丽,有秋天的桂子,十里的荷花。晴天欢快地奏乐,夜晚划船采菱唱歌,钓鱼的老翁、采莲的姑娘都喜笑颜开。千名骑兵簇拥着长官,乘醉听吹箫击鼓,观赏、吟唱烟霞风光。他日画上美好景致，回京升官时向人们夸耀。

【当代阐释】

钱塘自古繁华

杭州古称钱塘，从唐代开始便是历史上著名的大都市，到了宋代又有进一步的发展。俗话说："上有天堂，下有苏杭。"柳永的这首《望海潮》写尽了人间天堂之富丽繁华。"重湖叠巘"，"烟柳画桥"，"云树绕堤沙"，"三秋桂子，十里荷花"的壮丽秀美；"市列珠玑，户盈罗绮"的盈实富庶；"羌管弄晴，菱歌泛夜"的轻快欢欣；以及"乘醉听箫鼓，吟赏烟霞"的风流潇洒……西湖的美景，钱江潮的壮观，杭州市区的繁华，当地上层人物的享乐，下层人民的劳动生活，都一一注于词人的笔下，涂写出一幅幅优美生动的画面。这画面的价值，不仅在于它描画出杭州的锦山秀水，而且更重要的是它画出了当时当地的风土人情。

今日的杭州，四通八达的高速路，鳞次栉比的大楼，霓虹闪耀的夜景，处处都洋溢着现代化的气息。读这首词，让我们依稀回到历史上的杭州，重温昔日人间天堂的繁盛。

【国学故事】

《望海潮》与完颜亮灭南宋

北宋时的大官范镇，与柳永同年，他很喜爱柳的才华，可听说柳专心致志地写词时，便叹息说："怎么把心思用在这上头。"范镇退休之后，听见亲朋故旧之间盛行唱柳词，不少是描述宋仁宗统治期间的繁盛和风土人情，很有感触而又叹息说："仁宗皇帝统治四十二年太平，我在翰林院任职十余年，写不出一句歌词赞颂，只有柳永可以做到了。"

《望海潮》词写出后，流传极为广泛。一百三十多年后的南宋时，金国君主完颜亮听见乐工唱此词，对词中描述的杭州景色"三秋桂子，十里荷花"非常羡慕，于是在派往南宋通好的使臣中，混进去高手画工，到宋都城临安（即杭州）后，绘了一幅西湖山水图带回金国。完颜亮命人将这幅画裱成屏风，并加画上他自己全副武装、骑马站在西湖边山上的肖像。同时，完颜亮又在自己的肖像旁题了一首七绝：

万里车书尽混同，江南岂有别疆封？

提兵百万西湖上，立马吴山第一峰。

这首诗，实际上是完颜亮下令发兵进攻南宋的宣言，是不灭南宋誓不罢休的决心书。秦始皇统一天下后，规定全国车子的轮距用同一宽度，并且只准使用秦国当时的文字小篆。这就是"车同轨，书同文"，对便利交通，促进文化交流起了重大作用。而"车同轨，书同文"也就成为统一天下的同义语。

果然，在南宋高宗绍兴三十一年（公元 1161 年），完颜亮下令向南宋大举进攻，由御前都统骠骑卫大将军韩夷耶率领三万多大军，先进军两淮。临出发时，完颜亮亲自填了一首词《喜迁莺》赐给韩：

旌麾初举，正力健，嘶风江渚。射虎将军，落都尉，绣帽锦袍翘楚。怒磔戟髯争奋，卷地一声鼙鼓。笑谈顷，指长江齐楚，六师飞渡。

此去，无自误。金印如斗，独把功名取。断锁机谋，垂鞭方略，人事本无今古。试展卧龙韬韫，果见成功旦暮。问江左，想云霓望切，玄黄迎路。

完颜亮虽然野心很大，梦想南宋百姓会欢迎他的军队，使他不费力就可以占领临安灭亡南宋。可由于他的统治暴虐，又缺乏军事才干，因而在长江边的采石被宋将虞允文打得大败。接着金国发生内讧，完颜亮被部下刺杀，于是全军狼狈退却。南宋诗人谢驿（字处厚），为此写了一首感慨的七绝《纪事》：

谁把杭州曲子讴，荷花十里桂三秋。

哪知卉木无情物，牵动长江万里愁。

采桑子

欧阳修

【原文】

轻舟短棹西湖[①]好，绿水逶迤，芳草长堤，隐隐笙歌[②]处处随。

无风水面琉璃滑，不觉船移，微动涟漪[③]，惊起沙禽掠岸飞。

【注释】

①西湖：指颍州西湖。在今安徽省太和县东南，是颍水和其他河流汇合处。宋时属颍州。晏殊、欧阳修、苏轼都在颍州做过太守。欧阳修晚年退休后住在颍州，写了一组《采桑子》（十首）。

②笙歌：指歌唱时有笙管伴奏。

③涟漪：水的波纹。

【经典原意】

西湖风光好，驾轻舟划短桨多么逍遥。碧绿的湖水绵延不断，长堤上花草散出芳香。隐隐传来的音乐歌唱，像是随着船儿在湖上飘荡。

无风的水面，光滑得好似琉璃一样，不觉得船儿在前进，只见微微的细浪在船边荡漾。看那被船儿惊起的水鸟，正掠过湖岸在飞翔。

【当代阐释】

让我们荡起双桨

这首词以轻松淡雅的笔调，描写泛舟颍州（今安徽阜阳）西湖时所见的美丽景色。全词色调清丽，风格娟秀，充满诗情画意，读来清新可喜。

词的上片，轻舟短棹，一开头就给人以悠然自在的愉快感觉。以下数句展开了一幅美丽的西湖春景：不仅是“春草碧色，春水绿波”，跟

绵长的堤影掩映着，看到的是一幅淡远的画面；而且在短棹轻纵的过程里，随船所向，都会听到柔和的笙箫声，隐隐地在春风中吹送。这些乐曲处处随着词人的船，仿佛是为着词人而歌唱。寥寥数笔，就营造出一片安谧、恬静的气氛。下片着重描写湖上行舟、波平如镜的景色。前三句以静写动，写风平浪静时水面晶莹澄澈，如同琉璃，平滑似镜，游人不觉船移，只是看到船桨轻划，水上形成细小的波纹时，方感船身滑动。结句以动衬静，写涟漪微动难免惊动沙滩上的水鸟，使之掠过湖岸飞去，而西湖却愈显其幽静。

这首词如同一幅清丽活泼、空灵淡远的风景画，美不胜收，清新可爱，令人流连忘返。

当我们奔波忙碌于日常的生活之中，而无暇亲近自然的时候，读这样一首词，不由得会羡慕向往春日水上泛舟的惬意和舒畅吧。

【国学故事】

“修”与“羞”

从前，有一个单科秀才，总是觉得自己了不起，文如锦绣，诗如莲花。四下张望，只有一个叫欧阳修的，能和自己相比。一日，这秀才背起行囊，拿了一张地图，要对欧阳修进行文学访问。那真是，一脸得意，万种豪情。心想，定要访他个哑口无言，乖乖地亮出免战牌。说话间，秀才来到河边，上船的时候，歪脑袋看见一棵枇杷树。秀才出口成吟：“路旁一枇杷，两朵大丫杈。”要说这秀才的前两句还是挺顺当的，可不知怎么，总是后劲不足，后面就憋不出来。要说天下的事儿，就是一个巧。正巧欧阳修也来过河，随口说道：“未结黄金果，先开白玉花。”秀才一听，拱手赞道：“想不到老兄也会吟诗，对得还不错，不失我的原意。这可是诗人兴会了。”

说话间，船老大已经开船了，枇杷树渐行渐远，秀才见河中有一群鹅，有的鹅潜水，有的鹅灌水，诗兴又起，脱口念道：“远看一群鹅，一棒打下河。”

话说秀才两句出口，又没词儿了。欧阳修顺口接道：“白毛浮绿水，红掌拨清波。”

秀才大喜：“嗬！看来老兄肚子里还真有点货，竟能懂得我的诗意。”那秀才大步流星，从船头跨到船尾，向欧阳修伸出双手，一边跑一边说：“诗人同登舟，去访欧阳修。”欧阳修连忙把双手高高拱起：“修已知道你，你还不知修(羞)。”

浣溪沙

苏轼

【原文】

游蕲水清泉寺[①]。寺临兰溪，溪水西流。

山下兰芽[②]短浸溪，松间沙路净无泥。萧萧暮雨子规啼[③]。

谁道人生无再少？门前流水尚能西。休将白发唱黄鸡[④]。

【注释】

①蕲(qí)水清泉寺：在今湖北浠水县。元丰五年(公元1082年)三月，苏轼曾游此寺。

②兰芽：兰草的嫩芽。

③萧萧：形容雨声。暮雨：傍晚下雨。子规：即杜鹃鸟。

④休将白发唱黄鸡：反用白居易的诗句，意为不要叹息年华易逝。白居易在《醉歌示妓人商玲珑》一诗中，称“黄鸡催晓”、“白日催年”，人就是在黄鸡的叫声、白日的流动中一天天变老的，因此他慨叹“腰间红绫系未稳，镜里朱颜看已失”。苏轼在这里反其意而用之：“休将白发唱黄鸡。”白发：指年老，黄鸡：指代白居易诗中的年华易逝的感慨。全句意思是不要因为自己老了就消极悲观，人生也会返老还童。

【经典原意】

游览蕲水清泉寺，寺院临接小溪，溪水向西边流去。

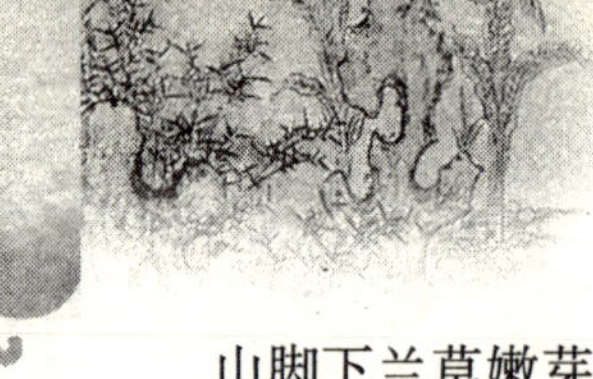

山脚下兰草嫩芽入小溪，松林间小路清沙净无泥，傍晚细雨中杜鹃阵阵啼。

谁说人老不可再年少？门前流水还能执著奔向西！不必烦恼叹白发，多愁唱黄鸡。

【当代阐释】

休将白发唱黄鸡

这是一首触景生情、蕴含人生哲理的小词，体现了作者热爱生活、乐观旷达的人生态度。作者暮春游清泉寺见山下溪水潺潺，溪边的兰草才抽出嫩芽，蔓延浸泡在溪水中。松柏夹道的沙石小路，经过春雨的冲刷，洁净无泥。时值日暮，松林间的杜鹃在潇潇细雨中啼叫着。这是一幅多么幽美宁静的山林景致！作者此际漫步溪边，浑然忘却尘世的喧嚣和官场的污秽，心情愉悦。并由眼前“溪水西流”之景生发了关于人生的感慨。

“百川东到海，何时复西归”（汉乐府《长歌行》），“花有重开日，人无再少时”。江水的东流不返，正如人的青春年华只有一次一样，都是不可抗拒的自然规律，曾使古今无数人为之悲叹。而作者此际面对着眼前西流的兰溪水，却产生奇妙的遐想：既然溪水可以西流，人为什么不可以重新拥有青春年华呢？人生之“再少”不是“返老还童”，而是应保持一种年轻乐观的心态。因为人并不能改变这个世界；人所能改变的，仅仅是对这个世界的态度和看法。白居易《醉歌》诗有“谁道使君不解饮，听唱黄鸡与白日。黄鸡催晓丑时鸣，白日催年酉前没。腰间红绶系未稳，镜里朱颜看已失”诸句，乃嗟老叹衰之词也。作者尾句反用其意，认为即使到了暮年，也不应有那种“黄鸡催晓”、“朱颜已失”的衰颓心态，体现了作者在贬谪期间旷达振作的精神状态。

此词所表现出来的是对青春活力的呼唤，是词人深处逆境中的乐观奋发的精神，也是苏轼受到后世尊崇的重要原因之一。

【国学故事】

东坡与佛印的故事

一代风流之士苏东坡先生，天赋过人，诗文写得狂放潇洒，琴棋书画样样精通。不仅仅如此，他生平还有一大爱好，就是参禅悟佛。苏东坡在杭州时，喜欢与西湖寺的僧人交朋友，和圣山寺佛印和尚最要好，两人饮酒吟诗之余，还常常开玩笑。

有一次，苏东坡与佛印泛舟江河之上，吟诗作对。苏东坡看见河边有一只狗在啃骨头，灵机一动，想捉弄一下佛印。他用扇子指着正在啃骨头的狗，叫佛印看，脸上颇有得意之色。佛印一看，就知道苏东坡又想骂他了，于是就把手中那把题有东坡诗的扇子抛入水中。两人面面相觑，不禁大笑起来。原来他们这是打哑谜，东坡叫佛印看那条啃骨头的狗，其实是给佛印出了一条骂佛印的上联："狗啃河上（和尚）骨"，佛印把题有东坡诗的扇子丢进河里，不但回接了东坡的上联，还把东坡也骂了回来："水流东坡诗（尸）"。

还有一次，佛印在寺院，知道苏东坡要来，照样清蒸了一盘五柳鱼。刚好苏东坡进来了。佛印一想，上次你开我玩笑，今天我也要为难为难你。正巧旁边有只磬，他就随手将鱼放在磬里。

苏东坡早已看见，装作不知，刚坐下就故意"唉"地叹了口气。佛印素知苏东坡性格乐观，疑惑地问道："太守，今天为何愁眉不展？"苏东坡回答说："唉，大和尚你有所不知，早上我想写副对联，谁知刚写好上联，下联就难住啦，一直想不出，所以心烦啊！"佛印问："不知上联是什么？"苏东坡回答说："上联是'向阳门第春常在'。"佛印一听，心中好笑：这对联家家户户都贴烂了，他却拿来戏弄我，不知道他葫芦里卖的什么药。于是不动声色地说："我来给你对吧，下联是'积善人家庆有余'。"苏东坡连呼："啊呀，高才高才！原来你磬（庆）里有鱼（余）啊！快，拿出来吃吧。"佛印这才恍然大悟，乖乖地从磬里把鱼拿出来了。

浣溪沙

苏轼

【原文】

元丰七年十二月二十四日，从泗州[1]刘倩叔游南山[2]。

细雨斜风作小寒，淡烟疏柳媚晴滩，入淮清洛[3]渐漫漫。
雪沫乳花浮午盏，蓼茸[4]蒿笋试春盘[5]，人间有味是清欢。

【注释】

①泗州：安徽泗县。

②南山：在泗州附近，淮河南岸。

③洛：安徽洛河。

④蓼茸：蓼菜嫩芽。

⑤试春盘：旧俗立春日馈赠亲友，以蔬菜水果、糕饼等装盘，谓“春盘”。因时近立春，故此云“试”。

【经典原意】

元丰七年十二月二十四日，与刘倩叔在泗州附近南山游玩时所作。

细细的雨伴着轻斜的风，有些微寒，疏淡的烟柳在河滩上媚媚地招摇，流入淮河的洛水渐渐涨了起来。

春茶就像雪沫乳花一样浮在杯盏中，用蓼菜的嫩芽和蒿笋装点起春盘，人间最有滋味的就是这清淡的欢愉啊。

【当代阐释】

人间有味是清欢

苏东坡在游山时体味了一番清茶野餐的自然情趣后，从内心深处发出了这样的感叹：人间有味是清欢。“清欢”是什么呢？“清欢”几乎是难以翻译的，可以诠释成“清淡的欢愉”，这种“清淡的欢愉”不是来自别处，正是来自于对宁静、素雅、清馨、简朴、自然、平凡生活的一种热爱。当一个人品味野菜的清香，胜过山珍海味；观赏路边的石头，胜过闪闪发光的钻石；倾听林间鸟鸣的声音，胜过提笼遛鸟的感受，也许这些就是“清欢”吧。

“清欢”之所以好，是因为它对生活的无求，是它不讲究物质的条件，只讲究心灵的品味。与“清欢”相反的是“浮躁”。“浮躁”对现代人来说是痛切的顽症。无数的人在追逐那个虚无的“桂冠”，乐此而不疲。恬淡的心态被横流的物欲所取代，即使有清闲的时光，宝贵的时间也在酒宴上、牌桌上还有文山会海上被敷衍过去了，留下的只能是苍白和空洞。对本来就在身边只要稍加细心就能体察到的美好事物视而不见，对生活漠然处之。不拥抱生活，失落了情趣，哪能体会到人生的“清欢”呢？

“清欢”是平淡中蕴含着的持久的芬芳，需要一颗闲静的心细细地品尝。要想体会这份心灵的欢愉，只有忘却身边的得、失、宠、辱，抛去烦恼，复归安宁。这样你会发现生活中处处都有美，都有愉悦。可能是枝头绽放的一朵小花，可能是一杯幽香的清茶，可能是一个浅浅的微笑，可能是……可能太多了，需要我们用一颗宁静的、对生活充满热爱的心去体会。因为人间有味是清欢。

【国学故事】

苏东坡改诗的故事

有一次，苏东坡去王安石的书房乌斋去找王安石，王不在，见乌斋台桌上摆着一首只写得两句尚未写完的诗：“明月枝头叫，黄狗卧花心。”苏东坡瞧了又瞧，好生质疑，觉得明月怎能在枝头叫呢？黄狗又怎么会在花心上卧呢？以为不妥。于是提笔一改，将诗句改为“明月当空照，黄狗卧花荫。”王安石回来后，对苏轼改他的诗极为不满，就将他贬到合浦。

苏东坡到合浦后，一天，他出室外散步，见一群小孩子围在一堆花丛前猛喊：“黄狗罗罗，黑狗罗罗，快出来呀？罗罗罗，罗罗罗。”苏东坡出于好奇心，走过去问小孩喊什么，小孩说："我们叫虫子快点出来，好捉它。"苏东坡凑近花前一看，见有几条黄色、黑色像芝麻大的小虫在花蕊里蠕动。又问小孩说："这是什么虫？"小孩说："黄狗虫，黑狗虫。"苏东坡离开花丛，来到一棵榕树下，正碰到树上一阵清脆的鸟叫声，问旁人，这是什么鸟叫？旁人答道："这叫明月鸟。"此刻苏东坡才恍然大悟，知自己错改了王安石的诗。

还有一次苏东坡去拜访王安石。当苏东坡来到相府时，王安石正在睡觉，他被管家徐伦引到王安石的东书房用茶。

徐伦走后，苏东坡见四壁书橱关闭有锁，书桌上只有笔砚，更无余物。他打开砚匣，看到是一方绿色端砚，甚有神采。砚池内余墨未干，方欲掩盖，忽见砚匣下露出纸角儿。取出一看，原来是两句未完的诗稿，认得是王丞相写的《咏菊》诗。苏东坡暗笑："士别三日，另眼相待。昔年我曾在京为官时，王丞相下笔数千言，不假思索。三年后，也就不同了。这首诗才写两句，不曾终韵，看来已是江郎才尽。"苏东坡拿起来念了一遍：

西风昨夜过园林，吹落黄花满地金。

苏东坡笑这两句诗是乱道，他认为一年四季，风各有名：春天为和风，夏天为熏风，秋天为金风，冬天为朔风。这诗首句说西风，西方属金，金风行秋令也。那金风一起，梧叶飘黄，群芳零落。第二句说的黄花即菊花。此花开于深秋，其性属火，敢与秋霜鏖战，最能耐久。随你老来焦干枯烂，并不落瓣。说个"吹落黄花满地金"岂不错误了？苏东坡兴之所发，不能自已，举笔舐墨，依韵续诗两句：

秋花不比春花落，说与诗人仔细吟。

不多时，王安石走进东书房，看到诗稿，问明情由，认出苏东坡的笔迹，口中不语，心下踌躇："苏东坡这个人，虽然屡遭挫折，轻薄之性仍然不改。屈原的《离骚》上就有'夕餐秋菊之落英'的诗句。他不承认自己学疏才浅，反倒来讥笑老夫！明日早朝，奏过天子，将他削职为民。"又想："且慢，他原来并不晓得黄州菊花落瓣，也怪他不得！"随后叫徐伦取湖广缺官登记册来看。发现只有黄州府缺少一个团练副使。

次日早朝，王丞相密奏天子，苏东坡才力不及，将他贬到黄州。天子准奏，百官听命，唯有苏东坡心中不服，认为是王安石因改诗一事公报私仇。没奈何，也只得谢恩从命。

次日，苏东坡辞相离京，星夜赶至黄州。

苏东坡在黄州与蜀客陈季常为友。不过登山玩水，饮酒赋诗，军务民情，秋毫无涉。光阴迅速，将及一载。重九一日，天气晴朗，苏东坡突然想起："定惠院长曾送我菊花数种，栽于后园。今日何不去赏玩一番？"恰好陈季常来访，东坡大喜，便拉他同往后花园看菊。走到菊花架下，只见满地铺金，枝上全无一朵。惊得苏东坡目瞪口呆，半晌无语。陈季常问道："子瞻见菊花落瓣，为何如此惊诧？"苏东坡道："季常有所不知，平常见此花只是焦干枯烂，并不落瓣。去年我在王丞相府中，见他《咏菊》诗中写道：'西风昨夜过园林，吹落黄花满地金'。小弟只道老太师写错了，特地续两句：'秋花不比春花落，说与诗人仔细吟'。却不知黄州菊花果然落瓣！老丞相贬我至黄州，原来是让我看看菊花！"陈季常笑道："是啊！"苏东坡叹道："当初小弟被贬，只以为是王丞相公报私仇。谁知他倒不错，我倒错了。今后我一定谦虚谨慎，不再轻易笑话别人。唉，真是不经一事，不长一智啊！"

后来，苏东坡为乱改菊花诗的事，专程到京，向王安石"负荆请罪"，认错道歉。

念奴娇·过洞庭

张孝祥

【原文】

洞庭[①]青草[②]，近中秋，更无一点风色。玉鉴琼田[③]三万顷，着[④]我扁舟[⑤]一叶。素月[⑥]分辉，银河共影，表里俱澄澈。怡然[⑦]心会[⑧]，妙处难与君说。

应念岭表[⑨]经年[⑩]，孤光自照，肝胆皆冰雪。短发萧骚[⑪]襟袖冷，稳泛沧溟[⑫]空阔。尽挹西江[⑬]，细斟北斗[⑭]，万象为宾客。扣舷独啸，不知今夕何夕⑮。

【注释】

①洞庭：湖名。

②青草：湖名，北与洞庭湖相接。

③玉鉴：玉镜。琼田：美玉一般的田野。

④着：安置，此指飘浮着。

⑤扁舟：小船。

⑥素月：洁白的月亮。

⑦怡然：闲适的样子。

⑧会：领悟。

⑨岭表：五岭以南。

⑩经年：年复一年。

⑪萧骚：形容头发稀少，如秋天草木。

⑫沧溟：茫茫的大水。

⑬尽挹西江：指豪饮。西江：《庄子·外物》："我且南游吴越之王，激西江之水而迎子。"

⑭细斟北斗：饮酒。

⑮今夕何夕：《诗经·绸缪》："今夕何夕，见此良人。"此赞叹良辰美景。

【经典原意】

洞庭青草，临近中秋。三万顷的湖面宽广，就像美玉田野营造成洁白的玉的世界。上面只有我坐一条小舟，如一片树叶。明月的光辉散在湖面，一片银光，银河的影像在碧波中柔软地轻漾。水面与天色，那么幽静，整个天水都清莹澄澈。我心中悠然难言出那种美妙细微的感受。

想起在岭南这几年，皎洁的月光照见了我，只有月光可以见证我的忠肝义胆，高洁品质。如今我年岁已老，秋风满襟，有寒冷的感觉，但我毫不在意，我心坚定稳坐着小船，泛舟在这沧浪旷海之间。我要以西江的江水当作美酒，用北斗当勺为自己干杯，请世间一切来做宾客。我要尽兴狂饮，拍打着船边引吭高歌。欢乐得忘记了今夕是何年！

【当代阐释】

悠悠心会难与君说

孝宗乾道元年（公元1165年）七月，张孝祥出任静江府（治所在今广西桂林）知府，第二年六月被诬落职，改知潭州。在北归途经岳阳洞庭湖时，已近中秋节。词人独自游于洞庭湖，心旷神怡，便以此词记下了自己的种种情怀。

秋夜泛舟洞庭，词人所感有二。其一，词人感到星月交辉，水天一色，自己也仿佛融入其中。万物此时共同构成了一个晶莹明洁的统一体。景中有我，我心中有景，心迹与天光水色映带，物景与心境融合，天地万物蕴涵着至真至美的人生真谛，此时此刻词人真是“悠悠心会，妙处难于君说”。其二，词人回顾平生做人处世，心中了无愧疚。词人刚结束近一年的岭南的官场生活，持身清廉，光明磊落，“孤光”可鉴，“肝胆”如冰雪般纯洁，却遭谗言诽谤，到头来只赢得个“短发萧骚襟袖冷”，萧条冷落。当词人怀着一丝凄凉与无限怨愤泛舟于空旷的湖面之上，襟怀不禁为之开阔，官场的烦恼也被荡涤殆尽。词人沉醉于美妙的大自然之中，思想升华到了物我两忘的境界，委屈、怨恨早抛于九霄云外，他的心胸宽广到了可以容纳天地万物的程度。“尽挹西江，细斟北斗，万象为宾客”，此时天地万物已完全听从词人的调遣，词人完全融于大自然中，直接与宇宙对话，哪里还顾得上理睬小人的流言飞语，词人的精神已升华到至高至乐的境界，乃至于只知自己面对大自然而“扣舷独啸”，全然忘记了世上的一切。整首词既向我们展示了一幅优美、纯洁、宁静、和谐的洞庭月夜美景，更重要的是，又向我们展示了一种高尚的人格，一种旷达的人生境界。

人生在世，荣辱得失，皆若过眼烟云，和宇宙的无垠与永恒相比，一切皆渺小不足计较。不汲汲于功名，不斤斤于得失，不戚戚于困顿，心如明镜，独守崇高，保持一份淡然，一份豁达，清风明月，自得其乐，这是一种很高的境界。

昭君怨·咏荷上雨

杨万里

【原文】

午梦扁舟花底，香满西湖烟水。急雨打篷[①]声，梦初惊。

却是池荷跳雨，散了真珠还聚。聚作水银窝，泛清波[②]。

【注释】

①篷：指船篷。

②泛清波：又作“泻清波”。

【经典原意】

午梦中在荷花下面乘小船，荷香飘满西湖，西湖为烟水笼罩。忽然一阵急雨打在了船篷上，惊醒了我的美梦。

原来是急雨打在庭院池塘的荷叶上。荷叶上珍珠般的雨珠散了又聚拢来，聚拢成水银似晶亮透明的一窝水，在风中泛起清清的水波。

【当代阐释】

且听池荷跳雨声

词人梦见在西湖划船，清香扑鼻，被急雨打船篷的声音惊醒，却发现是在自家的荷池旁，清香是荷叶的清香，声音是雨点打在荷叶上的声音。

词人做梦都如此美妙，着实让人欣羡。有如此美妙的梦，是因为词人置身于清新可喜的景中：“池荷跳雨，散了真珠还聚。聚作水银窝，泛清波”。雨打荷花的声音入耳，难怪词人会进入西湖泛舟的梦境。梦美，现实更美。荷花常见，可是有几人像作者这样饶有兴味地欣赏过水珠在荷叶上散了还聚的美妙过程呢？

【国学故事】

清直之操杨万里

杨万里，字廷秀，号诚斋，吉州吉水人，南宋杰出的诗人。他自幼读书非常勤奋，广学博识，锲而不舍。当时正值风狂雨横的年代，金兵大举入侵中原，南宋与金时战时和，形成南弱北强的对峙局面。他的父亲带他去拜见因主张抗金而被贬谪的张九成和胡铨等名臣，他们的品行和爱国精神深深影响着杨万里，杨万里立志要报效国家。

杨万里最初担任永州零陵县令时，宰相张浚因力主抗金被贬居在此，闭门谢客。杨万里钦佩其为人，三次前往拜谒而不得见，于是写书信力请，表明自己心境，张浚看了很受感动，接见他说"元符贵人，腰金纡紫者何隙，惟邹志完、陈莹中姓名与日月争光！"他勉励杨万里要效法先贤的"清直之操"，并勉之以"正心诚意"之学。杨万里铭记在心，将其读书之室取名为"诚斋"，以明己志。

随后，杨万里任隆兴府奉新知县。恰值奉新大旱，百姓生活十分困苦。杨万里见牢中关满了交不起租税的百姓，官署府库却依然空虚，深知是群吏中间盘剥所致。于是他下令，全部放还牢里的百姓，并禁止逮捕、鞭打百姓，然后发给每户一纸通知，放宽其税额、期限。结果百姓纷纷自动前来纳税，不出一月，欠税全部交清。他的不扰民政治，颇获政绩，受到百姓称赞。

杨万里写了振兴国家的文章《千虑策》给朝廷，面对中原沦丧、江山唯余半壁的局面，从"君道"、"国势"、"民政"几方面深刻总结了"靖康之难"以来的历史教训，直率地批评了朝廷的腐败无能，提出了整套的治理国家的方针策略，宋孝宗看文章切中时弊，任他为国子博士，杨万里又举荐朱熹、袁枢等十六人，都是正人端士。宋光宗即位后，杨万里任秘书监，他立朝刚正，连上三札，要求光宗爱护人才，防止奸佞。做到"一曰勤，二曰俭，三曰断，四曰亲君子，五曰奖直言"(《第三札子》)。一次，他因地震而上书朝廷，给皇帝提了十条意见，提醒光宗要将国家命运系之于人民，节财用、薄赋敛、结民心，民富而后邦宁、兴国，触怒了光宗，被贬为江东转运副使。

杨万里实际上视仕宦富贵犹如粪土,随时准备唾弃。刚做京官时,就预先准备好了由杭州回家的盘缠锁置箱中,又嘱家人不许买一物,以免一旦离职回乡时行李累赘,就这样"日日若促装待发者"。杨万里江东转运副使任满时,应有余钱万余,他全弃之于官库,一文不取而归。回到南溪之上,自家老屋一区,仅避风雨。他为官清正廉洁,人们称赞他"清得门如水,贫惟带有金",这正是他清贫一生的真实写照。

到了宋宁宗年间,韩侂胄依仗韩皇后的权势,爬上相位,大肆网络党羽,在朝中专权。有一年,他建了一座南园,以答应让杨万里入朝做高官为报酬,请杨万里为他这座园子作记。杨万里为人正直,一向鄙弃韩侂胄的为人,说道:"官位可弃,记不可作!"韩侂胄听后大怒,只好让别人执笔作记。此后韩侂胄一直主政,杨万里闲居在家达十五年之久,他每日忧国忧民,写道:"韩侂胄奸臣,专权无上,动兵残民,谋危社稷。吾头颅如许,报国无路,惟有孤愤!"

杨万里时刻关心国家命运,写了大量爱国诗篇。他在江淮等地,亲眼看到沦丧于金国的宋朝大好河山和中原遗民父老,心中郁懑国家残破的耻辱和悲愤,写了"何必桑乾方是远,中流以北即天涯!"(《初入淮河四绝句》)他见到金山的吞海亭已成专为金使烹茶的场所时,发出深切地呼喊"大江端的替人羞! 金山端的替人愁!"(《雪雾晓登金山》)他同情百姓疾苦,写了"荒山半寸无遗土,田父何曾一饱来!"(《发孔镇晨炊漆桥道中纪行》)或寄托家国之思,或呼吁抗战复土,或歌颂抗金将领,或讽刺卖国权奸,写出人民对安居乐业的渴望。

杨万里一生正义敢言,不事权贵,这与那些斤斤营求升迁、阿谀逢迎之辈形成鲜明对照。岁月沧桑,那些曾经拥有的富贵功名何在?曾经权倾一时的势利小人哪一个不遭到人们的唾弃?只有美好的品质和高尚的节操永恒永纯,就像杨万里赞美的荷花那样,"接天莲叶无穷碧,映日荷花别样红",纤尘不染,香飘人间。

鹧鸪天

辛弃疾

【原文】

陌①上柔桑破嫩芽，东邻蚕种已生些。平岗细草鸣黄犊，斜日寒林点暮鸦。

山远近，路横斜，青旗②沽酒有人家。城中桃李愁风雨③，春在溪头荠菜④花。

【注释】

①陌：田野小路。

②青旗：卖酒的招牌。

③愁风雨：害怕风雨吹打。

④荠菜：春天开白花的一种野菜。

【经典原意】

野地里柔软的桑条上冒出了嫩芽。东头邻居的蚕种已经孵化出一些小蚕了。平坦的山坡上，黄毛小牛在那里吃草，不时发出叫声。夕阳照在带有寒意的树林上，投宿的乌鸦又点缀着寒林的景色。

远远近近的山，山间小路有横有斜，贯穿其间。这里也有挂旗卖酒的小酒店。城里的桃李害怕风雨吹打。白色的荠菜花开满溪头，大好的春光就在这里。

【当代阐释】

春在溪头荠菜花

这首《鹧鸪天》是辛弃疾乡居田园词的代表作，把乡村景物写得细致真实，历历在目。“柔桑破嫩芽”，“蚕种已生些”写出了乡村早春时节的勃勃生机。“平岗细草鸣黄犊，斜日寒林点暮鸦”，静中有动，也是田园特有的景致。“山远近，路横斜，青旗沽酒有人家”，由景及人，充满生气。尤其是最后两句“城中桃李愁风雨，春在溪头荠菜花”既是写景也是议论，是整首词的点睛之笔。

"春天在哪里呀，春天在哪里？"这是我们小时候唱的歌。春天究竟在哪里呢？词人告诉我们，春的源头在乡村。春天来了，我们要去踏春，在钢筋混凝土的都市是很难找到春天的。就算是郊外，大片的田野正在被各种建筑、工厂吞噬着。所谓的风景区也早已披上了商业活动的外衣。我们很难再找到纯粹的春天。"莫春者，春服既成。冠者五六人，童子六七人，浴乎沂，风乎舞雩，咏而归"（《论语》）的场景已经离我们太远太远了。

英国诗人库柏曾写道："上帝创造了乡村，人类创造了城市。"在今天大规模城市化的进程中，我们应该反省"上帝的作品"是否正在一点点地遭受着毁坏。

西江月①·夜行黄沙②道中

辛弃疾

【原文】

明月别枝③惊鹊，清风半夜鸣蝉。稻花香里说丰年，听取蛙声一片。

七八个星天外，两三点雨山前。旧时茅店④社林⑤边，路转溪头忽见。

【注释】

①西江月：唐玄宗时教坊曲名，后用为词调。

②黄沙：黄沙岭，在信州上饶之西，作者闲居带湖时，常常往来经过此岭。

③别枝：旁枝。

④旧时茅店：过去很熟悉的那一所茅草店。

⑤社林：土地庙周围的树林。社：土地庙。

【经典原意】

明亮的月光惊起了枝头的喜鹊，清爽的夜风吹来了蝉儿的鸣叫。

在稻花香中谈论着丰收的年景，耳听得阵阵田蛙歌唱。

稀疏的星星刚刚还远挂天边，转眼滴滴细雨洒落山前。过去的小客店还在村庙的树林旁，道路转过溪水的源头，它（指茅店）便忽然出现在眼前。

【当代阐释】

一支醉人的夜曲

这首词上片写的是农村夏夜的景象，月白风清，送来了阵阵稻花香，处处蛙声相应，一片丰收景象，它给农民们带来无限喜悦，下片写天外疏星，山前飘雨，溪回路转，茅店忽见，表现夜行乡间的轻松和饶有兴趣。明月清风，惊鹊鸣蝉，稻香蛙声，溪流小桥，构成了江南山乡夏夜一幅优美动人的画面。而贯彻全篇的却是对大自然的热爱和丰收的喜悦。作者善于抓住夏夜山乡的特点，又理解农民对丰收的热望，加上笔调轻快，语言优美，音节和谐，使人读了这首词仿佛身临其境，回味无穷，是一支醉人的乡间夜行曲。

歌德说过，诗人之所以是诗人，正在于他有足够的心智，使一件平凡的对象现出一个有兴趣的方面来。辛弃疾正是这样一位有“足够心智”的人，带着泥土清香的村风，时时触发着他的灵感。平平常常的人和事，一经辛弃疾摄入词中，沁人心脾的乡土风情立刻伴着乡村之味向我们迎面扑来，叫你不得不动情，不得不为村民之乐而乐。这首词不仅描绘了美丽的田园风光，而且叙述了农家宁静、轻松的生活，体现出了一种人与自然的和谐，这样的生活，透着一股宁静的村野之味，令人倍感真切。

蝶恋花

范成大

【原文】

春涨一篙①添水面②。芳草鹅儿③，绿满微风岸。画舫④夷犹⑤湾百转，横塘⑥塔近依前远。

江国多寒[⑦]农事晚。村北村南，谷雨才耕遍。秀麦[⑧]连冈桑叶贱，看看[⑨]尝面收新茧。

【注释】

①一篙：是指水的深度。

②添水面：有两重意思，一是水面上涨；二是水满后面积也大了。

③芳草鹅儿：鹅儿指小鹅，比喻小鹅黄中透绿，与嫩草色相似。

④画舫：彩船。

⑤夷犹：犹豫迟疑，这里是指船行迟缓。

⑥横塘：在苏州西南，是个大塘。

⑦江国：水乡。寒：指水冷。

⑧秀麦：出穗扬花的麦子。

⑨看看：即将之意，透着津津乐道、喜迎丰收的神情。

【经典原意】

春水涨满一篙之深，水面扩大，小鹅的羽毛黄中透绿就像嫩草一样惹人怜爱，绿色伴着微风铺满了河岸。画舫缓缓前行，河道曲折多弯，前方的塔看着近了，其实还远。

江国水冷农事开始较晚，村北村南，土地在谷雨前后刚刚耕遍。吐穗的麦子和农桑漫山遍野，品尝新面收新茧的日子眼看着就要到来。

【当代阐释】

水乡春景惹人醉

此词是作者退居石湖所作，写的是苏州一带的田园风景。

春水涨满，一直浸润到岸边的芳草；芳草、鹅儿在微风中活泼地抖动、游动，那嫩嫩、和谐的色调，透出了生命的温馨与活力；微风轻轻地吹，吹绿了河岸，吹绿了河水。作者乘彩船往横塘方向游去，河道曲折多弯，画舫缓慢行进。看着前方的塔近了，其实还远。这就像俗语所说“望山走倒马”，又像《诗经·蒹葭》所写：“溯洄从之，道阻且长；溯游从之，宛在水中央。”惟其如此，才有吸引力。其实，作者并不急于到塔边，所以对远近并不在意，此时更使他欣悦的倒是一路好景致，便很令人喜爱流连。

词的下片写到农事，视野更加开阔。“村北村南”耕过的水田，一片连着一片，真是“村南村北皆春水”、“绿遍山原白满川”（宋翁卷《乡村四月》），一派水乡风光呈现于读者面前。虽然农事紧张或更可说繁重，但农民们各得其乐，一切都进行得有条不紊。“秀麦连冈桑叶贱，看看尝面收新茧。”这两句是写高地上景象，虽然水稻刚刚下种，但漫冈遍野的麦子拔穗了，农桑丰收在望，字里行间透着喜迎丰收的心情。

这首田园词，描绘出一幅清新、明净的水乡春景，散发着浓郁而恬美的农家生活气息，读来令人心醉。

一片丹心照汗青
——爱国豪情词

【导读】

两宋之际，国势不振，兵力微弱，难以抵御强敌，统治者仅谋自守，边患空前严重。面对如此局面，宋代一大批文人士大夫表现出强烈的社会责任感和历史使命感。范仲淹就是其中首屈一指的代表人物。他所提出的“先天下之忧而忧，后天下之乐而乐”的名言，以及那“居庙堂之高，则忧其民；处江湖之远，则忧其君”的政治襟怀，充分显示了他心系天下、献身社会的崇高理念。此外，幼年时代的苏轼即“奋厉有当世志”，在他的笔下，更出现了这样豪迈的词句：“受降城下紫髯郎，戏马台南旧战场。恨君不取契丹首，金甲牙旗归故乡！”（《阳关曲》）到了南宋，偏安一百五十年间，始有金灭北宋之恨未雪，终有元灭南宋之祸临头，民族灾难不断，词中更是响彻了忧愤忠勇的爱国之音，成为南宋词坛的一大特色。这类爱国词中融入了作者崇高的民族气节和人格力量，从而使它们成了全部宋词中“词品”最高的作品。

岳飞的《满江红》：“壮志饥餐胡虏肉，笑谈渴饮匈奴血。”

辛弃疾的《破阵子》：“醉里挑灯看剑，梦回吹角连营。八百里分麾下炙，五十弦翻塞外声。沙场秋点兵。马作的卢飞快，弓如霹雳弦惊。”

陆游的《诉衷情》：“胡未灭，鬓先秋，泪空流。此生谁料，心在天山，身老沧州。”

范成大《水调歌头》：“敛秦烟，收楚雾，熨江流。关河离合，南北依旧照清愁。”

陈同甫《水调歌头》：“尧之都，舜之壤，禹之封，于中应有，一个半个耻臣戎。万里腥膻如许，千古英灵安在，磅礴几时同？”

还有文天祥《酹江月》：“横槊题词，登楼作赋，万事空中雪。江流如此,方来还有英杰。”

这一个个词人,这一首首词作,是民族的呐喊,是抗战的号角。以辛弃疾、陆游、刘克庄、文天祥等为代表的一大批词人在民族危亡的关头,或跃马横刀于阵前敌后(如岳飞、陆游、辛弃疾),或不畏强敌,视死如归(如范成大、王清惠、文天祥),以自己的行动和热血写下了气壮山河、激励人心、鼓舞士气的战斗词篇。这样的诗词,来源于火热的战斗生活,反过来又鼓舞人们投身于火热的战斗生活,它们本身就是杀敌的利器,是民族的魂魄。他们堪称社会的“脊梁”。他们的词作中表现出来的那种“国家兴亡,匹夫有责”的高度自觉的社会责任感和历史使命感,是最为耀眼、最为宝贵的精神遗产。

江城子·密州出猎

苏轼

【原文】

老夫聊发少年狂[①]。左牵黄，右擎苍。锦帽貂裘[②]，千骑[③]卷[④]平冈。为报倾城[⑤]随太守[⑥]，亲射虎，看孙郎[⑦]。

酒酣[⑧]胸胆尚开张[⑨]。鬓微霜，又何妨。持节云中，何日遣冯唐[⑩]。会挽雕弓如满月[⑪]，西北望，射天狼。

【注释】

①"老夫"一句：我老头子也要学学年轻人的狂态。

②锦帽貂裘：锦蒙帽，貂鼠裘，古代贵族服饰。这里指打猎武士们的装束。

③千骑：言从骑之盛，亦暗示太守身份。太守是"封疆大吏"，略等于古之诸侯，古制"诸侯千乘"。

④卷：形容飞马疾驰的样子。

⑤倾城：倾动一城之意，整个城里的人，写"随太守"的观众之多。

⑥太守：作者自己，时任密州太守。

⑦"亲射虎"两句：效仿当年孙权的榜样，亲自射虎。这里苏轼是以孙权自比。这句指三国时吴国国君孙权亲自杀虎的故事：汉献帝建安二十三年（公元218年）十月，孙权将到吴地去，亲自骑马射虎于亭（今江苏丹阳东），马被老虎抓伤，孙权向虎投去双戟，虎被击倒，孙权的随从张世又用戈击，老虎被打死。

⑧酒酣：酒喝得很畅快。

⑨胸胆尚开张：胸怀开扩，胆气豪壮。

⑩持节云中：指西汉文帝时，魏尚任云中太守，很得士卒爱戴，匈奴怕他，不敢靠近边塞地区的云中城（今内蒙古托克托县一带）。一次，魏尚率军阻击入侵的匈奴骑兵，消灭了大量的敌人。在向皇帝报功时，申报的杀敌数多了六人，汉朝廷便将魏尚处以重罪，关在监狱中。冯唐认为魏尚不仅无罪而且有功，应该重赏，于是向汉文帝直率地陈述了自己的意见，文帝接受了，派冯唐为特使，带着传达命令的符节赦免了魏尚，让他仍任云中太守，并任命冯唐为车骑都尉。

⑪会：将要。挽：拉开。"会挽"一句：要把弓拉足，像满月一样圆。

【经典原意】

我老头子偶然发了少年的豪兴(苏轼这年才四十岁,称老夫有自谦之意),左手牵着黄狗,右臂架着苍鹰,头戴锦帽,身穿貂皮袍,率领着成千的骑兵在山冈上奔驰。为了报答满城的百姓都来看我打猎(也可释为:请告知全城百姓都来看我打猎),我要像当年孙权那样,亲自射杀猛虎。

在庆祝的宴会上,酒酣兴浓,胸怀开扩,胆气粗豪。鬓发虽已有些花白,可那又有何关系。什么时候,朝廷才会派我像冯唐一样,到边疆上宣慰将士?到那时我将把弓拉满如圆月,眼望西北,射向天狼星。

【当代阐释】

老夫聊发少年狂

东坡写此词时四十岁,因反对王安石新法,自请外任。此时西北边事紧张,熙宁三年,西夏大举进攻环、庆二州,四年占抚宁诸城。这首词写词人打猎的情景,并借以表达了希望朝廷委以边任,到边疆抗敌、征讨西夏的豪情壮志。

看,今日词人"老夫聊发少年狂",左手牵黄犬,右臂架苍鹰,好一副出猎的雄姿!随从武士个个也是"锦帽貂裘"的打猎装束。"千骑卷平冈",千骑奔驰,腾空越野,好一幅壮观的出猎场面!"为报倾城随太守,亲射虎,看孙郎",更是显出词人的"狂"劲儿。他说,快告诉全城的人,跟随我去打猎,看我像当年孙郎那样,亲自弯弓射虎吧!孙权射虎,在风华正茂之年,词人如今也要"亲射虎",可见其英雄豪气,不减当年孙郎。这里,我们看到一个意气风发的词人形象。不仅如此,打猎更激起了词人的壮志豪情。"酒酣胸胆尚开张","鬓微霜,又何妨",鬓边添了几根白发,又有什么要紧?廉颇能饭,就大有可用。自己也"会挽雕弓如满月,西北望,射天狼",去边疆抗敌,报效国家!词人最后为自己勾勒了一个挽弓劲射的英雄形象,英武豪迈,气概非凡。爱国之情、报国之志,也在字里行间表露无遗。

"天下兴亡,匹夫有责",苏轼虽是一个文人,在外敌侵边的形势

下，能有如此英雄之志，豪迈之气，让我们看到了词人的胆识和拳拳爱国之心。

贺新郎·送胡邦衡[①]待制赴新州

张元幹[②]

【原文】

梦绕神州[③]路。怅秋风、连营画角[④]，故宫离黍[⑤]。底事昆仑倾砥柱[⑥]，九地黄流[⑦]乱注，聚万落千村狐兔[⑧]？天意[⑨]从来高难问，况人情易老悲难诉。更南浦[⑩]，送君去！

凉生岸柳催残暑。耿斜河[⑪]、疏星淡月，断云微度[⑫]。万里江山知何处？回首对床夜语。雁不到，书成谁与？目尽青天怀今古，肯儿曹恩怨相尔汝[⑬]！举大白[⑭]，听《金缕》[⑮]。

【注释】

①胡邦衡：胡铨，字邦衡，南宋主战派大臣。

②张元幹：字仲宗，号芦川居士，南宋著名爱国词人。

③神州：此指中原沦陷区。

④画角：涂彩的号角。

⑤离黍：用《诗经》中《黍离》篇意，悲汴京故宫荒废。

⑥底事：何事。砥柱：山名，此处喻国家支柱。

⑦九地：九州之地。黄流：黄河水流，借喻金兵到处肆虐。

⑧狐兔：代指金兵。

⑨天意：指朝廷用意。

⑩南浦：泛指送别的地方。

⑪耿：明亮。斜河：斜转的银河，表示夜深。

⑫微度：慢慢飘过。

⑬儿曹：小辈们。尔汝：你我相称，表示亲密。

⑭大白：酒杯名。

⑮《金缕》：即《金缕曲》，《贺新郎》词调的别名。

【经典原意】

中原这祖国美好的河山,多少人魂梦难忘地思念着你啊!而那萧瑟的秋风,又偏偏不时地传来阵阵兵营号角声,更触动人们家国之思啊!为什么昆仑断倒,砥柱摧颓,山河破碎?为什么黄河之水遍地乱流,淹没了大地?为什么荒烟浸野、千村万落狐兔横行呢?皇帝高高在上,他的意图没人了解。更何况人们很快便忘记了亡国之根。又到送别的码头,送君离去。

岸柳生凉、残暑将尽的初秋的一个凌晨,天上还斜挂着一个明朗的天河,月淡星疏,一朵朵云彩正缓慢地飘过。那万里辽阔的江山,谁知道你到哪里去呢?过去对床夜语,谈心论政,如今,已不可能了。你已远去到那雁不到的地方,就是写了信也凭谁寄给你呢?我们放开眼界,看看天地间古往今来的志士们,哪有人肯像小儿女们为了"恩怨"而你我说个不休呢?举起你的酒杯来,大家干一杯吧!并听听那激昂的《金缕曲》,互道离别,说声再见吧!

【当代阐释】

肯儿曹恩怨相尔汝

张元幹曾任抗金将领李纲的行营属官,北宋末年就积极参加抗金斗争,南渡后因不屑与秦桧同朝为官,遂退居福州。胡铨字邦衡,宋高宗绍兴八年(公元1138年),因上书请诛与金人议和的秦桧等人而被贬福州签判。绍兴十二年(公元1142年),再度受到投降派的迫害,被除名押送新州(今广东新兴)编管。投降派气焰嚣张,朝野上下对此敢怒不敢言,独有张元幹不畏强权,作此词为胡铨送行,写下了声振词坛的《贺新郎·送胡邦衡待制赴新州》。

上片一开头,词人便以浪漫的手法,从"梦境"写起:秋风萧瑟,画角悲鸣,故都汴京一派荒芜。作者是南渡之人,曾亲见汴京失守,中原沦陷的惨状,梦中景是词人对北宋灭亡的生动概括,景中饱含着他对故国的无限哀思。接着词人严词责问:神州为何会遭此劫难?这劫难无异于天崩地陷,远胜过黄河泛滥,究竟是谁给国家和百姓带来如此深重的灾难？但“天意从来高难问，况人情易老悲难诉”，词人曲折地谴责了当权的投降派误国殃民的罪行。词人本来处境险恶，胸中郁积着“难诉”的悲愤，又值挚友离别，更感知音隔绝，孤寂无助：“更南浦，送君去”。初秋暑消凉生，时夜深人静，月淡星疏，想胡公所去荒远，音信难达，不知何日再能相逢？志同道合之谊，依依难舍之情，愈转愈深。词人突将笔锋拔起，慷慨发出壮语：“目尽青天怀今古，肯儿曹恩怨相尔汝！”让我们放眼天下，纵览古今，岂能效世俗之人琐琐念叨个人得失？且痛饮一杯，听唱一曲《金缕曲》吧！词到此戛然而止，然而词人愈挫愈奋其志，至死不渝的爱国之情，已溢于言表。

这首送别词一扫伤春悲秋，寻愁觅恨的旧套，融进了现实政治斗争，体现出忧患国事的时代精神，写得气象阔大，音调苍凉悲壮，《四库全书总目提要》称其“慷慨悲凉，数百年后，尚想其抑塞磊落之气”，可见对后世爱国词坛的深远影响。

建炎三年(公元1129年)，金兵南侵，江北地区全部失守，词人愤作《石州慢》词，其下片曰：“心折。长庚光怒，群盗纵横，逆胡猖獗。欲挽天河，一洗中原膏血。两宫何处？寒垣只隔长江，唾壶空击悲歌缺。万里想龙沙，泣孤臣吴越。”面对金兵猖獗，生灵涂炭的痛苦现实，词人发愿要挽天河之水去冲刷干净敌寇杀戮中原人民的血污，这是一种多么悲愤的复仇心理啊！而在他所写的另一首词《水调歌头》中，又抒写了他虽老而仍不忘复国大任的壮志：“梦中原，挥老泪，遍南州。元龙湖海豪气，百尺卧高楼。短发霜粘两鬓，清夜倾盆一雨，喜听瓦鸣沟。犹有壮心在，付与百川流。”其时词人已入两鬓沾染霜华的老境，但他伤悼故国之念却未尝一日断绝，故而梦中时常飞回中原。而更加令人钦佩的则是，在那风雨交加的夜晚，他像陆游所写的“夜阑卧听风吹雨，铁马冰河入梦来”(《十一月四日风雨大作》)那样，依然深怀着抗金复国的宏愿。读着“犹有壮心在，付与百川流”的结句，我们分明感受到老词人的澎湃心潮正像百川归海那样狂奔猛泻。

满江红

岳飞

【原文】

怒发冲冠[①],凭栏处、潇潇雨歇[②]。抬望眼,仰天长啸[③],壮怀激烈。三十功名尘与土[④],八千里路云和月[⑤]。莫等闲[⑥]、白了少年头,空悲切。

靖康耻,犹未雪[⑦];臣子恨,何时灭!驾长车[⑧]踏破贺兰山缺[⑨]。壮士饥餐胡虏肉,笑谈渴饮匈奴血[⑩]。待从头[⑪],收拾[⑫]旧山河[⑬],朝天阙[⑭]。

【注释】

①怒发冲冠:愤怒得头发直竖顶起了帽子。《史记·廉颇蔺相如列传》:“相如因持璧却立,倚柱,怒发上冲冠。”

②潇潇:骤急的雨声。《诗经·风雨》:“风雨潇潇,鸡鸣胶胶。”朱熹注:潇潇,风雨之声。歇:停止。

③仰天长啸:昂头对着天空大声呼啸。啸:感情激发时撮口发出的声音。

④三十功名:孔子说过“三十而立”,认为人到三十来岁就该建功立业。岳飞写这首词的时候是三十二岁,因抗金战功卓著而建节(拜节度使),可谓功成名就。尘与土:把个人的功名视若尘土。

⑤八千里路云和月:为收复失地抗击金兵而南征北战,披星戴月。

⑥等闲:随便地,轻易地,等闲视之。这句是说,切不要轻易地让青春虚度,待到满头白发时,再懊悔悲伤也是枉然。意同汉代古诗“少壮不努力,老大徒伤悲”。

⑦靖康耻:指宋钦宗靖康二年(公元 1127 年)京师汴梁和中原沦陷,徽、钦二帝被掳的奇耻大辱。犹:还。未:没有。雪:洗刷掉。

⑧长车:兵车,战车。

⑨贺兰山:山名,在今宁夏西北部。这里应是泛指金人占据的地区。缺:缺口,这里指山口。

⑩胡虏、匈奴:都是代指金之侵略者。这两句表现了岳飞对敌人的刻骨仇恨和报仇雪耻的决心。

⑪从头:重新,这里作全部讲。

⑫收拾:这里作收复讲。

⑬旧山河:原来的祖国疆土。这里指被金人侵占的国土。

⑭朝天阙:朝见皇帝。天阙:指皇帝的宫殿。这句在明王熙所书词碑中作“朝金阙”。应以“朝天阙”为是。

【经典原意】

我怒发冲冠,独自登高凭栏,阵阵风雨刚刚停歇。我抬头远望天空一片高远壮阔。我禁不住仰天长啸,一片报国之心充满心怀。三十多年的功名如同尘土,八千里经过多少风云人生。好男儿,要抓紧时间为国建功立业,不要空空将青春消磨,等年老时徒自悲切。

靖康年间的奇耻大辱,至今也不能忘却。作为国家臣子的愤恨,何时才能泯灭!我要驾上战车,踏破贺兰山缺。我满怀壮志,发誓喝敌人的鲜血,吃敌人的肉。待我重新收复旧日山河,再带着捷报向国家报告胜利的消息。

【当代阐释】

从头收拾旧山河

这是一首响彻千秋的英雄战歌,曾经无数次激励着中华民族的爱国心。特别是抗战期间,这首词曲以其低沉但却雄壮的歌音,感染了无数中华儿女。可以说,在我国古代诗歌中,没有一首词像本词这样有如此深远的社会影响,也从来没有一首词像本词那样具有激奋人心,鼓舞人们杀敌上战场的力量。

上片抒发作者为国立功、满腔忠义的豪气。怒发冲冠,凭栏眺望,指顾山河,胸怀全局,正英雄本色。“三十功名尘与土,八千里路云和月”,反思以往,包罗时空,既反映转战之艰苦,又谦称建树之微薄。“莫等闲、白了少年头,空悲切”,期许未来,情怀急切,激越中微含悲凉。下片抒写了作者重整山河的决心和报效君王的耿耿忠心。“靖康耻,犹未雪;臣子恨,何时灭?”三字一顿,一锤一声,裂石崩云,这种以天下为己任的崇高胸怀,令人扼腕。“驾长车踏破贺兰山缺”,豪气直冲云霄。在那山河破碎、士气低沉的时代，将是一种惊天地、泣鬼神的激励力量。“壮士饥餐胡虏肉，笑谈渴饮匈奴血。”虽是夸张，却表现了诗人足以震慑敌人的英雄主义气概。最后表达了作者报效朝廷的一片赤诚之心。肝胆沥沥，感人至深。全词如江河直泻，曲折回荡，激发处铿然作金石声。

以岳飞为代表的英雄志士们是中华民族的脊梁，正因为有了他们，中华民族才能在一次次劫难中重生。让我们对中国历史上一切肝胆照人的真英雄表达最崇高的敬意。

前人曾评此词曰：“胆量、意见、文章，悉无今古。”（沈际飞《草堂诗余正集》评语）又曰：“何等气概！何等志向！千载下读之，凛凛有生气也。‘莫等闲’二语，当为千古箴铭。”（唐圭璋《宋词三百首笺注》引清人陈廷焯语）人们所激赏于它们的，正是这种以天下为己任的英雄气概和壮士志向。

【国学故事】

岳飞抗金的故事

岳飞（公元1103—1142年），字鹏举，出生于北宋相州汤阴（今河南汤阴县）的一户佃农家里，青年时代，正遇上金女真贵族对宋发动大规模掠夺战争。他亲眼目睹北宋灭亡前后的惨痛史实，和当时中原沦陷区的人民呼吸相通，有坚决抗击女真贵族民族压迫，收复故土，统一祖国的强烈愿望和要求。

北宋末年，深受民族压迫的汉族、契丹族、渤海、奚等各族人民，“仇怨金国，深入骨髓”，纷纷自动组织起来反抗。

从12世纪20年代起，黄河南北、两淮之间，掀起了轰轰烈烈的抗金民族战争。岳飞和抗金名将宗泽、韩世忠等一道，站在抗金斗争的最前线。可是，腐败的北宋统治集团，采取妥协、投降的政策，靖康二年（公元1127年），徽宗赵佶、钦宗赵桓被掳走后，继而接位的南宋小朝廷的头目赵构，同样是个投降派。他偏安于江南一地，沉醉于歌舞逸乐之中，没有真正组织抗金民族战争并把它进行到底的决心和打算,所不同的是一面信用秦桧等投降派,通过他们出面进行一系列议和投降活动;一面则利用宗泽、岳飞、韩世忠等抗战派,抵挡金军的凌厉攻势,以保住他的皇帝宝座,积累屈膝求和的资本。到了12世纪20年代中期,东自江淮、西至陕西一线的宋、金双方对峙的军事分界线形成后,赵构、秦桧统治集团,实际上已经成了南宋抗金斗争最大的绊脚石;反过来,岳飞、韩世忠等抗战派,则成了赵构、秦桧投降派活动的最大障碍。南宋朝廷内部抗战派与投降派的斗争,日趋尖锐。

岳飞坚决反对议和,主张抗战到底,置个人荣辱安危于度外,对赵构、秦桧的投降活动进行坚决斗争。绍兴九年(公元1139年),岳飞在鄂州(今湖北武昌)听说宋金和议将达成,立即上书表示反对,申言“金人不可信,和好不可恃”,并直接抨击了“相国”秦桧出谋划策、用心不良的投降活动,使“秦桧衔之(怨恨)”。和议达成后,高宗赵构得意忘形,颁下大赦诏书,对文武大臣大加爵赏。可是,诏书下了三次,岳飞都加以拒绝,不受开府仪同三司(一品官衔)的爵赏和三千五百户食邑的封赐。他在辞谢中,痛切地表示反对议和:“今日之事,可危而不可安,可忧而不可贺。”并再次表示收复中原的决心,“愿定谋于全胜,期收地于两河,唾手燕云,终欲复仇而报国。”这无异于给宋高宗当头泼了冷水,从而更使赵构、秦桧怀恨在心。但岳飞不顾个人得失,坚持抗战到底的立场,率领军队,联络北方义军,卓有成效地从事抗金战争,筹划收复中原、统一祖国,成为全国抗金民族战争中的有力支柱。

绍兴九年(公元1139年)夏,金兀术撕毁绍兴和议,倾巢而出,再度发动大规模的对宋战争。在东、西两线军取得对金大捷的形势下,岳飞挥兵从长江中游挺进,实施锐不可当的反击,他一直准备着的施展收复中原抱负的时机到来了。

岳家军进入中原后,受到中原人民、忠义民兵的热烈欢迎。这年七月,岳飞亲率一支轻骑驻守河南郾城,和金兀术一万五千精骑发生激战。岳飞亲率将士,向敌阵突击,大破金军“铁浮图”(侍卫亲兵)和“拐子马”(左右两翼钳攻的骑兵),把金兀术打得大败。岳飞部将杨再兴,单骑闯入敌阵,想活捉金兀术,可惜没有找到,手杀敌人数百,身受几十处创伤，豪勇无比。岳家军将士具有“守死无去”的战斗作风，敌人以排山倒海的威势，也不能把岳家军阵容摇动。郾城大捷后，岳飞乘胜向朱仙镇进军(离金军大本营汴京仅四十五里)，金兀术集合了十万大军抵挡，又被岳飞打得落花流水。岳飞这次北伐中原，一口气收复了颍昌、蔡州、陈州、郑州、郾城、朱仙镇、消灭了金军有生力量，金军全军军心动摇，金兀术连夜准备从开封撤逃。南宋抗金斗争有了根本的转机，再向前跨出一步，沦陷十多年的中原，就可望收复了。岳飞兴奋地对大将们说：“直抵黄龙府，与诸君痛饮尔！”(破掉酒戒庆祝)而金军则发出了“撼山易，撼岳家军难”的哀叹。

但是，外敌难以撼动的岳家军，却遭到了南宋朝廷内部投降派的摧残。就在这抗金战争取得辉煌胜利的时刻，甘心充当儿皇帝的高宗赵构，因担心一旦中原收复，金人放回他的哥哥钦宗，他就保不住皇位，而急切地希望与金人议和。金人安插在南宋朝廷里窃取了宰相高位的内奸秦桧，也抓住高宗这个难言的心病大肆活动，破坏岳飞的抗战。他们狼狈为奸，密谋制订了全线撤军、葬送抗金大好形势的罪恶计划。他们首先命令东西两线收兵，造成岳家军孤军突出的不利态势后；即以“孤军不可久留”为名，连下十二道金牌(红漆金字木牌)，急令岳飞“措置班师”。在要么“班师”、要么“丧师”的不利形势下，岳飞明知这是权臣用事的乱命；但为了保存抗金实力，不得不忍痛班师。岳飞愤慨地说：“十年之功，废于一旦！所得诸郡，一朝全休！社稷江山，难以中兴！乾坤世界，无由再复！”岳飞的抗金英勇斗争，至此被迫中断。岳家军班师时，久久渴望王师北定中原的父老兄弟，拦道恸哭。岳飞为了保护老百姓的生命财产，故意扬言明日渡河，吓得金兀术连夜弃城北窜，准备北渡黄河，使岳飞得以从容地组织河南大批人民群众南迁到襄汉一带，才撤离中原。这时，有一个无耻的书生，骑马追上金兀术扣马而谏：“太子(兀术)毋走，京城可守也，岳少保兵且退矣！自古没有权臣在内，而大将能立功于外者”，金兀术这才又整军回到开封，并以不费吹灰之力，又把中原土地夺了回去。

岳飞一回到临安，立即陷入秦桧、张俊等人布置的罗网。绍兴十一年(公元 1141 年),他遭诬告"谋反",被关进了临安大理寺(原址在今杭州小车桥附近)。与此同时,宋金政府之间,正加紧策划第二次和议,双方都视抗战派为眼中钉,金兀术甚至凶相毕露地写信给秦桧:"必杀岳飞而后可和。"在内外两股恶势力夹击下,岳飞正气凛然,光明正大,忠心报国。从他身上,秦桧一伙找不到任何反叛朝廷的证据,但岳飞却仍于绍兴十一年农历除夕夜,被赵构"特赐死",杀害于临安大理寺内,年仅三十九岁。岳飞部将张宪、儿子岳云亦被腰斩于市门。岳飞父子及张宪死于奸臣昏君之手,激起了抗金军队和老百姓的强烈愤怒,韩世忠当面质问秦桧,秦桧支吾其词"其事体莫须有(也许有)。"韩世忠当场驳斥:"'莫须有'三字,何以服天下!"民族英雄岳飞,就在"莫须有"的罪名下,含冤而死。临死前,他在供状上写下"天日昭昭,天日昭昭"八个大字,这是悲愤的呼喊!

岳飞虽然被杀害了,但他的精忠报国的业绩是不可磨灭的。正是他,表达了被压迫民族的要求,坚持崇高的民族气节,在处境危难的条件下,坚持了抗金的正义斗争,并知道爱护人民的抗金力量,联合抗金军民一道,保住了南宋半壁河山,使南宋人民免遭金统治者的蹂躏,从而保住了高度发展的中国封建经济和文化,并使之得以继续向前发展。岳飞不愧是我国历史上一位杰出的民族英雄。

岳飞遇害后,临安义士隗顺,负尸越城,草草地埋葬于九曲丛祠旁。为了便于以后识别,隗顺将岳飞随身佩带的玉环系于遗体腰下,坟前种植了两棵橘子树。清道光年间(公元 1821—1850 年),因重修栖霞岭下岳飞庙墓,追寻岳飞初葬地,终于在杭州市众安桥螺丝山下扁担弄内的红纸染坊旁,找到了最初的岳坟。光绪二年(公元 1876 年),在这里修建"忠显庙",杭人俗呼为"老岳庙"。

岳飞死后二十年,即绍兴三十二年五月(公元 1162 年 6 月)宋孝宗继位,七月下令给岳飞平反昭雪,"追复原官",并以五百贯的高价购求岳飞遗体,"以礼改葬"。

诉衷情[①]

陆游

【原文】

当年万里觅封侯[②],匹马戍梁州[③]。关河[④]梦断何处?尘暗旧貂裘[⑤]。

胡未灭,鬓先秋,泪空流。此生谁料,心在天山[⑥],身老沧洲[⑦]!

【注释】

①诉衷情:原为唐教坊曲。又名《桃花水》、《画楼空》等。五代词人演为《诉衷情令》,用以写相思之情。陆游此词,就体制而言,当是《诉衷情令》。双调,四十四字,平韵。

②万里觅封侯:东汉班超说过,大丈夫当“立功异域,以取封侯”。后来他出使西域,使葱岭以东五十余国归附汉朝,因功封为定远侯。这里借指立功报国。

③梁州:汉中。汉中有梁山,故名梁州。匹马戍梁州:指乾道八年(公元1172年)陆游四十八岁时在汉中任四川宣抚使王炎的幕僚。

④关:关塞。河:河防。关河:泛指边地险要的战守之处。

⑤“尘暗”一句:传说苏秦十次游说秦王无成,回家时“黑貂之裘弊”(《战国策·秦策》)。这里则是以貂裘积满灰尘,陈旧变色,暗示自己长期闲置而功业未成。

⑥天山:在新疆境内,汉唐时为西北边陲。心在天山:即犹有万里从军之志。

⑦沧洲:水边。陆游晚年退居山阴湖边的三山村。

【经典原意】

回忆当年鹏程万里,为了寻觅封侯,单枪匹马奔赴边境保卫梁州。如今防守边疆要塞的从军生活已成梦中之景,梦一醒知在何处?灰尘已经盖满了旧时出征的貂裘。

胡人还未消灭,鬓边已呈秋霜,感伤的眼泪白白地流淌。这一生谁能预料,原想一心一意抗敌在天山,如今却一辈子老死于沧洲!

【当代阐释】

心在天山，身老沧洲

此词抒发国仇未报、壮志未酬的深切悲愤。积贫积弱，日见窘迫的南宋是一个需要英雄的时代，但这又是一个英雄"过剩"的时代。陆游的一生以抗金复国为己任，无奈请缨无路，屡遭贬黜，晚年退居山阴，有志难申。"壮士凄凉闲处老，名花零落雨中看。"历史的秋意，时代的风雨，英雄的本色，艰难的现实，共同酿成了这一首悲壮沉郁的《诉衷情》。作这首词时，词人已年近七十，身处故地，未忘国忧，烈士暮年，雄心不已，这种高亢的政治热情，永不衰竭的爱国精神形成了词作风骨凛然的崇高美。但壮志不得实现，雄心无人理解，虽然"男儿到死心如铁"，无奈"报国欲死无战场"，这种深沉的压抑感又形成了词作中百折千回的悲剧情调。

"当年万里觅封侯，匹马戍梁州"，再现了词人往日壮志凌云，奔赴抗敌前线的勃勃英姿。那豪雄飞纵、激动人心的军旅生活至今历历在目，时时入梦，之所以会这样，是因为强烈的愿望受到太多的压抑，积郁的情感只有在梦里才能得到宣泄。"关河梦断何处，尘暗旧貂裘"，在前线仅半年，陆游就被调离，从此关塞河防，只能时时在梦中达成愿望，而梦醒不知身何处，只有旧时貂裘戎装，而且已是尘封色暗。岁月的流逝，人事的消磨，化作灰尘堆积，词人心情饱含惆怅。"胡未灭，鬓先秋，泪空流"说尽了词人的平生不得志。放眼西北，神州陆沉，残虏未扫；回首人生，流年暗度，两鬓已苍；沉思往事，雄心虽在，壮志难酬。人生自古谁不老？但逆胡尚未灭，功业尚未成，岁月已无多，这才迫切感到人"先"老之酸楚。然而，即使天假数年，双鬓再青，又岂能实现夙愿？这忧国之泪只是"空"流，作者内心的失望和痛苦，对君臣尽醉的偏安东南一隅的小朝廷的不满和愤慨尽在其中。"此生谁料，心在天山，身老沧洲"。"天山"是抗敌前线，"沧洲"是闲居之地，词人没料到，自己的一生会不断地处在"心"与"身"的矛盾冲突中，他的心神驰于疆场，他的身却僵卧孤村，他的心灵高高扬起，飞到"天山"，他的身体却沉重地坠落在"沧洲"，理想与现实是如此格格不入。词人犹如一心要搏击长空的苍鹰，却被折断羽翼，落到地上，在痛苦中呻吟。

这首词，饱含着人生的秋意，但词人“身老沧洲”的感叹中包含了更多的历史内容，他的阑干老泪中融汇了对祖国炽热的感情。这种感情，伟大而平凡，真实而朴拙。正是有了这样的国格和人格，中华民族五千年来才绵延不断，创造着自己独有的历史。

【国学故事】

陆游临终留诗

宋孝宗刚刚即位的时候，决心改变屈辱求和的政策，很想做一番恢复中原的大事业。公元1163年，他任用了一名很有名望的老将张浚做枢密使。

张浚决定出兵北伐，并请朝廷发布诏书，号召中原人民奋起抗战，配合宋军收复失地。当时枢密院有个编修官陆游，很有文才，张浚就派陆游起草这份诏书。

陆游是南宋著名的爱国诗人，浙江山阴人，幼年的时候，正是北宋灭亡的年代。金兵在江南抢杀掳掠，陆游从小就尝够了国难的痛苦，也看到、听到江南军民抗击金兵的许多可歌可泣的事迹，在他幼小的心灵里，滋长了对祖国、对民族的深厚感情。

少年时代的陆游，由于勤奋学习，能写一手出色的文章。二十九岁那年，他参加两浙地区的考试，被取为第一名。恰巧奸相秦桧的孙子秦埙也参加这次考试。秦桧在考试前就暗示考官，要让秦埙得第一名。考官没买他的账，还是秉公办事，让陆游中了第一名。

这件事使秦桧十分恼火。到了第二年，陆游到京城临安参加考试。主考官发现陆游的文才，又想让他名列前茅。秦桧得知这件事，更是生气，蛮横地命令主考官取消陆游考试的资格，还要追究两浙地区试官的责任。打那以后，秦桧对陆游怀恨在心，不让他参加朝廷事务。直到秦桧死去，他才到临安担任枢密院的编修官。

陆游热情支持北伐，可是担任统帅的张浚缺少指挥的才能。张浚手下的两名主将又相互猜忌，发生摩擦。宋军出兵没有多久，就在符

离(今安徽宿县北)打了一个败仗,宋军全线溃退。

北伐失败,一贯主张求和的大臣在宋孝宗面前对张浚大肆攻击,还说张浚用兵,原是陆游怂恿出来的。后来,张浚被排挤出朝廷,陆游也罢官回山阴老家去了。

宋孝宗在金兵的威胁下,抗金决心也就动摇起来。第二年又跟金朝订立了屈辱的和约,打那以后,再也不敢提北伐的事。

差不多过了十年,负责川陕一带军事的将领王炎听到陆游的名声,把他请到汉中去,做他的幕僚。汉中接近抗金的前线,陆游认为到那里去,也许有机会参加抗金战斗,为收复失地出一份力量,很高兴地接受了这个任命。到了那里,他曾经骑马到大散关边,观察金人占领的地区。在王炎衙门里,他常常亲眼看见金军占领区的老百姓,冒着危险给宋军送来军事情报。这些情景使他对抗金前途充满了希望。

他经过详细考察之后,向王炎提出一个计划。他认为恢复中原一定要先收复长安,要王炎在汉中积蓄军粮,训练队伍,做好一切准备,随时可以进攻。但是,当时临安的南宋朝廷并没有北伐的打算,川陕一带的将领大多骄横腐败,王炎对他们也没有办法,更谈不上按照陆游的意见出兵。陆游满怀希望又落空了。

不久,王炎被调走,陆游也被调到成都,在安抚使范成大部下当参议官。范成大是他的老朋友,虽说是上下级关系,却并不讲究一般的官场礼节。陆游的抗金志愿得不到实现,心里气闷,就常常喝酒写诗,来抒发自己的爱国感情。但是,一般官场上的人看不惯他,说他不讲礼法,思想颓放。陆游听了,索性给自己起了个别号,叫“放翁”。后来人们就称他陆放翁。

这样一过又是二三十年,南宋王朝又换了两个皇帝——宋光宗赵惇(dūn)和宋宁宗赵扩,南宋王朝始终没有决心收复失地。陆游长期过着闲居的生活,他把满腔爱国热情寄托在他的诗歌创作上。

公元1206年,韩侂胄担任宰相,发动了一次大规模的北伐。这使陆游十分兴奋。但是韩侂胄的北伐,并没有充分准备,加上朝廷内部矛盾重重,使最后一次北伐又失败了。宋宁宗和一批投降派大臣杀害了韩侂胄,把他的头颅献给金朝,订立了屈辱的和约。

陆游一生渴望收复失地、统一祖国的强烈愿望,始终没有实现。他只有用他的诗歌来表达他对祖国的热爱和对民族的忧虑。他一生辛勤创作,一共留下了九千多首诗。在我国历代诗人中,他的创作是最丰富的。

公元1210年,这位八十六岁的爱国诗人病重。临终的时候,他还念念不忘收复中原。他把儿孙们叫到床边,念了他最后一首感人肺腑的《示儿》:

死去元知万事空,但悲不见九州同。王师北定中原日,家祭无忘告乃翁。

六州歌头

张孝祥

【原文】

长淮望断,关塞莽然[①]平。征尘暗,霜风劲,悄边声[②]。黯销凝。追想当年事,殆天数,非人力。洙泗上,弦歌地[③],亦膻腥[④]。隔水毡乡[⑤],落日牛羊下,区脱[⑥]纵横。看名王宵猎[⑦],骑火一川明。笳鼓悲鸣,遣[⑧]人惊。

念腰间箭,匣中剑,空埃蠹[⑨],竟何成!时易失,心徒壮,岁将零[⑩]。渺神京[⑪]。干羽方怀远[⑫],静烽燧[⑬],且休兵。冠盖使[⑭],纷驰骛[⑮],若为情[⑯]?闻道中原遗老,常南望,翠葆霓旌[⑰]。使行人至此,忠愤气填膺,有泪如倾。

【注释】

①莽然:草木繁茂的样子。

②边声:指边地特有各种声音,如风声、号角声、马嘶声等等。

③“洙泗上”两句:洙泗二水,流经曲阜,孔子在此讲学。弦歌地:代礼乐之邦。

④膻腥:牛羊的腥臊气。这三句说礼乐之邦被野蛮占领。

⑤毡乡:北方游民族住毡帐,故称毡乡。

⑥区脱:指金兵哨所。

⑦名王宵猎:金兵将领夜晚出猎。

⑧遣:使。

⑨空埃蠹:指将兵器闲置不用,积满尘埃,长出蛀虫。

⑩零:尽。

⑪神京:指北宋汴京。

⑫干羽方怀远:用礼乐文化怀柔远方。此处是作者讽刺朝廷不事进展。安于现状。干:盾。羽:雉尾。

⑬烽燧:烽火,报警用。

⑭冠盖使:使者。

⑮驰骛:奔走。

⑯若为情:何以为情。

⑰翠葆霓旌:帝王车驾,此指南宋北伐军。

【经典原意】

伫立漫长的淮河岸边极目望远,关塞上的野草丛茂,是平阔的荒原。北伐的征尘已暗淡,寒冷的秋风在劲吹,边塞上的静寂悄然。我凝神伫望,心情黯淡。追想当年的中原沦陷,恐怕是天意运数,并非人力可扭转;在孔门弟子求学的洙水、泗水边,在弦歌交奏的礼乐之邦,也已变成膻腥一片。隔河相望是敌军的毡帐,黄昏落日,牛羊返回圈栏,纵横布置了敌军的前哨据点。看金兵将令夜间出猎,骑兵手持火把照亮整片平川,胡笳鼓角发出悲壮的声音,令人胆战心寒。

想我腰间弓箭,匣中宝剑,空自遭了虫和尘埃的侵蚀和污染,满怀壮志竟不得施展。时机轻易流失,壮心徒自雄健,刚暮将残。光复汴京的希望更加渺远。朝廷正推行礼乐以怀柔靖远,边境烽烟宁静,敌我暂且休兵。冠服乘车的使者,纷纷地奔驰匆匆,实在让人羞愧难以为情。传说留在中原的父老,常常盼望朝廷,盼望皇帝仪仗,翠盖车队彩旗蔽空,使得行人来到此地,一腔忠愤,怒气填膺,热泪倾洒前胸。

【当代阐释】

忠愤气填膺

这首词写于宋孝宗隆兴元年(公元1163年)。宋孝宗赵昚继承王位后,任用张浚北伐,准备收复失地。但因北伐军内部矛盾重重,将帅不和,结果在符离(今安徽符离集)被金兵打得大败。于是,主和派的气焰便又嚣张起来,他们不顾张浚等爱国将领的激烈反对,遣使与金国统治者密切来往,准备缔结屈辱投降的和约。这时候,张孝祥正在建康留守任上,他满怀激情,写下了这首洋溢着爱国热情的《六州歌头》。

面对淮河,极目远望,边境上萧条冷落,死气沉沉,看不到军队活动的踪迹,没有战争时的戒备状态。这怎能不使爱国者满腔悲愤?作者对国事无限忧虑,凝神沉思,悲痛欲绝,却又无可奈何。南宋统治者的麻木不仁,使作者联想起当年中原大好河山的往事。本来,那是统治者妥协投降招致的历史悲剧,词人无法也不能道出事情的真相,只好用"殆天数,非人力"来表达自己难言的苦衷。昔日的文化之邦,弦歌之地,充溢着膻腥的气味;中原沃土,如今的"毡乡",耕田荒芜,变成了放牧牛羊的场所;敌军"宵猎",兵盛马壮。南宋国势衰败,中原人民惨遭涂炭,国家前途令人焦虑。词人关心国家人民的前途命运,却壮志难酬,报国无门。"腰间箭,匣中剑"白白地落满灰尘,为蠹虫所蛀,自己徒有雄心壮志,也只能虚度光阴,怀念路途茫茫,在敌人占领下的故都"神京"。想到"神京",便自然联想到南宋统治者眼前正在推行的政策。词人对南宋王朝的统治者和主和派进行了义愤填膺的谴责和辛辣有力的讽刺。词人听说沦为亡国奴的中原人民"常南望,翠葆霓旌",殷切盼望王师北伐,倘使南方的臣民见到这动人的情景,只要有爱国心肠,就无法抑制满腔的悲愤,泪水就会像泉涌般倾泻。"使行人至此,忠愤气填膺,有泪如倾",这是作者自己真挚感情的抒发,也是当时无数爱国人士思想感情的真实写照。

全词既有个人壮志难酬的悲愤,也有广大人民光复河山的心声;既有民族的仇恨,也有对投降派的痛恨。如果没有对自己的国家、自己的民族、自己的人民怀有满腔的深情和真诚的热爱是不会生发如此之情的。

宋代佚名作者《朝野遗记》记载，张孝祥在建康设宴招待张浚等爱国将领，即席命笔，作了这首词，张浚读后连酒也喝不下去了，竟至"罢席而去"，这说明，张孝祥的词道出了爱国人士的心声，因此具有感人至深的力量。清人陈廷焯认为这首词"淋漓痛快，笔饱墨酣，读之令人起舞。"(《白雨斋词话》)确实是这样。

永遇乐·京口北固亭怀古

辛弃疾

【原文】

千古江山，英雄无觅，孙仲谋处①。舞榭②歌台，风流③总被，雨打风吹去。斜阳草树，寻常巷陌，人道寄奴④曾住。想当年，金戈铁马，气吞万里如虎⑤。

元嘉草草，封狼居胥，赢得仓皇北顾⑥。四十三年，望中犹记，烽火扬州路⑦。可堪回首，佛狸祠下，一片神鸦社鼓⑧。凭谁问：廉颇老矣，尚能饭否⑨？

【注释】

①"千古"三句：是说千古江山如旧，却无处寻觅孙权那样的英雄人物了。孙仲谋：即孙权，他继承父兄事业，称霸江东，在赤壁之战中与刘备联合，大破曹军，并建立吴国，与魏、蜀鼎足三分，是一代风流人物。

②榭：在台上盖的高屋。

③风流：英雄功业的风度气韵。

④巷陌：街道。寄奴：南朝宋武帝刘裕的小名。其先世本彭城人，后随晋王室南渡，居于京口。刘裕在这里起兵讨伐桓玄，代晋称帝，建立了宋。

⑤"想当年"三句：写刘裕北伐事。晋安帝义熙五年(公元409年)、十二年(公元416年)，刘裕两次统率东晋军队北伐，灭南燕、后秦两国，收复洛阳、长安等地。金戈铁马：形容兵强马壮。气吞万里：形容气概雄壮，横扫万里。

⑥“元嘉”三句:写刘义隆北伐惨败之事。元嘉:刘裕之子宋文帝刘义隆的年号。草草:仓猝,草率。封狼居胥:即北伐建功。封:筑坛祭天。狼居胥:山名,在今内蒙古自治区西北部。汉代骠骑将军霍去病曾经追击匈奴至此,封山而还。《宋书·王玄谟传》载,玄谟每陈北侵之策,上(宋文帝)谓殷景仁曰:“闻玄谟陈说,使人有封狼居胥之意。”赢得:这里指落得。北顾:回头北望,担心追兵将至。《南史·宋文帝纪》载,元嘉二十七年(公元450年),王玄谟北伐失败,北魏太武帝率领大军乘胜直抵瓜步,声称欲渡江。一时京师震恐,内外戒严。宋文帝登烽火楼极望,想起始议北伐之时,朝中大臣多不赞同,后悔道:“北伐之计,同议者少,今日士庶劳怨,不得无惭。贻大夫之忧,在予过矣。”《宋书·索虏传》载,宋文帝曾有“北顾涕交流”诗句。当时南宋韩侂胄当国,想借北伐金国来巩固自己的地位,但仓促行事,准备不足,辛弃疾遂借此诫其不可轻率出师。

⑦“四十三年”三句:辛弃疾于宋高宗绍兴三十二年(公元1162年)奉耿京命南渡归依朝廷,到开禧元年(公元1205年)出镇京口,正好四十三年。烽火:战争,战乱。扬州路:即淮南东路,管辖今江苏北部、安徽东北部一带地区。因扬州是其治所,故又称“扬州路”。路:宋代的行政区划。绍兴三十一年(公元1161年),金主完颜亮大举南侵。辛弃疾绍兴三十二年南渡之时,扬州一带正战火遍地。

⑧“可堪”三句:是说往事不堪回首,如今佛狸祠下,已经一片祭祀的鼓声,一点抗战的迹象都没有了。可堪:怎堪,那堪。佛狸祠:在今江苏六合县东南二十里处长江北岸的瓜步山上。元嘉二十七年,北魏太武帝拓跋焘击败王玄谟的北伐军,乘胜追至瓜步山,在这里建立行宫,因其小名佛狸,故后人称此为佛狸祠。神鸦:祠庙里吃祭品的乌鸦。社鼓:祭祀时的鼓乐。

⑨“凭谁”三句:以廉颇自况,表示自己虽然年老但雄心仍在,只是无人重视。廉颇:战国时赵国名将,善用兵。《史记·廉颇蔺相如列传》载,廉颇晚年遭受谗害出奔魏国。后秦军攻赵,赵王欲起用廉颇,先遣使者去探看其健壮与否。廉颇当使者面,一顿饭吃了一斗米,十斤肉,又披甲上马,表示自己仍能为国征战。但使者接受了廉颇仇人的贿赂,回报赵王说:“廉将军虽然老了,但是还很能吃。只是和我坐了一会,就大便了三次。”赵王听后,以为廉颇已经衰老,就不再起用他了。

【经典原意】

大好江山永久地存在着,(但是)无处去找孙权那样的英雄了。当年的歌舞楼台,繁华景象,英雄业绩都被历史的风雨吹打而随时光流逝了。(如今)夕阳照着那草木杂乱、偏僻荒凉的普通街巷,人们说这就是(当年)寄奴曾住过的地方。回想当时啊,刘裕率兵北伐,武器坚利,配备精良,气势好像猛虎一样,把盘踞中原的敌人一下子都赶回北方去了。

南朝宋文帝(刘裕的儿子)元嘉年间兴兵北伐,想要再封狼居胥山,建功立业,由于草率从事,结果只落得自己回顾追兵,便仓皇失措。四十三年过去了,(现在)向北遥望,还记得当年扬州一带遍地烽火。往事真不堪回想,在敌占区里后魏皇帝佛狸的庙前,香烟缭绕,充满一片神鸦的叫声和社日的鼓声！谁还来问:"廉颇老了,饭量还好吗?"

【当代阐释】

千古江山英雄难觅

这首词是辛弃疾的代表作,也是最优秀的爱国词作之一,历来备受后人传颂,有人甚至称此词为辛词之首。

南宋时,主战派势力总居下风,因此,有很长一段时间,辛弃疾都在江西乡下赋闲,不得重用。后来,宰相韩侂胄用事,重新起用辛弃疾。但这位裙带宰相是有目的的,就是急于北伐,起用主战派,以期通过打败金兵而捞取政治资本,巩固在朝势力。精通兵法的辛弃疾深知战争决非儿戏,一定要做到知己知彼,他派人去北方侦察后,认为战机未成熟,主张暂时不要草率行事。哪知韩侂胄却猜疑他,贬之为镇江知府。北固亭是京口(镇江)名楼,登楼可望已属金国的长江以北的广大地区。可以想象,辛弃疾在京口期间,肯定不止一次登楼,登楼之时,定有几多感慨存诸心中,蓄积起来,如骨鲠在喉,不吐不快,吐之为词。

作者感叹偌大一个国家却寻觅不到真正为国而战的英雄,"千古江山,英雄无觅,孙仲谋处",这是一个国家莫大的悲哀。正因为如此,才特别感念孙仲谋,感念他的丰功伟绩,智胆谋略,然而其盖世业绩,却也随"雨打风吹去",至今已荡然无存。刘裕当年的居处,也成了寻常百姓的宅庭。写尽了历史的冷漠与悲凉,世事的沧桑与无情。词中写元嘉之败，写四十年前扬州路的烽火，是要警醒祭祀佛狸祠的民众，记住民族的血海深仇。这种警钟式的提醒是必要的也是及时的，朝廷吸取前朝的教训，民众不可泯灭国仇的记忆，否则国家和民族将陷于更加深重的灾难之中。词人的深明大义，为国为民之计，使人感佩。词人从北归南，历时四十三载，可自己的雄心壮志、抗金大业却一直难遂。“凭谁问：廉颇老矣，尚能饭否？”当年的廉颇尚有使者去访问、探询，如今又有谁来看自己呢？哪怕是仅仅问问饭量如何！英雄埋怨整个时代对他的遗忘，却要时代记住耻辱的现实和深刻的教训，其意不在个人，而在国家。真切期望整个民族都应积极备战抗敌，以完成王师北定中原抗金复土的大业。其空怀老当益壮的爱国豪情，幽怨、悲愤、郁闷之情溢于言表，感人至深。

破阵子①·为陈同甫赋壮词以寄之

辛弃疾

【原文】

醉里挑灯②看剑，梦回吹角连营③。八百里分麾下炙④，五十弦翻塞外声⑤。沙场秋点兵。

马作的卢⑥飞快，弓如霹雳⑦弦惊。了却君王天下事⑧，赢得生前身后名。可怜白发生！

【注释】

①破阵子：词牌名。

②挑灯：把油灯的芯挑一下，使它明亮。

③梦回：梦醒。吹角：军队中吹号角。连营：连接成片的军营。

④八百里：指牛。古代有一头骏牛，名叫“八百里驳（bò）”。麾（huī 辉）下：指部下将士。麾：古代指军队的旗帜。炙（zhì 制）：烤熟的肉。

⑤五十弦：古代有一种瑟有五十根弦。词中泛指军乐合奏的各种乐器。翻：演奏。塞外声：反映边塞征战的乐曲。

⑥的（dí）卢：一种烈性快马。相传三国时刘备被人追赶，骑“的卢”一跃三丈

过河，脱离险境。

⑦霹雳：响声巨大的强烈雷电。

⑧了（liǎo）却：完成。天下事：指收复中原。

【经典原意】

醉梦里挑亮油灯观看宝剑，梦醒时听见军营的号角声响成一片。把熟牛肉分给部下享用，让乐器奏起雄壮的军乐鼓舞士气。这是秋天在战场上阅兵。

战马像的卢一样，跑得飞快，弓箭像惊雷一样，震耳离弦。完成君王统一国家的大业，取得世代相传的美名。可怜已成了白发人！

【当代阐释】

壮志未酬白发生

该词是作者失意闲居信州时所作，词中抒发了杀敌报国、恢复祖国山河、建立功名的壮怀和壮志难酬的悲愤心情。

满怀家国之愁的词人在友人纵谈离去之后，借酒浇愁愁更愁，他挑亮油灯，抽出宝剑，醉眼蒙眬中，恍惚回到当年战斗的情境：嘹亮的号角吹遍了“连营”，广阔的土地上，战士们正在分食大块的烤肉。此时鼓瑟齐鸣，军乐雄壮震天。原来战士们正在沙场点兵！“马作的卢飞快，弓如霹雳弦惊”，骏马飞快，箭如霹雳，紧张激烈的战争场面更加惊心动魄，痛快淋漓，吟唱出一曲杀敌报国的雄壮之音。这一切都是为了“了却”洗雪国耻，恢复中原的“天下事”，是为了施展雄才大略，赢得为国家建功立业的“生前身后名”！至此，有声有色，酣畅淋漓的点兵场面，斩将擎旗的英雄战士，“了却君王天下事”的赤胆忠心，无一不跃然纸上。然而“可怜白发生”！词人一下子从理想的高峰跌入了现实的深渊，一种英雄末路、壮志成空的凄凉油然而生。我欲报国去，其身何以堪？这时不饶人而催生的白发呵，搁浅了词人多少梦想和理想？时间在点点滴滴地流逝，理想也在随之磨损，“天若有情天亦老，人间正道是沧桑”，难怪数个世纪后，面对现实，毛泽东也会发出类似感慨，真是英雄所见略同。

词人徒有凌云壮志，而“报国欲死无战场”（陆游《陇头水》），便只能在不眠之夜吃酒，只能在“醉里挑灯看剑”，只能在“梦”中驰逐沙场，快意一时。这处境，的确是“悲哀”的。然而又有谁“可怜”他呢？读者不能不为词人的壮志难酬洒下惋惜怜悯之泪。

贺新郎·送陈仓部知真州①

刘克庄

【原文】

北望神州路②，试平章这场公事，怎生分付③。记得太行兵百万④，曾入宗爷驾驭⑤，今把作握蛇骑虎⑥。君去京东豪杰⑦喜，想投戈下拜真吾父⑧。谈笑里，定齐鲁⑨。

两河萧瑟惟狐兔⑩，问当年祖生去后，有人来否⑪？多少新亭挥泪客，谁梦中原块土⑫？算事业须由人做。应笑书生⑬心胆怯，向车中闭置如新妇。空目送，塞鸿⑭去。

【注释】

①陈仓部，陈韡，字子华，曾以仓部员外郎知真州（今江苏仪征）。词题一作《送陈真州子华》或《送陈子华赴真州》。

②神州路：指中原沦陷地区。古时称中国为赤县神州，见《史记·孟子荀卿列传》。

③平章：评论。公事：指经略中原，收复失地。分付：发落。

④太行：山名，即今之太行山。兵：一作“山”。熊克《中兴小纪》卷十九：“自靖康以来，中原之民不从金者，于太行山相保聚。”

⑤宗爷：指宗泽，北宋末年抗金名将。他知磁州时，曾募集义勇抗击金兵。后任东京留守，招募王善等义军百万人协助防守，屡败金兵。宗泽威名日振，金人对他畏惧而又尊敬，称呼他“宗爷爷”。见《宋史·宗泽传》。驾驭：统率。

⑥把作：当作。握蛇骑虎：比喻处于危险的境地，就像手拿毒蛇、骑在猛虎背上一样。这句写南宋统治集团对义军的不信任与疑惧。

⑦京东：宋代路名。辖境包括今河南东部、山东南部、江苏北部一带。豪杰：抗金的义军将士。

⑧投戈:放下武器。真吾父:果真像我们的父亲一样。唐朝时,仆固怀恩勾结回纥等入侵,代宗急诏郭子仪屯泾阳。郭子仪曾率数十骑,免胄入回纥营,责备他们背信弃义。回纥士兵放下武器,下马拜说:“果吾父也。”誓好如初。见《新唐书·郭子仪传》。

⑨齐鲁:今山东一带。

⑩两河:黄河南北。萧瑟:萧条,冷落。狐兔:金兵。

⑪祖生:指祖逖,东晋著名的将领,曾率兵北伐收复豫州地区。以上两句慨叹南宋军队不再北上。

⑫新亭:刘义庆《世说新语·言语》说:“过江诸人,每至美日,辄相邀新亭(三国吴时所建,在今南京市南),籍卉饮宴,周侯中坐而叹曰:‘风景不殊,举目有河山之异。’皆相视流泪。惟王丞相愀然变色曰:‘当共戮力王室,克复神州,何至作楚囚相对!’”谁梦:一作“不梦”。以上两句指责南宋士大夫官僚对于收复失地,只有空言而没有实际行动。

⑬书生:作者自指。

⑭塞鸿:生长在北方边境的鸿雁。以上两句叹自己不能随友人北上。

【经典原意】

向北眺望通往中原之路,试着评论这一场国家的大事,要怎样分付?记得在太行山活动的忠义军有百万,曾经接受宗泽的统率驾驭,现在却把他们看做是握毒蛇、骑猛虎。你这次上任,山东一带的英雄豪杰一定欢喜,估计会丢下武器接受你的领导像自己的亲父。可以在从容镇静里,平定齐与鲁。

河南、河北一带被洗劫后,到处是山狐野兔,问一问当时祖逖渡江伐北之后,有人再来否?历史上有多少像东晋时宴饮新亭挥洒热泪的英杰豪客,谁人还能梦中时时挂念着中原的失土?盘算一下抗金事业必须由人来做。应该笑读书人心惊胆怯,只能躲进车子里像一个新媳妇。仅用眼睛欢送,你像边塞的大雁一样向北方飞去。

【当代阐释】

算事业须由人做

据史载,刘克庄四十一岁时(公元1227年)为建阳令。陈子华以仓部元外郎任所北上赴真州,路经建阳,与刘克庄相会。刘克庄写这首词赠予陈子华,致殷勤之意于笔端:希望他此行能借助农民起义军,战胜敌人,收复失地。名曰送别,实谈国事。

词人纵言天下形势,指出陈子华赴任真州以后所要面临的现实。由于真州位于宋金交界处,其战略地位十分重要,而且要恢复中原地区大片沦陷之地,必须要团结一切可以团结的力量。希望陈子华以爱国将领宗泽招募太行山一带农民起义军的行为为榜样,善于团结起义军,共同抗敌,捍卫国土。只可惜当时的朝廷不能善待归顺之义军,对农民起义军采取恐惧和敌视的态度。词人在批判朝廷政策失误的同时,把希望寄托朋友,效法岳飞,使义军投戈下拜,各路英豪友好合作,齐心协力,在谈笑之间,一定能收复齐鲁沦丧的土地。情词恳切,理据充分。

下片描写南宋国惨不忍睹的现状,大好河山,南北支离,饱受战争之苦的平民百姓背井离乡,流离失所,千里沃野,渺无人烟,只有狐兔出没,怎一片“萧瑟”景象!此时此刻,面对此情此景,平民百姓多么希望朝廷能有像祖逖那样的仁人志士、英雄豪杰来收复失地,还人民一方安居乐土。但是,民心所向并非当政者所想,他们明哲保身,苟且偷生,哪顾得上沦陷区百姓所遭受的苦难?那些声言“修身齐家治国平天下”的士大夫们,不过是些“新亭挥泪客”罢了,他们仅仅空悲国事而缺乏实际行动,不足以依靠。“算事业须由人做”强调充分发挥人的主观能动性,积极用事,勉励陈子华不要像自己和其他士大夫一样书生气短,“心胆怯”,应该行事如男儿大丈夫,敢作敢为,勇敢地承担起收复失地之重责。显示出作者抗金复国的高度责任感。“空目送,塞鸿去”寄托了词人盼望朋友早日收复北国河山,重新团圆的家国之思。

这首词本是送别友人而写,但并没有局限于个人私交,大写依依不舍的离情别恨。相反,词人用“指点江山,激扬文字”的气概,纵论国

事，着眼未来，对朋友表达殷切期望并以共勉，字里行间流露出浓厚的爱国精神，可谓“庄（壮）语亦可起懦”（明杨慎《词品》卷五）。

酹江月·驿[①]中言别友人

邓剡[②]

【原文】

水天空阔，恨东风、不借[③]世间英物[④]。蜀鸟[⑤]吴花[⑥]，残照里，忍见荒城颓壁！铜雀春情[⑦]，金人秋泪[⑧]，此恨凭谁雪！堂堂剑气，斗牛空认奇杰[⑨]。

那信[⑩]江海余生，南行万里，属扁舟齐发。正为鸥盟[⑪]留醉眼，细看涛生云灭。睨柱吞嬴[⑫]，回旗走懿[⑬]，千古冲冠发。伴人无寐，秦淮应是孤月。

【注释】

①驿：指金陵驿馆。

②邓剡（yǎn）：江西庐陵人，在抗元的战争中，参加过文天祥的军幕。他和文天祥一起被押往燕京，路过金陵时，因病留下。

③不借：不助。

④英物：英雄人物。这里指南宋抗元的将军们。

⑤蜀鸟：指杜鹃鸟，传说它是蜀帝杜宇的魂灵变成的，啼声凄苦。

⑥吴花：指金陵的花。这二句写的是金陵的残破景象。

⑦铜雀春情：铜雀，即铜雀台，为曹操所建，故址在今河南临漳县西南。杜牧《赤壁》：“东风不与周郎便，铜雀春深锁二乔。”

⑧金人秋泪：李贺《金铜仙人辞汉歌序》：“魏明帝青龙元年八月，诏宫官牵车西取汉孝武捧露盘仙人，欲立置前殿，宫官既折盘，仙人临载，乃潸然泪下。”这里指南宋文物宝器被敌人劫运一空。

⑨“堂堂剑气”两句：上句赞美宝剑的光芒直冲斗牛，下句是说辜负了宝剑把自己认作豪杰的期望。

⑩那信：想不到。

⑪鸥盟：谓与鸥鸟为友。比喻隐退。

⑫睨柱吞嬴:谓战国蔺相如使秦完璧归赵的故事。

⑬回旗走懿:谓诸葛亮遗计吓退司马懿事。《三国志·蜀志·诸葛亮传》裴松之注引《汉晋春秋》曰:杨仪等整军而出,百姓奔告宣王,宣王追焉。姜维令仪反旗鸣鼓,若将向宣王者,宣王乃退,不敢逼。于是仪结陈而去,入谷然后发丧。宣王之退也,百姓为之谚曰:"死诸葛走生仲达。"或以告宣王,宣王曰:"吾能料生,不便料死也。"

【经典原意】

江面宽广,天空高远,东风呀,你真可恨,为什么不帮助英雄?他们已经尽了人事呀!夕阳西沉,余晖映照着,衰败的残花,凄啼的杜鹃,荒凉的颓垣败塌令人无法再看!宋室的嫔妃被元军俘去,文物宝器也被金人抢占。这奇耻大辱,让谁来报仇雪恨?奇杰之士空自识得,气冲斗牛的宝剑,却只好听其地下沉埋,而不能发掘出来,用以实现复国的壮志啊。

哪里会料到,我在投海未死、万里飘流之后,恰好能和你同舟北行!留得青山在,正是为了和战友们,一同抗战到底!现在只能耐心等待局势的变化。藐视敌人,你像蔺相如气吞嬴秦。憎恨入侵的敌人,你像姜维吓跑司马懿。千年来我们都怒发冲冠!今天我们金陵诀别,患难相依,论心恨晚。如今伴我不寐的,只有秦淮河上的孤月!

【当代阐释】

恨东风、不借世间英物

公元1278年,文天祥兵败被俘。第二年南宋最后的崖山行朝覆灭,作者邓剡跳海未死也被俘。文天祥与邓剡是同乡和朋友,被俘后同被囚禁在一起,又一同被押往元朝京都。走到金陵,邓剡由于生病留下就医,文天祥继续北上。在分别之际,邓剡就将心中的亡国之痛和对文天祥的仰慕、希望与惜别之情,写入这首分别词中,一慰朋友之心,二壮万里之行。文天祥也以同调同韵作答词,词中有"镜里朱颜都变尽,只有丹心难灭"之句,不久后慷慨就义。二人慷慨悲歌、气贯长虹、互勉互励、难舍难分。

在词人眼中，虽然救国大业最终告败，但那出没波涛、南行万里，于九死一生中奋挽天河的文天祥，他的奇功烈业，必将与气吞强秦的蔺相如、以死后魂魄惊走活司马的诸葛孔明并而为三，凛然光焰，将照彻千古！

中国历史上下五千年，改朝换代乃寻常事，真正弥足珍贵的是改朝换代大叙事掩盖下的这种感人至深的小场景。

【国学故事】

留取丹心照汗青

文天祥（公元 1236—1283 年），吉州庐陵（今江西吉安）人，原名云孙，字履善，又字宋瑞，自号文山，民族英雄。选中贡士后，他以天祥为名，宝祐四年（公元 1256 年）中状元，历任签书宁海军节度判官厅公事、刑部郎官、江西提刑、尚书左司郎官、湖南提刑、知赣州等职。有《文山先生集》传世。

宋恭帝德祐元年（公元 1275 年）正月，因元军大举进攻，宋军的长江防线全线崩溃，朝廷下诏让各地组织兵马勤王。文天祥立即捐献家资充当军费，招募当地豪杰，组建了一支万余人的义军，开赴临安。宋朝廷委任文天祥知平江府，命令他发兵援救常州，旋即又命令他驰援独松关。由于元军攻势猛烈，江西义军虽英勇作战，但最终也未能挡住元军兵锋。

次年正月，元军兵临临安，文武官员都纷纷出逃。谢太后任命文天祥为右丞相兼枢密使，派他出城与伯颜谈判，企图与元军讲和。文天祥到了元军大营，却被伯颜扣留。谢太后见大势已去，只好献城纳土，向元军投降。

元军占领了临安，但两淮、江南、闽广等地还未被元军完全控制和占领。于是，伯颜企图诱降文天祥，想利用他的声望来尽快收拾残局。文天祥宁死不屈，伯颜只好将他押解北方。行至镇江，文天祥冒险出逃，经过许多艰难险阻，于景炎元年（公元 1276 年）五月二十六日辗转到达福州，被宋端宗赵昰任命为右丞相。

文天祥对张世杰专制朝政极为不满,又与陈宜中意见不合,于是离开南宋行朝,以同都督的身份在南剑州(治今福建南平)开府,指挥抗元。不久,文天祥又先后转移到汀州(治今福建长汀)、漳州、龙岩、梅州等地,联络各地的抗元义军,坚持斗争。景炎二年(公元 1277 年)夏,文天祥率军由梅州出兵,进攻江西,在雩都(今江西于都)获得大捷后,又以重兵进攻赣州,以偏师进攻吉州(治今江西吉安),陆续收复了许多州县。元江西宣慰使李恒在兴国县发动反攻,文天祥兵败,收容残部,退往循州(旧治在今广东龙川西)。祥兴元年(公元 1278 年)夏,文天祥得知南宋行朝移驻厓山,为摆脱艰难处境,便要求率军前往,与南宋行朝会合。由于张世杰坚决反对,文天祥只好作罢,率军退往潮阳县。同年冬,元军大举来攻,文天祥在率部向海丰撤退的途中遭到元将张弘范的攻击,兵败被俘。

文天祥服毒自杀未遂,被张弘范押往厓山,让他写信招降张世杰。文天祥说:“我不能保护父母,难道还能教别人背叛父母吗?”张弘范不听,一再强迫文天祥写信。文天祥于是将自己前些日子所写的《过零丁洋》一诗抄录给张弘范。张弘范读到“人生自古谁无死,留取丹心照汗青”两句时,不禁也受到感动,不再强逼文天祥了。

南宋在厓山灭亡后,张弘范向元世祖请示如何处理文天祥,元世祖说:“谁家无忠臣?”命令张弘范对文天祥以礼相待,将文天祥送到大都(今北京),软禁在会同馆,决心劝降文天祥。

元世祖首先派降元的原南宋左丞相留梦炎对文天祥现身说法,进行劝降。文天祥一见留梦炎便怒不可遏,留梦炎只好悻悻而去。元世祖又让降元的宋恭帝赵㬎来劝降。文天祥北跪于地,痛哭流涕,对赵㬎说:“圣驾请回!”赵㬎无话可说,怏怏而去。元世祖大怒,于是下令将文天祥的双手捆绑,戴上木枷,关进兵马司的牢房。文天祥入狱十几天,狱卒才给他松了手缚,又过了半月,才给他褪下木枷。

元朝丞相孛罗亲自开堂审问文天祥。文天祥被押到枢密院大堂,昂然而立,只是对孛罗行了一个拱手礼。孛罗喝令左右强制文天祥下跪。文天祥竭力挣扎,坐在地上,始终不肯屈服。孛罗问文天祥:“你

现在还有什么话可说?”文天祥回答:“天下事有兴有衰。国亡受戮,历代皆有。我为宋尽忠,只愿早死!”孛罗大发雷霆,说:“你要死?我偏不让你死。我要关押你!”文天祥毫不畏惧,说:“我愿为正义而死,关押我也不怕!”

从此,文天祥在监狱中度过了三年。在狱中,他曾收到女儿柳娘的来信,得知妻子和两个女儿都在宫中为奴,过着囚徒般的生活。文天祥深知女儿的来信是元廷的暗示:只要投降,家人即可团聚。然而,文天祥尽管心如刀割,却不愿因妻子和女儿而丧失气节。他在写给自己妹妹的信中说:“收柳女信,痛割肠胃。人谁无妻儿骨肉之情?但今日事到这里,于义当死,乃是命也。奈何?奈何!……可令柳女、环女做好人,爹爹管不得。泪下哽咽哽咽。”

狱中的生活很苦,可是文天祥强忍痛苦,写出了不少诗篇。《指南后录》第三卷、《正气歌》等气壮山河的不朽名作都是在狱中写出的。

元世祖至元十九年(公元1282年)三月,权臣阿合马被刺,元世祖下令籍没阿合马的家财、追查阿合马的罪恶,并任命和礼霍孙为右丞相。和礼霍孙提出以儒家思想治国,颇得元世祖赞同。八月,元世祖问议事大臣:“南方、北方宰相,谁是贤能?”群臣回答:“北人无如耶律楚材,南人无如文天祥。”于是,元世祖下了一道命令,打算授予文天祥高官显位。文天祥的一些降元旧友立即向文天祥通报了此事,并劝说文天祥投降,但遭到文天祥的拒绝。十二月八日,元世祖召见文天祥,亲自劝降。文天祥对元世祖仍然是长揖不跪。元世祖也没有强迫他下跪,只是说:“你在这里的日子久了,如能改心易虑,用效忠宋朝的忠心对朕,那朕可以在中书省给你一个位置。”文天祥回答:“我是大宋的宰相。国家灭亡了,我只求速死。不当久生。”元世祖又问:“那你愿意怎么样?”文天祥回答:“但愿一死足矣!”元世祖十分气恼,于是下令立即处死文天祥。

次日,文天祥被押解到柴市口刑场。监斩官问:“丞相还有什么话要说?回奏还能免死。”文天祥喝道:“死就死,还有什么可说的?”他问监斩官:“哪边是南方?”有人给他指了方向,文天祥向南方跪拜,说:

"我的事情完结了,心中无愧了!"于是引颈就刑,从容就义。死后在他的带中发现一首诗:"孔曰成仁,孟曰取义,唯其义尽,所以仁至。读圣贤书,所学何事?而今而后,庶几无愧。"文天祥死时年仅四十七岁。

水调歌头·送章德茂大卿使虏

陈亮

【原文】

不见南师[①]久,漫说北群空[②]。当场只手[③],毕竟还我万夫雄[④]。自笑堂堂汉使,得似[⑤]洋洋[⑥]河水,依旧只流东。且复[⑦]穹庐[⑧]拜,会向藁街[⑨]逢。

尧之都,舜之壤,禹之封[⑩]。于中应有,一个半个耻臣戎[⑪]。万里腥膻[⑫]如许,千古英灵安在,磅礴几时通?胡运[⑬]何须问,赫日[⑭]自当中。

【注释】

①师:军队。

②北群空:指有才干的人物被选拔走。韩愈《送温处士赴河阳军序》:"伯乐一过冀北之野,而群马遂空。"

③只手:指独当一面。

④万夫雄:指俊杰之才。

⑤得似:难道像。

⑥洋洋:形容水盛大的样子。《诗经·硕人》:"河水洋洋。"

⑦且复:姑且再次。

⑧穹庐:北方少数民族居住的圆形帐篷。

⑨藁街:汉代长安街名,外族使臣居住的地方。《汉书·陈汤传》载陈汤出使西域,斩匈奴郅支单于,"悬颈藁街"。

⑩封:封疆。

⑪戎:古代对少数民族的蔑视。耻臣戎:指以向金称臣为耻。

⑫腥膻:指牛的腥臊气,指中原被金人盘踞。

⑬胡运:金朝的命运。

⑭赫日：烈日。

【经典原意】

不见南方的军队去北伐已经很久，金人就胡说中原的人才已一扫而空。面对敌人你虽只身一手，终究还要归还我的气压万夫的英雄。自喜做个堂堂的汉使。要像浩浩荡荡的河水，冲决一切阻力，永远奔流向东。暂且再向全国施礼顶拜，敌人一定要被征服，将在藁街与他们相逢。

是唐尧建立的城都，是虞舜开辟的土壤，是夏禹对疆域的分封。在这当中应有一个半个耻于投降敌戎。万里河山被敌人血腥蹂躏得如许，千古以来的爱国志士的英灵安在，浩大的抗金正气什么时候才能伸张畅通？金人的命运用不着多问，祖国将像光辉灿烂的太阳照耀在空中。

【当代阐释】

还我万夫雄

苟且偷安的南宋朝廷，自与金签订了“隆兴和议”以后，两国间定为叔侄关系，常怕金以轻启边衅相责，借口又复南犯，不敢作北伐的准备。每年元旦和双方皇帝生辰，还按例互派使节祝贺，以示和好。虽貌似对等，但金使到宋，敬若上宾，宋使在金，多受歧视，故南宋有志之士，对此极为恼火。淳熙十二年（公元1185年）十二月，宋孝宗命章森以大理少卿试户部尚书衔为贺万春节（金世宗完颜雍生辰）正使，陈亮作词送行。在这种背景下送友人，词人却出人意料地妙笔生辉，独辟途径，写就了这首慷慨激昂、大气磅礴的词，表达了不甘屈辱的正气，与誓雪国耻的豪情。

词一开头，就把笔锋直指金人，“漫说北群空”，警告他们别错误地认为南宋军队久不北伐，就没有能带兵打仗的人才。接着，词人借章德茂塑造自己心目中抗战派英雄“一夫当关，万夫莫开”的形象。他不仅能带兵打仗，驰骋疆场，而且振奋军心、民心，就像一面不倒的旗帜，催人奋进,给人力量,使人们看到胜利的希望。词人激愤地提出:在尧、舜、禹圣圣相传的国度里,总该有一个半个耻于向金人称臣的人吧!词人深信作为中华民族文明的发祥地,那里古老的文化传统以及深厚的爱国主义精神没有中断,薪火犹存。“万里腥膻如许”是要唤起国人的忧患意识;“千古英灵安在”是要人们继承抗敌报国的优良传统,抚慰英灵;“磅礴几时通”则要人们将郁积的民族精神积聚起来,共赴国难。最后词人语重心长地说敌人的命运不会长久,告诫朋友(包括国人)莫事将败之敌。

全词围绕“使虏”之事,反复致意,以劝诫对方维护民族尊严,不使个人、国家、民族蒙羞,可谓用心良苦。全词自始至终洋溢着民族自豪感和自尊心,声情激越,气势磅礴,在南宋那个谈“金”色变的屈辱时代里,可谓扬眉吐气,一抒时人之愤郁。

陈亮是一位最为典型的“位卑未敢忘忧国”的爱国志士,一生未曾做官,却时时心怀复国建业的宏图大志。曾四向孝宗皇帝上书,纵论天下大势和恢复方略,耸动朝野,名噪一时。孝宗欲授以官,他大笑曰:“吾欲为社稷开数百年之基,宁用以博一官乎!”表现出了远大的人生志向和强烈进取的事业心。据他的友人叶适记述,陈亮每一词成,即自叹曰:“平生经济之怀,略已陈矣!”(《书龙川集后》)也就是说,他是把写词当作陈述其经邦济世之怀的举动来看待的,因此其词中十分鲜明地反映了他的政治主张和那种以复国为己任的高度责任感。作者虽然身为一介书生,却心系天下,让人敬佩。

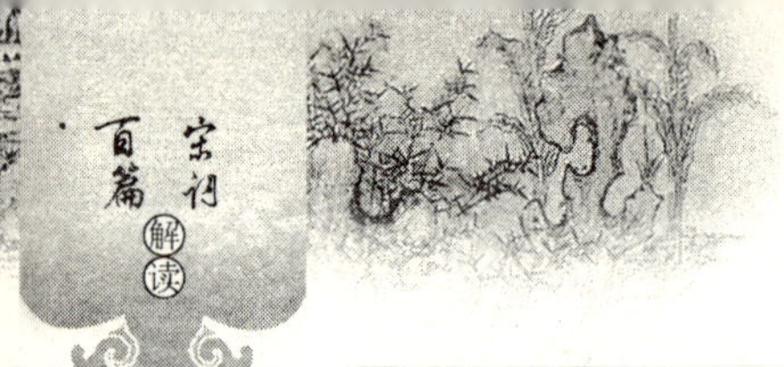

屈指数春来，弹指惊春去
——感时伤春词

【导读】

“等闲识得东风面，万紫千红总是春”。春天无疑是一年中最美好的季节，此时严寒渐消，万物复萌。但是，春天又是短促易逝的。鸟语花香、春光正浓的时刻，也就是春天逐渐消减的开端。

伤春是诗词中常见的主题，古今咏春的诗词虽然佳作如林，但数量最多的名篇是写“送春”或“惜春”的。原因就是人们太喜爱春天了，唯独爱之深，所以嫌其短，就像俗谚所说“欢娱嫌夜短”一样。诗人本来就多愁善感，他们对春天的短促易逝极为敏感，才写出了那么多的惜春、送春之作。正如韩愈所说：“欢愉之辞难工，而穷苦之言易好也。”最好的诗歌总是与忧愁苦闷形影相随，咏春诗词也不例外。诗人们感伤的不仅仅是春天的逝去，感伤的是一切像春天一样美丽的事物，如青春、爱情、人生中的欢乐时刻……

无论诗人如何的留恋，春天依然会无情地离去。欧阳修的《蝶恋花》中女主人公“无计留春住”，“泪眼问花花不语”。王沂孙的《摸鱼儿》中则说：“洗芳林夜来风雨，匆匆还送春去。”只活了二十八岁的北宋诗人王令对春天的消逝尤其感到痛惜，他在《春晚》诗中写道：“三月残花落更开，小檐日日燕飞来。子规半夜犹啼血，不信东风唤不回。”可是事实上即使子规啼到嘴角流血，也难以阻挡春去的脚步，正如辛弃疾所说：“绿树听鹈鴂，更那堪、鹧鸪声住，杜鹃声切！啼到春归无寻处，苦恨芳菲都歇。”晏几道落魄潦倒，心理脆弱，对春天的易逝极其敏感：“试把花期数，便早有感春情绪。看即梅花吐。愿花更不谢，春且长住，只恐花飞又春去。”钱惟演官高名重，生活优裕，竟也在春光正浓时心生惆怅：“城上风光莺语乱，城下烟波春拍岸。绿杨芳草几时休，泪眼愁肠先已断。”甚至在春末开放的花卉也受到人们的无理责怪，陆龟蒙咏蔷薇说：“秾花自古不得久，况是倚春春已空。”张炎也说：“东风且伴蔷薇住，到蔷薇，春已堪怜。”宋人管鉴又咏酴醾说：“一年春事到酴醾，何处更花开？”宋人王琪也说：“开到酴醾花事了！”南宋词人高观国把人们既盼春来，又恐春去的复杂心情压缩成两句话：“屈指数春来，弹指惊春去。”辛弃疾进而压缩成一句话：“惜春长怕花开早！”

那么，春究竟到何处去了呢？宋末遭遇了国破家亡的词人刘辰翁最关心这个问题。他在《沁园春·送春》中问道：“春汝归欤？风雨蔽江，烟尘暗天。”其实北宋的张先早已问过同样的问题：“送春春去几时回？”是啊，美好的春天匆匆离去，怎不让诗人黯然销魂呢？

我们不要讥笑古人多愁善感，倒不妨扪心自问，在匆忙的现代生活中，我们的心情与自然的物候之间还能否如此密切，用心感知自然界的生命节奏呢？

蝶恋花

欧阳修

【原文】

庭院深深深几许[1]？杨柳堆烟[2]，帘幕无重数。玉勒雕鞍游冶处[3]，楼高不见章台[4]路。

雨横风狂三月暮，门掩黄昏，无计留春住。泪眼问花花不语，乱红[5]飞过秋千去。

【注释】

①几许：多少。

②堆烟：形容杨柳浓密。

③玉勒：玉制的马衔。雕鞍：精雕的马鞍。游冶处：指歌楼妓院。

④章台：汉长安街名。《汉书·张敞传》有“走马章台街”语。唐许尧佐《章台柳传》，记妓女柳氏事，后因以章台为歌妓聚居之地。

⑤乱红：落花。

【经典原意】

庭院十分深远到底深有几许？杨柳被罩住雾烟，像重重帘幕无法指数。豪家贵人的车马挤满游冶之处，楼高却看不见章台去路。

雨势很猛，风刮很大，正是三月春暮，拟用门关住黄昏，却无法把春天留住。满含泪眼问春花，春花却不答语，零乱的落花已经飞过秋千去。

【当代阐释】

女人如花花似梦

这首词以生动的形象、清浅的语言，含蓄委婉、深沉细腻地表现了闺中思妇复杂的内心感受，是闺怨词中传诵千古的名作。

“庭院深深深几许？杨柳堆烟，帘幕无重数”，这是一个幽居深院的女子，她期盼的人哪里去了？“玉勒雕鞍游冶处”，那人正意气风发地游玩享乐，哪里还会顾及家中妻子盼他早日回归之情。但是对丈夫的思念令这位女子难以自持，于是目光透过重重的帘幕，堆堆的柳烟，向丈夫经常游冶的地方凝神远望。可惜“楼高不见章台路”，楼宇太高，阻挡了她的视线，使她无法看到丈夫游玩的地方。重重楼阁应是富庶之家，但是，“侯门一入深似海”，一道道高墙将她和外面的世界隔绝开来，在深深庭院中的分明是一颗被禁锢的、抑郁、孤寂的心灵。雨横风狂，催送着残春，也催送着女主人公的芳年。她想挽留住春天，但风雨无情，留春不住。于是她感到无奈：“泪眼问花花不语，乱红飞过秋千去”，只好把感情寄托到命运同她一样的花上。花即是人，人即是花。艳丽的花朵被无情的东风吹落，女子美好的青春也在徒劳的等待中逝去。无限伤春之感包含其中。情思之绵邈，意境之深远，令人神往。

三月暮春的傍晚，深锁的庭院，层层叠叠的杨柳，飘过秋千的落花，苦苦等待的女子构成了一幅令人伤怀的春怨图。

今天，我们读这首词，对词中孤独、抑郁的女子不免要生出几分同情和怜悯。至于我们自己，则要更加珍惜青春，莫让一切物质的、无意义的东西牵绊住了青春的脚步，让自己的青春之花自由地绽放。

【文化常识】

古代的宫怨诗与闺怨诗

宫怨诗专写古代帝王宫中宫女以及失宠后妃的怨情；闺怨诗主要抒写古代民间弃妇和思妇（包括征妇、商妇、游子妇等）的忧伤，或者少女怀春、思念情人的感情。古来闺怨诗词非常多，多以弃妇、思妇为主要描写对象，以伤春怀人为主题，剖析女子们在特定社会情态、生活遭遇下或悲悼、或悔恨、或失落、或惆怅的复杂心理状态。

清平乐·晚春

黄庭坚

【原文】

春归何处？寂寞无行路。若有人知春去处，唤取归来同住。

春无踪迹谁知？除非问取①黄鹂。百啭无人能解，因风②飞过蔷薇。

【注释】

①问取：问。

②因风：趁着风势。

【经典原意】

春天回到何处？留下一派清静找不到它回去的道路。若是有人知道春天归去之处，请叫它仍旧回来和我同住。

可是春天去得无影无踪什么人会知，除非你问一问黄鹂。它的叫声十分婉转，但无人能够理解，只有任凭轻风飘过蔷薇。

【当代阐释】

留住春天的脚步

此词赋予抽象的春以具体的人的特征。词人因春天的消逝而感到寂寞，感到无处觅得安慰，像失去了亲人似的。他希望有人知道春天的去处，唤它回来，与它同住。当他察觉到无人懂得春天的去向，春天不可能被唤回来时仍存一线希望，希望黄鹂能知道春天的踪迹。黄鹂不住地啼叫着，它婉转的啼声打破了周围的寂静，但词人从中仍得不到答案，心头的寂寞感更加重了。只见黄鹂趁着风势飞过蔷薇花丛。蔷薇花开，说明夏已来临。词人才终于清醒地意识到春天确乎是回不来了。这番妙趣横生的抒写中，作者的惜春之情跃然纸上，呼之欲出。表现了词人对美好春光的珍惜与热爱，抒写了作者对美好事物的执著和追求。

“春归何处?”忙碌的现代人不知道还会不会发出这样的问询？我们也确乎感觉到春天来也匆匆，去也匆匆，但是似乎早已习惯，不会像词人那样着急和敏感，更不会有“唤来同住”的痴心吧。但是，春天不仅仅因为它是四季中最美丽的季节而让人留恋，更因为它是美好事物的代表和象征，才叫人倍加珍惜。世间一切美好的事物似乎都有一个特质，那就是如春光般短暂。正因为短暂和容易消失，才勾起人无限的怜惜之情。这种感情，古今相通。

木兰花

宋祁

【原文】

东城渐觉风光好，縠皱[①]波纹迎客棹[②]。绿杨烟外晓寒轻，红杏枝头春意闹[③]。

浮生长恨欢娱少，肯[④]爱[⑤]千金轻一笑。为君持酒劝斜阳，且向花间留晚照[⑥]。

【注释】

①縠皱：即绉纱，比喻水的波纹。

②棹：船桨，此代船。

③闹：喧闹，浓盛。

④肯：岂肯。

⑤爱：吝惜。

⑥“且向”一句：且挽留夕阳的余辉在花丛中多待一会儿。

【经典原意】

东城外渐觉风景美好，像皱纱的江波欢迎远客归棹。翠绿的杨柳枝上，飘荡的烟云外，清晨寒意犹轻，可是红杏枝头的春色烂漫，生机勃勃，异常热闹。

飘浮的人生悲恨多而欢乐少，怎肯爱惜千金轻视欢乐的一笑？为你举杯劝说快要西坠的夕阳，且将暮色投向百花丛中留下深情的光照。

【当代阐释】

最珍贵的是快乐

此词从游湖写起，讴歌春色，描绘出一幅生机勃勃、色彩鲜明的早春图：

起首一句泛写春光明媚。第二句以拟人化手法，将水波写得生动、亲切而又富于灵性。“绿杨”句写远处杨柳如烟，一片嫩绿，虽是清晨，寒气却很轻微。“红杏”句专写杏花，以杏花的盛开衬托春意之浓。词人以拟人手法，着一“闹”字，将烂漫的大好春光描绘得活灵活现，呼之欲出。作者宋祁也因这句“红杏枝头春意闹”而名扬词坛，被世人称作“红杏尚书”。

词的下片两句，意谓浮生若梦，苦多乐少，不能吝惜金钱而轻易放弃这欢乐的瞬间。最后两句，写词人为使这次春游得以尽兴，要为同时冶游的朋友举杯挽留夕阳，请它在花丛间多陪伴些时候。这里，词人对于美好春光的留恋之情，溢于言表，跃然纸上。

这首词将执著人生、惜时自贵、流连春光的情怀抒写得淋漓尽致，具有不朽的艺术价值。

面对灿烂的春光，作者的感悟是：在短暂的人生中，真正值得珍惜的不是金钱，而是快乐。

【国学故事】

宋祁因诗成佳缘

宋祁（公元 998—1062 年）宋代史学家、文学家，字子京。雍丘（今河南杞县）人。天圣初（公元 1023 年）与兄宋庠同举进士，本来宋祁的文才在乃兄之上，中在第一，而宋庠中在第三，但章献刘太后看了礼部拟就的名单，认为不宜将弟弟排在哥哥前面，于是将宋庠改在第一，宋祁则排到了第十，当时称为“双状元”，认为一门双杰，是无上的恩荣。宋氏兄弟合称“二宋”。

宋祁还有一件因词而得佳偶的故事：他有一次路过京城内的繁台街，迎面遇上宫内出来的车马，其中有一辆车内的宫女揭开车帘，唤了声："小宋！"随即便擦肩而过。宋祁回家，于这一声娇呼不能忘怀，遂赋了一首《鹧鸪天》：

画毂雕鞍狭路逢，一声肠断绣帘中。身无彩凤双飞翼，心有灵犀一点通。

金作屋，玉为笼，车如流水马游龙。刘郎已恨蓬山远，更隔蓬山几万重。

因为他词名远播，不久这首词便传唱开了，一直到达宫禁之中。宋仁宗知道了，追问此事，是何人呼了这一声"小宋"，有宫女回禀道："我以前侍候御宴，见到宣召翰林学士，左右的人指点说，那是小宋。后来在车中偶然见到，所以试着叫了他一声。"仁宗召来宋祁，故意提起此事，宋祁惊惧无地，仁宗笑着说："蓬山并不远。"便将宫女赐给了他。

卜算子·泛西湖坐间寅斋[①]同赋

高观国

【原文】

屈指数春来，弹指[②]惊春去。檐外蛛丝网落花，也要留春住。

几日喜春晴，几夜愁春雨。十二雕窗六曲屏，题遍伤春句。

【注释】

①寅斋：观国之友。

②弹指：比喻时间短暂。

【经典原意】

好不容易盼到春天的归来，又惊叹春天的离去只在弹指之间。屋檐外的蛛网粘上了落花，仿佛也在挽留春天。

春天晴雨不定，惹人欢喜惹人愁。雕花窗户和屏风上都写满了伤

春的诗句。

【当代阐释】

弹指惊春去

春来是屈指,春去就不仅是弹指了,且还心惊——这是什么样的心境啊!它把人们既盼春来、又恐春去的复杂心情极其凝练又极其形象地表现出来。漫长的冬日,我们屈指计算春回大地的日子,甚至用"冬天来了,春天还会远吗?"来安慰自己焦急等待的心怀。春天终于姗姗地来了,大地回春,百花争艳,一派欣欣向荣的景象,当我们正陶醉在春风中的时候,却突然发现柳絮飘飘,春天就要离去,檐外的蜘蛛忙着结丝网花,也想留住春天,这是何等的伤感!

这首词写人们对春天的感受,其间悲喜无常,最终还是悲意浓过了喜意,从而侵袭了春意,令人顿起愁绪。正是作者所谓的"十二雕窗六曲屏,题遍伤春句"了。

一剪梅·舟过吴江

蒋捷

【原文】

一片春愁待酒浇,江上舟摇,楼上帘[①]招。秋娘渡与泰娘桥[②],风又飘飘,雨又萧萧。

何日归家洗客袍,银字笙[③]调,心字香[④]烧。流光[⑤]容易把人抛,红了樱桃,绿了芭蕉。

【注释】

①帘:指风中的酒旗。

②秋娘渡,泰娘桥:均为吴江地名。

③银字笙:指镶上银字标音调的笙。

④心字香:状如篆文"心"字形的香。

⑤流光:流逝的光阴。

【经典原意】

连绵不断的春愁等着酒来消，舟行江上，动荡飘摇，岸上酒帘迎风展招。看到了秋娘渡与泰娘桥，此时风飘飘，雨潇潇。

什么时候才能回家洗客袍，娇妻调弄着镶嵌银字的笙箫，熏炉里心形的香在燃烧。流光无情，容易把人抛，染红了樱桃，染绿了芭蕉。

【当代阐释】

一片春愁待酒浇

诗人、词人总是最敏感的，自然界的变化总能在他们的心中激起波澜。春去春来，花开花谢，是自然现象，却能引发他们的一片"春愁"。"心中一团朦胧的情绪，似甜却苦，乍喜还悲，说不清道不明，我们的古人称之为'愁'。细究起来，这'愁'又是因人、因境而异，由不同的成分交织而成。触景生情，仿佛起了思念，却没有思念的具体对象，是笼统的春愁。有思念的对象，但山河阻隔，是离愁。孤身漂泊，睹景思乡，是旅愁和乡愁。因季节变迁而悲年华的虚度或平生的不得志，是闲愁。因季节变迁而悲时光的流逝和岁月的无常，便是短暂人生的万古大愁了。"

蒋捷的这首词于优美的文字和音韵中道出了种种"春愁"。第一层，作者在风雨中乘舟漂泊，胸中一怀愁绪无法排遣，渴望借酒浇愁。见江边酒楼挑出了大字酒旗，似乎招呼词人前往一醉解愁。在那"秋娘渡"和"泰娘桥"令人流连忘返的美丽多情之地，作者本应能开怀畅饮，愁绪顿消。然而，恍惚中只感觉风雨飘摇，不知其所，使原先的"春愁"更加浓重，难以释怀，这是旅愁。

第二层，词人盼望归家，想象归家之后的情景：结束旅途的劳顿，换去客袍；享受家庭生活的温馨，娇妻调弄起镶有银字的笙，点燃熏炉里心字形的香，美好和谐的家庭生活更加突出词人思归的心绪。这是离愁。

第三层，"流光容易把人抛"，这是人生的大愁。舟摇，帘招，风飘飘、雨萧萧，一切都富于动感，仿佛能看见时光从其间穿梭而过。末句

“红了樱桃，绿了芭蕉”，岁月无情，眼见得时光已催红了樱桃，染绿了芭蕉。在这一红一绿间，一年的春色又将悄悄飘远了。时光更是把韶华人生无情地抛在后头，使人怅惘不已，心头泛起更浓的忧愁。

漂泊不定的旅愁，思乡怀人的离愁，尤其是时光如流水般飞逝却无法挽回的“万古大愁”。我们现代人有着同样的感受和体验，所以读这首词，不能不产生共鸣吧。“流光容易把人抛，红了樱桃，绿了芭蕉”，让我们珍惜时间，珍惜生命，在有限的青春里，开出最美的生命之花。

天仙子·春恨

张先

【原文】

时为嘉禾[①]小倅[②]，以病眠，不赴府会。

水调[③]数声持酒听，午醉醒来愁未醒。送春春去几时回？临晚镜[④]，伤流景[⑤]，往事后期空记省[⑥]。

沙上并禽[⑦]池上瞑，云破月来花弄影。重重帘幕密遮灯，风不定，人初静，明日落红[⑧]应满径。

【注释】

①嘉禾：秀州别，治所在今浙江嘉兴。

②倅：副职。此处指判官。

③水调：曲调名。相传为隋炀帝所制，曲调凄凉，唐代很流行。

④临晚镜：晚上对镜自照。

⑤流景：流逝的年华。

⑥记省：清楚地记得。

⑦并禽：成双成对的禽鸟。

⑧落红：落花，飘落的花瓣。

【经典原意】

作者因身体不适，不能赴府宴。

手持酒杯听着那哀愁悲凉的《水调》。午后醉意醒了，可愁思仍难排解。送得春天归去，那美好的时光何日才能回还。晚上对镜自照，感伤时光流逝，人又老了。过去的美好往事啊，白白地在心头烦扰。

双双对对的鸳鸯，白天在沙滩上嬉戏，晚上在池边交颈而眠。月亮从云缝中出来，银光满地，花影摇曳。起风了，一重重帘幕密密地遮住了灯光。风儿还没有停，人也刚安歇，明天又会是落花撒满了小径。

【当代阐释】

临晚镜，伤流景

一天，词人因身体不适，不能去赴府宴。独自在家，愁闷无聊，由午及晚，回忆往事，感叹时光流逝，心中愈发惆怅。晚上，闲步于花园，忽然风起，使他在偶然间捕捉到一个美丽的景色："云破月来花弄影。"此句是千古传诵的名句，生动细致地描写出瞬间的、动态的美景和词人惊喜的心理感受。但是得到片刻的安慰后，风狂人静，又引发了"明日落红"的伤感，全词传递着一股伤春的愁绪。

然而，因词人已人近黄昏，因此词中的"春愁"与年少的闲愁又有所不同。所谓"少年不识愁滋味，为赋新词强说愁"，人在青年时期也会感叹青春易逝，可毕竟年轻，感叹之余，不免有些故作呻吟。真正老境将至时，对于时间的感受会更真切。"临晚镜，伤流景，往事后期空记省"，追忆似水年华，往事还历历在目，恍如昨天，可是对镜自照，镜中之人为何已经青春不再，变得衰老？此时，他（她）的心里该是多么的震惊和伤感！就算有美景暂可告慰，"夕阳无限好，只是近黄昏"，"明日落红应满径"，美好的事物都是短暂的，谁也阻挡不了时间流逝的脚步！这是人之为人最大的不幸和无奈！

【国学故事】

雅号最多的词人

某诗人有一句诗因为写得特别出色为人传诵，从而成为绰号，这在古代是一件值得矜夸的事。如宋祁因“红杏枝头春意闹”而被呼为“红杏尚书”，贺铸因“梅子黄时雨”被呼为“贺梅子”，可以举出不少这样的例子。而在宋代词人中，绰号最多的，恐怕要数张先。他以乐章擅名当时，连宋祁也钦佩其才，前往探访，即命人传呼说：“宋尚书想见‘云破月来花弄影’郎中！”张先在围屏后回应道：“是‘红杏枝头春意闹’尚书吗？”于是出见，二人置酒高会，相谈甚欢。这一次聚会也给两个人都留了一个雅号。

其实一个“云破月来花弄影郎中”，尚远远不足以概括张先词中的名句，所以他后来自己又作了纠正，那时别人已经将他的雅号封为“张三中”，他又郑重的将之改成“张三影”。有人对张先说：“大家都称呼您作‘张三中’，来源于您的大作：‘心中事，眼中泪，意中人。’(《行香子》)”张先说：“这个封号不妥当，何不称呼‘张三影’？”对方不懂。张先解释道：“‘云破月来花弄影’(《天仙子》)、‘娇柔懒起，帘压卷花影’(《归朝欢》)、‘柳径无人，堕风絮无影’(《剪牡丹》)——这三句里都有一个‘影’字，是我平生最得意的句子。”这一件事，另一本笔记《高斋诗话》里记载有所不同，这三个含有“影”字的句子是“浮萍断处见山影”、“云破月来花弄影”、“隔墙送过秋千影”(《青门引》)，其实第一句出自诗而非词，词中带“影”的，还有“无数杨花过无影”(《木兰花》)，张先真是个喜写“影”、擅写“影”的词人，也难怪他要以此自诩了。

又一次，张先去拜访欧阳修，门房进去通报，欧阳修十分喜爱张先的《一丛花》词，一直遗憾未能与他相识，听说他来拜访，欣喜地倒屐相迎，说：“这就是‘桃杏嫁东风’郎中！”从此张先又多了这个雅号。这首让欧阳修赞赏的《一丛花》，原词如下：

伤高怀远几时穷？无物似情浓。离愁正引千丝乱，更东陌、飞絮濛濛。嘶骑渐遥，征尘不断，何处认郎踪？

双鸳池沼水溶溶，南北小桡通。梯横画阁黄昏后，又还是、斜月帘栊。沉恨细思，不如桃杏，犹解嫁东风。

江城子

秦观

【原文】

西城①杨柳弄春柔，动离忧，泪难收。犹记多情，曾为系归舟②。碧野朱桥③当日事，人不见，水空流。

韶华④不为少年留，恨悠悠，几时休。飞絮落花时候⑤、一登楼。便做春江都是泪，流不尽，许多愁。

【注释】

①西城：指汴京西郑门一带，多种垂杨，金明池在其西北。

②系归舟：指杨柳而言。刘禹锡《杨柳枝》："长安陌上无穷树，只有垂杨管离别。"晏几道《梁州令》："南楼杨柳多情绪，不系行人住。"

③朱桥：指金明池上朱漆桥梁。《东京梦华录》卷七："西去数百步乃仙桥，南北约数百步，桥面三虹，朱漆阑楯（shǔn）。"

④韶华：美好的青春。

⑤飞絮落花时候：时近清明。

【经典原意】

春风拂动，西城的杨柳百般柔美，让人不免想起曾经的温柔，以及无可奈何的离别，继而泪水夺眶，身不由己。还记得当年在这柳树下为归来的你系上船绳，绿的田野，红的小桥，一切都历历在目，可惜再也找不到你的影子。只有这里的水依旧流淌。

年少的人啊，浪费了多少美好时光，只知道无缘无故的哀叹惆怅。在柳絮满天，花落缤纷的时候，登上高楼远眺。远处的一江春水流淌不息，如果用泪水可以排解忧愁，恐怕我需要流的，不止这一江春水。

【当代阐释】

韶华不为少年留

此为暮春别恨之作。“西城杨柳弄春柔”，这是春天特有的景色，多情的杨柳撩拨着春色，似有百种柔情，不能不让人联想到青春，联想到青春时美好的情事。词人因柳而“动离忧”，并回忆起了往事：“犹记多情，曾为系归舟。碧野朱桥当日事，人不见，水空流。”原来这柳是靠近水驿的长亭之柳，当年曾有离别情事在这里发生。那时候，一对有情人，踏过红色的板桥，眺望芳草萋萋的原野，在此话别。一切都记忆犹新，可是眼前风景不殊，人已天各一方。在这“飞絮落花”的暮春时节，词人怀着满腔的离愁不由得要感叹“韶华不为少年留”了。青春年华不仅不能停驻，还带走了美好的爱情。怎能不使人“恨悠悠”，就算泪流、恨流和眼前的水流聚合成一江春水，滔滔东流，也流不尽这满腹的忧愁啊。这是多情的词人对青春易逝的哀悼，对爱情远去的追怀。

春天、青春、爱情，这是世间最美妙、最多情、最激动人心的字眼，惹人遐想，让人陶醉。然而，这又是最短暂、最脆弱、最容易消失的事物，春天很快就要走到尽头，朝气蓬勃的少年韶华渐去，情人的离去也带走了美好的爱情，过去与现在反差是如此之大，难怪多情的人们会因此而产生无限留恋和伤感。

如梦令①

李清照

【原文】

昨夜雨疏风骤②，浓睡③不消残酒④。试问卷帘人⑤，却道海棠依旧。知否？知否？应是绿肥红瘦⑥。

【注释】

①如梦令：词牌名。

②雨疏风骤（zhòu）：雨点稀疏，风声急骤。

③浓睡：沉睡。

④残酒：残余的酒意。

⑤卷帘人：这里指侍女。

⑥绿肥红瘦：绿叶多而红花少。

【经典原意】

昨夜雨小风急，我从沉睡中醒来，酒醉没有全消。试问卷帘的侍女，她却说海棠花依然如旧。知道吗？应是绿叶更加茂盛，红花却已凋零。

【当代阐释】

绿肥红瘦伤春去

这首小令，有人物，有场景，还有对白，充分显示了宋词的语言表现力和词人的才华。

当此芳春，名花正好，偏那疏狂的风雨就来逼迫了，女词人心绪如潮，不得入睡，只有借酒消愁。酒吃得多了，觉也睡得浓了。结果一觉醒来，天已大亮。但昨夜之心情，却已然如隔在胸，所以一起身便要询问意中悬悬之事。于是，她急问收拾房屋，启户卷帘的侍女："海棠花怎么样了？"侍女看了一看，笑回道："还不错，一夜风雨，海棠一点儿没变！"女主人听了，嗔叹道："傻丫头，你可知道那海棠花丛已是红的见少，绿的见多了吗？"这句对白写出了诗画所不能道，写出了伤春的闺中人复杂的神情口吻，可谓"传神"之笔。

词人为花而喜、为花而悲、为花而醉、为花而嗔，实则是伤春惜春，以花自喻，慨叹自己的青春易逝。

摸鱼儿

辛弃疾

【原文】

淳熙己亥①，自湖北漕②移湖南，同官王正之置酒小山亭，为赋。

更能消、几番风雨，匆匆春又归去。惜春长怕花开早，何况落红无数！春且住。见说道[3]，天涯芳草无归路。怨春不语。算只有殷勤，画檐蛛网，尽日惹飞絮[4]。

长门[5]事，准拟佳期又误。蛾眉[6]曾有人妒。千金纵买相如赋，脉脉此情谁诉？君莫舞，君不见，玉环飞燕[7]皆尘土！闲愁最苦。休去倚危栏，斜阳正在，烟柳断肠处。

【注释】

①淳熙己亥：宋孝宗淳熙六年（公元1179年）。

②漕：转运使的简称。

③见说道：听说。

④画檐蛛网，尽日惹飞絮：喻小人误国。

⑤长门：汉代宫名。汉武帝之陈皇后，失宠住在长门宫。曾送黄金百斤给司马相如，请他代写一篇赋送给汉武帝，陈皇后因而重新得宠。后世随把“长门”作为失宠后妃居处的专用名词。

⑥蛾眉：借指美人。

⑦玉环：唐玄宗贵妃杨氏的小字。飞燕：姓赵，汉成帝的皇后。两人都得宠且善妒忌。

【经典原意】

淳熙六年，我由荆湖水路转运副使，调任荆湖南路转运副使，继任的王正之在官署里的小山亭为我设酒饯行，因而写下此词。

再能经受起几次风雨，美好的春季又急匆匆过去了。爱惜春天，而且经常担忧花儿会开得太早而凋谢太快，更何况如今面对这无数红花落地的残春败落景象。我劝说春光，你暂且留下来吧，听说芳草已生遍天涯，会遮住你的归路，你还能到哪里去呢？怨恨春不回答，竟自默默地归去了。只有屋檐下的蜘蛛仍在整天殷勤地吐丝结网，粘住漫天飞舞的柳絮，想保留一点春的痕迹。

汉武帝陈皇后失宠，别居长门宫，定准的重逢佳期又被耽搁了。那是因为陈皇后的美貌有人嫉妒，纵然用千金重价买下司马相如的

《长门赋》，满腹情意又向谁倾诉？你们不要高兴得跳舞了，你们没有看见杨玉环、赵飞燕早都变成尘土了吗？（忧国而不能参政，只能作个闲官的）心情愁苦极。不要去高楼上凭栏远眺，夕阳正落在暮霭笼罩的柳树梢上，长夜即将来临，望之使人断肠。

【当代阐释】

惜春长怕花开早

公元1179年，辛弃疾从湖北转运副使改任湖南转运副使，在友人为他饯别的宴席上作《摸鱼儿》以抒怀。词人此时年届不惑，却难酬抗金复国的壮志，以备受猜忌的“归正人”身份在流宦生涯中消磨岁月。正值暮春时节，又在离筵之上，抚今追昔，词人怎能不百感交集！惆怅、抑郁、痛苦、牢骚，都被纳入“闲愁最苦”四个字，意境沉郁，笔力千钧。撇开浸透了全词的政治情绪和身世之感不说，即使只把前半阕看作一般的伤春之作，它也是同类作品中最为感人的一首。风雨无情，落红成阵，词人不禁为春的命运担忧：春天即将匆匆逝去，它还能经得起几番风雨呢？早在开花之前，词人就因爱惜春天而害怕花开太早，如今无数落花飞过眼前，更让人何以为怀？为了挽留春天，词人便设法劝阻：听说芳草长满了天涯，当然也遮断了道路，你又如何觅得归路呢？尽管词人情意殷殷，春却寂然无语。只有布满画檐的蛛网殷勤地粘住了许多飞絮，似乎是在努力挽留春的脚步。这几层意思环环相扣，层层深入，循环往复，百折千回，难怪梁启超赞美说：“回肠荡气，至于此极！”况且词人情极深而语甚痴，竟如热恋中的情人在离别之际的絮絮话语。鲁迅说“无情未必真豪杰”，其实更准确的说法应是“有情方是真豪杰”，辛弃疾无疑是一位盖世豪杰，但只要读一读这首风光旖旎、深情缱绻的《摸鱼儿》，谁能说这位“醉里挑灯看剑，梦回吹角连营”的英雄不是深于情者？此词在无意中透露了一个秘密：古今诗人多喜写惜春、伤春之作，实乃爱之深也。读者喜爱这些作品，也是因为他们对春天爱得特别深挚。

沁园春·送春

刘辰翁

【原文】

春，汝归欤？风雨蔽江，烟尘暗天。况雁门厄塞[①]，龙沙渺莽，东连吴会[②]，西至秦川。芳草迷津，飞花拥道，小为蓬壶[③]借百年。江南好，问夫君何事，不少留连？

江南正是堪怜！但满眼杨花化白毡[④]。看兔葵燕麦[⑤]，华清宫[⑥]里，蜂黄蝶粉，凝碧池[⑦]边。我已无家，君归何里？中路徘徊七宝鞭[⑧]。风回处，寄一声珍重，两地潸然！

【注释】

①雁门：位于山西代县。“天下九塞，雁门为首。”厄塞：险要之地，险阻要塞。

②吴会：东汉分会稽郡为吴、会稽二郡，并称吴会。后亦泛称此两郡故地为吴会。

③蓬壶：即蓬莱，古代传说中的海中仙山。

④满眼杨花化白毡：化用杜甫“满眼杨花铺白毡”句意。

⑤兔葵：即葵菜。燕麦：即野麦。出自刘禹锡《再游玄都观》诗序。

⑥华清宫：这里借指临安凤凰山下的宋朝宫殿。

⑦凝碧池：在唐朝东都洛阳。天宝十五载（公元756年）安禄山叛军攻下长安，将所获梨园子弟数百人集中在凝碧池演奏歌曲，安禄山在这里大宴伪官。诗人王维被叛军拘禁于长安菩提寺，听了这个消息，愤而写诗以寄怀，有“秋槐叶落空宫里，凝碧池头奏管弦”之句，这里借指宋宫。

⑧七宝鞭：借用晋明帝用七宝鞭迷惑敌人的典故，此鞭以多种珍宝为饰的马鞭。“晋王敦欲为乱，明帝乘骏骑密察敦营。敦觉，遣五骑追之。途中，帝将七宝鞭与逆旅老妪，令俟追者至，以鞭示之。俄而追者至，问妪，妪曰：‘去已远矣。’因以鞭示之，追骑玩鞭稽留，帝仅而获免。”（见《晋书·明帝纪》）这里指代贵重之物，意思说春天和七宝鞭一起走了未被挽留过。

【经典原意】

春，你要归去吗？风雨遮蔽江面，烟尘使天地昏暗，何况雁门要塞，龙沙莽莽，向东连着吴会，向西直达秦川。津渡芳草茂盛，路上飞花繁密，江南如此之好，就像“蓬壶”仙境一般，为什么你不留连呢？

江南正是惹人怜爱的时候。只是满眼的白花仿佛化成了白毡。看华清宫里，到处是葵菜野麦，凝碧池边，到处是黄蜂粉蝶。我已经没有家了，你去哪呢？半路上徘徊着和七宝鞭一样珍贵的东西，却无人挽留。风回去的地方，让它代我寄一声珍重给你，你我两地潸然落泪。

【当代阐释】

风雨送春归

春天终不会常驻人间，它总要在人们的百般挽留中离去。那就让我们为春天送行吧。

刘辰翁的这首词作于南宋亡后，作者借送春来抒发自己的无限悲恸，饱含着深切的挽留之意，也反映了作者的亡国之悲。

一开始，词人向春天提问：“春，汝归欤？”表面上是在问春是否要走，但言外之意却是说：“你走不得啊！”因为“风雨蔽江，烟尘暗天”。这里的“风雨”表面上是自然界的风雨，实际上是政治风雨，“烟尘”也是战争烟尘。元军攻占了临安，宋室沦亡，山河变色，春天，你能往哪里去呢？“雁门厄塞，龙沙渺莽，东连吴会，西至秦川”，从北到西，从东南到西北，几万里的大好河山，已完全沦陷，春啊春，你无处可去。“芳草迷津，飞花拥道，小为蓬壶借百年”，江南如此之好，为什么春天你还要离开，“不少留连”呢？原来，虽然江南名山胜水，可爱之处难以尽数，但是已经到了春残花谢的时候，风光不再、山河破败、家国不全、群魔乱舞。春天已经没有可留之处，词人也是无家可归，只能向春天告别：“风回处，寄一声珍重，两地潸然！”春天已去，国家已亡，空留一腔悲愤，却又无可奈何！

如果说杜甫的“国破山河在，城春草木深”，抒发的是春天依旧，国事全非的悲痛，那么刘辰翁的这首词却是山河破碎，春又离去的悲中之悲，痛上之痛。词中句句是送春，句句又是留春。一个身怀家国之痛的人对春天的深切挽留，又无可奈何的情怀，凄婉动人，催人泪下。

自古逢秋悲寂寥
——悲秋思乡词

【导读】

自古以来，无数骚人墨客的作品中，都郁积着浓浓的悲秋情结。在我国最早的诗歌总集《诗经》中，秋天是一幅“蒹葭苍苍，白露为霜”，“秋日凄凄，百卉具腓”的荒凉而充满寒意的图景。屈原《九歌·湘夫人》也有一句写秋风的名句：“袅袅兮秋风，洞庭波兮木叶下。”宋玉在《九辩》中流露“悲哉，秋之为气也，萧瑟兮，草木摇落而变衰”的悲慨，不仅开启了文人“悲秋”的传统，还成为后世诗人效仿的榜样，大诗人杜甫就写道：“摇落深知宋玉悲，风流儒雅亦吾师。怅望千秋一洒泪，萧条异代不同时。”(《咏怀古迹》)因了这首诗，“宋玉悲”竟也成了一个脍炙人口的典故了。宋玉之后，对秋的感伤咏叹之辞绵延不绝。一代雄主汉武帝刘彻，就有一首《秋风辞》，是帝王诗中不可多得的佳作。无独有偶，同是帝王而又堪称文豪的魏文帝曹丕，在其名篇《燕歌行》里写思妇怀远，也用了这样的句子开头：“秋风萧瑟天气凉，草木摇落露为霜，群燕辞归雁南翔。”直追宋玉。杜甫在《登高》中的“无边落木萧萧下，不尽长江滚滚来。万里悲秋常作客，百年多病独登台”，抒发了诗人伤时忧国、老病孤独、壮志难酬的复杂感情。柳永在“潇潇暮雨洒江天，一番洗清秋”的凉意中，同样为我们描绘了一幅令人伤心的惨淡秋景，抒发了悲秋之叹。被誉为“秋思之祖”的马致远在《天净沙·秋思》中，用“枯藤老树昏鸦，小桥流水人家，古道西风瘦马，夕阳西下，断肠人在天涯”极凝练地勾勒出一个天涯游子在秋日黄昏中茫然、孤独、疲惫、感伤、无奈的情态。

为什么“秋”偏偏与“悲情”相关联？钱钟书先生在《管锥编》中列举了许多赋秋的例子，解释古人逢秋言悲的道理。认为“节物本‘好’而人自‘惆怅’，风景因心境而改观耳。”又说“物逐情移，境由心造，苟衷肠无闷，高秋爽气遽败兴丧气哉?”并进而言之“以人当秋，则感其事更深，亦人当其事而悲秋逾甚。”悲秋是人为了抒发叹逝、伤生、思乡、怀远等情愫罢了。以“悲秋”为主题的诗歌，常常借秋色、秋景、秋声、秋叶、秋风这些具体的意象，表达羁旅之思、老病之哀、黍离之悲、家国之痛，字里行间流贯着一种悲天悯人、忧世伤生的大感喟，大悲哀。

敢于在“悲秋”的主旋律中唱“反调”的也不是没有，最著名的莫如刘禹锡的《秋词》:

> 自古逢秋悲寂寥，我言秋日胜春朝。晴空一鹤排云上，便引诗情到碧霄。

这首七绝清新欢快，富有动感，唱出了日渐低沉的“悲秋”交响乐中一个嘹亮的高音。

总之，在古今“悲秋”的大合唱中，这样的调子只是昙花一现。大自然生生不息，而又亘古不易。吴文英《唐多令》也道:“何处合成愁，离人心上秋。”这说明，从字源学的角度看，“秋”与“愁”二字本就大有渊源，音、形、义无不相谐相通。只要人类还在，“伤春”的眼泪便不会枯竭，“悲秋”的调子也不会停歇。

八声甘州

柳永

【原文】

对潇潇[①]暮雨洒江天，一番洗清秋。渐霜风凄紧，关河[②]冷落，残照当楼。是处[③]红衰翠减，苒苒[④]物华休。惟有长江水，无语东流。

不忍登高临远，望故乡渺邈[⑤]，归思难收。叹年来踪迹，何事苦淹留[⑥]？想佳人，妆楼颙望[⑦]，误几回、天际识归舟。争知我、倚栏杆处，正恁[⑧]凝愁。

【注释】

①潇潇：形容风雨急骤。

②关河：关口和航道。

③是处：处处，到处。

④苒苒：渐渐，慢慢。

⑤渺邈：渺茫，遥远。

⑥淹留：久留。

⑦颙望：举头凝望。

⑧恁：如此。

【经典原意】

面对着潇潇暮雨从天空洒落在江上，经过一番雨洗的秋景分外寒凉清冷。凄凉的霜风逐渐地迫近，关隘、山河冷清萧条，落日的余光照耀在楼上。到处红花凋零、翠叶枯落，美好的景物渐渐地衰残。只有长江水，不声不响地向东流淌。

不忍心登上高山下看远方，眺望渺茫遥远的故乡，渴求回家的心思难以收拢。叹息这些年来的行踪，为什么苦苦地长期停留在异乡？想起美女，正在华丽的楼上抬头凝望，多少次错把远处驶来的船当作心上人回家的船。怎么知道我，倚着栏杆的时候，正这样的愁思深重。

【当代阐释】

羁旅悲秋愁更愁

宋代赵令畤《侯鲭录》卷七引苏轼语:“世言柳耆卿曲俗,非也。如《八声甘州》云:‘霜风凄紧,关河冷落,残照当楼。’此语于诗句不减唐人高处。”

晚清著名词家陈廷焯称此词为“古今杰构”,是“耆卿集中仅见之作”(《词则·大雅集》),王国维更以此与苏轼《水调歌头》媲美,认为此二作皆“格高千古,不能以常调论也”。由此可见它在词史上的地位。

此词抒写羁旅悲秋、相思愁恨。上片写景,以暮雨、霜风、江流描绘了一幅风雨急骤的秋江雨景:“潇潇”状其雨势之狂猛;“洒江天”状暮雨铺天漫地之浩大,洗出一派清爽秋景。“霜风凄紧”以下写雨后景象:以关河、夕阳之冷落、残照展现骤雨冲洗后苍茫浩阔、清寂高远的江天境象,内蕴了萧瑟、峻肃的悲秋气韵。而“残照当楼”则暗示出此楼即词人登临之地。“是处”二句写“红衰翠减”的近景,词人情思转入深致低回,以“物华休”隐喻青春年华的消逝。“长江水”视野转远,景中见情,暗示词人内心惆怅、悲愁,恰似一江春水向东流,引发下片抒情。“不忍登高”乃是对登楼临远的反应,词人便层层揭示“不忍”的原因:一是遥望故乡,触发“归思难收”;二是羁旅萍踪,深感游宦淹留;三是怜惜“佳人凝望”,相思太苦。特别是“想佳人”,揭示出“不忍”之根,更悬想佳人痴望江天,误认归舟的相思苦况;不仅如此,还转进一层反照自身,哀怜佳人怎知我此刻也在倚栏凝望!词中思乡怀人之意绪,展衍尽致。而白描手法,再加通俗的语言,将这复杂的意绪表达得明白如话。

柳永的《八声甘州》能够传颂千古,就在于它把我们每个人的心中所想用极其生动而又简约的语言表达了出来。离家在外的游子面对“潇潇暮雨洒江天,一翻洗清秋”的景物都会顿起思归之心,都会发出“是处红衰翠减,苒苒物华休”,岁月蹉跎的感慨,都会“望故乡渺邈”,但“归思难收”,都会问自己“何事苦淹留?”是啊,我们在思念家乡,思

念那人，那人也在牵挂着我们，何时才能回家？这是亘古的乡愁，它沿着人类历史的长河，滔滔不尽。

苏幕遮[①]

范仲淹

【原文】

碧云天，黄叶地，秋色连波，波上寒烟翠。山映斜阳天接水，芳草无情，更在斜阳外。

黯乡魂[②]，追旅思[③]，夜夜除非，好梦留人睡。明月楼高休独倚，酒入愁肠，化作相思泪。

【注释】

①苏幕遮：此调原为西域传入唐教坊曲。“苏幕遮”是当时高昌国语之音译。宋代词家用此调是另度新曲。又名《云雾敛》、《鬓云松令》。双调，六十二字，上下片各五句四仄韵。

②黯：形容心情忧郁。黯乡魂：用江淹《别赋》“黯然销魂”语。

③追：追随，可引申为纠缠。旅思：羁旅之思。

【经典原意】

黄叶满地，秋色连波，水波映着群山，蓝天与白水连在一起。碧绿的春草不知人事，向远处延伸着，直到斜阳之外的天际。

思乡的情怀令我忧伤，旅居塞外更令我惆怅。日日夜夜都寂寞难耐，只有在美好的梦境中苦捱着时日。明月映照之时，千万不要到高楼凭栏独立，因为望乡而又回归无计。闷酒进入愁肠，只好化作一串思乡的眼泪。这情景，多么令人伤悲。

【当代阐释】

剪不断的乡愁

此词抒写乡思旅愁。“碧云天，黄叶地”两句，一高一低，一俯一仰，展现了际天极地的苍莽秋景，“秋色连波”两句，落笔于高天厚地之间的浓郁的秋色和绵邈秋波：秋色与秋波相连于天边，而依偎着秋波的则是空翠而略带寒意的秋烟。这里，碧云、黄叶、绿波、翠烟，构成一幅色彩斑斓的画面。“山映斜阳”句复将青山摄入画面，并使天、地、山、水融为一体，交相辉映。同时，“斜阳”又点出所状者乃是薄暮时分的秋景。“芳草无情”两句，由眼中实景转为意中虚景，而离情别绪则隐寓其中。埋怨“芳草”无情，正见出作者多情、重情。下片“黯乡魂”两句，径直托出作者心头萦绕不去、纠缠不已的怀乡之情和羁旅之思。“夜夜除非”两句是说只有在美好梦境中才能暂时泯却乡愁。“除非”说明舍此别无可能。但天涯孤旅，“好梦”难得，乡愁也就暂时无计可消了。“明月楼高”句顺承上文：夜间为乡愁所扰而好梦难成，便想登楼远眺，以遣愁怀；但明月团团，反使他倍感孤独与怅惘，于是发出“休独倚”之叹。最后两句，写作者试图借饮酒来消释胸中块垒，但这一遣愁的努力也归于失败：“酒入愁肠，化作相思泪。”

“剪不断，理还乱”的是离愁，也是乡愁。对故乡的思念、怀念之情，是每个人心中都有的一份感情。不管故乡是富裕还是贫瘠，是美丽还是荒凉，都让每一个离乡在外的人魂牵梦绕。因为那里是生我们养我们的地方，因为那里有我们的亲人故友，因为那里有太多太多的回忆。

罗敷歌①

贺铸

【原文】

自怜②楚客③悲秋思，难写丝桐。目断书鸿④。平淡江山落照中。

谁家水调⑤声声怨，黄叶西风。罨画⑥桥东。十二玉楼⑦空更空。

【注释】

①罗敷歌：亦名《采桑子》，得名于汉乐府民歌《陌上桑》。

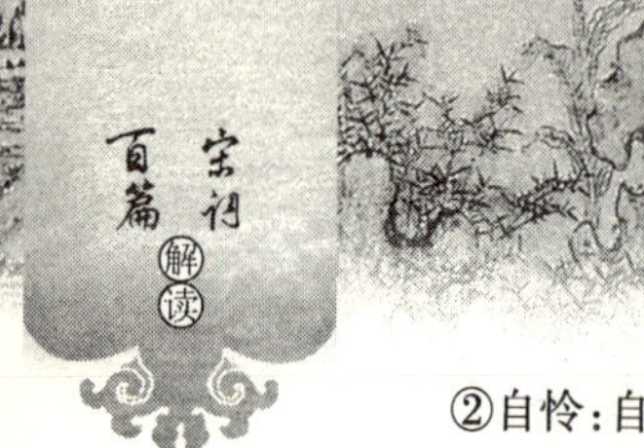

②自怜:自我怜悯之意。

③楚客:指宋玉。宋玉,楚人,其《九辩》曾有"悲哉!秋之为气也"的慨叹。

④书鸿:鸿雁传信。

⑤水调:曲牌名。杜牧《扬州诗》:"谁家唱水调,明月满扬州。"水调属商调曲,其声哀怨,相传唐玄宗入蜀,听水调歌而深感"山川满目泪沾衣"。

⑥罨(yǎn)画:色彩斑杂的彩画,这里指装饰鲜丽的建筑物。

⑦十二:形容多。玉楼:仙人所居之楼,这里为青楼的美称。

【经典原意】

我怜悯那楚客(指宋玉)悲秋的思绪,这种悲愁感,是任何美妙的音乐也难以抒写的。极目远眺,望眼欲穿,何尝见任何传书的鸿影,唯有那平淡无奇的山河掩映在一片落日的斜辉中。

谁家在一声声地唱着哀怨的水调,黄叶在西风中飘落。装饰着绚丽彩画的桥东边,那么多青楼,现在却变得空无一人,冷冷清清。

【当代阐释】

伤心不独为悲秋

"悲哉!秋之为气也。萧瑟兮,草木摇落而变衰。"(宋玉《九辨》),人们之所以会逢秋天而多寂寥,很大程度上就是因为时令一到秋季,便会繁华尽去,天地间变得萧瑟荒凉,易于引发人凄凉落寞的情绪。而人世间的聚散离别和自然界的凋零残落又是何其相似!多愁善感的词人们便自然地由秋景联想到人事,因而秋之悲,既是悲秋,更是悲人了。

贺铸的这首词抒发了一种浓重的悲秋感,同时又由此而引发对人事聚散无常的深深悲慨。词人远离家国,离群索居,适逢肃杀悲凉之秋,心境郁闷,才会"自怜楚客悲秋思"。而因秋所致的悲愁感,是任何美妙的音乐也难以抒发排遣的,所以说"难写丝桐"。因秋而悲,离群索居,自然勾起对家国的思念。笼罩在一片悲秋思乡之情中的作者,无心观景,觉得所见之景平淡无奇。况值黄昏时节,那沉沉欲坠的红日,配上悲凉萧瑟的秋景,词人首先产生的感受就是一股莫名的凄楚之情。“谁家水调声声怨，黄叶西风”，杜牧《扬州诗》：“谁家唱水调，明月满扬州。”水调属商调曲，其声哀怨，相传唐玄宗入蜀，听水调歌而深感“山川满目泪沾衣”。本词作于扬州，顺手化用杜牧诗句，它借助于黄叶西风的秋景描写，渲染出了一种凄清萧疏、哀怨悲婉的意境，与悲秋的气氛相照应。杜牧曾有“十年一觉扬州梦，赢得青楼薄幸名”（《遣怀》）的诗句，词人由杜牧留下薄幸名声的扬州地面，联想到诗人的诗句。更因黄叶西风的感召，涌发出无限悲愁之感，复又自然联想到人世的聚散、男女的欢情，深感任何美妙繁华之景的短暂易逝。“罨画桥东，十二玉楼空更空”，昔日欢聚的美好时刻，现在看来，有如虚无缥缈的神仙世界。故往日的欢会，无论当时觉得如何美妙，对照今天的离散来说，真有不堪回首之感。“空更空”三字，寄托着词人人世聚散无常的无限悲慨之情。

水龙吟·登建康赏心亭[①]

辛弃疾

【原文】

楚天千里清秋，水随天去秋无际。遥岑远目，献愁供恨，玉簪螺髻[②]。落日楼头，断鸿[③]声里，江南游子。把吴钩[④]看了，阑干拍遍，无人会、登临意。

休说鲈鱼堪脍，尽西风、季鹰归未[⑤]？求田问舍，怕应羞见，刘郎才气[⑥]。可惜流年，忧愁风雨，树犹如此[⑦]。倩何人、唤取红巾翠袖[⑧]，揾[⑨]英雄泪？

【注释】

①建康赏心亭：建康（今江苏南京）是东吴、东晋、宋、齐、梁、陈六个朝代的都城。赏心亭是南宋建康城上的一座亭子。据《景定建康志》记载：“赏心亭在（城西）下水门城上，下临秦淮，尽观赏之胜。”

②“遥岑”三句：远望遥山，像美人头上的碧玉簪、青螺发髻一样，似都在发愁，像有无限怨恨。皮日休《缥缈峰》诗：“似将青螺髻，撒在明月中”，韩愈《送桂

州严大夫》诗有“山如碧玉”之句(即簪),是此句用语所出。

③断鸿:失群孤雁。

④吴钩:吴地特产的弯形宝刀,此指剑。杜甫《后出塞》诗中就有“少年别有赠,含笑看吴钩”的句子。

⑤“休说”三句:表示自己不愿放弃大业,只图个人安逸。

⑥“求田”三句:表示自己羞于置田买屋安居乐业。刘郎:即刘备。

⑦“可惜流年”三句:自惜年华在无所作为中逝去,为国运感到忧愁,人比树老得还快。

⑧倩:请求。红巾翠袖:是少女的装束,这里就是少女的代名词。

⑨揾(wèn):擦拭。

【经典原意】

楚地的天空,千里弥漫着清爽的秋气,江河水流向天边,秋色天际。远望遥远的山岭,犹如插着玉簪的螺髻,向人们呈献愁恨。流落江南的游子。在落日的时候,在失群孤雁的哀鸣声中,站在楼上瞭望。把宝刀吴钩看完,把栏杆拍遍,但没有人领会,我登临楼台的用意。

不要说鲈鱼正好可以切碎煮熟品尝,秋风吹遍大地,张季鹰怎么还没有回乡?如果只想像许汜一样,买田置屋,怕会羞于看见才气横溢的刘备。可惜年华如水流去,忧愁风雨,树木犹如此。请谁唤来身穿鲜丽衣服的美女拿着红巾,揩拭英雄流下的眼泪?

【当代阐释】

倩何人揾英雄泪?

这首词作于乾道四至六年(公元1168—1170年)间建康通判任上。这时词人南归已八九年了,却投闲置散,作一个建康通判,不得一遂报国之愿。偶有登临周览之际,一抒郁结心头的悲愤之情。

词人站在赏心亭上极目远眺,楚天千里,辽远空阔,秋色无边无际。大江流向天边,天水交融,气象阔大。那一层层、一叠叠的远山,有的像美人头上插戴的玉簪,有的像美人头上螺旋形的发髻,景色算得上是美景,但只能引起词人的忧愁和愤恨。因为人心中有愁有恨,虽见壮美的远山，但愁却有增无减，仿佛是远山在“献愁供恨”。那么愁又为何？恨又为何呢？北望是江淮前线，效力无由；再远即中原旧疆，收复无日。南望则山河虽好，无奈仅存半壁；朝廷主和，志士不得其位，即思进取，却力不得申。以上种种，是恨之深、愁之大者。夕阳快要西沉，孤雁的声声哀鸣不时传到赏心亭上，更加引起了作者对远在北方的故乡的思念。他看着腰间空自佩戴的宝刀，悲愤地拍打着亭子上的栏杆，可是又有谁能领会他这时的心情呢？这里“落日楼头，断鸿声里，江南游子”三句，虽然仍是写景，但无一语不是喻情。落日，本是日日皆见之景，辛弃疾用“落日”二字，比喻南宋国势衰颓。“断鸿”，是失群的孤雁，比喻作为“江南游子”，自己飘零的身世和孤寂的心境。辛弃疾渡江淮归南宋，原是以宋朝为自己的故国，以江南为自己的家乡的。可是南宋统治集团根本无北上收复失地之意，对于像辛弃疾一样的有志之士，一直采取猜忌排挤的态度，致使辛弃疾觉得他在江南真的成了游子了。“把吴钩看了，阑干拍遍，无人会、登临意”，此时作者思潮澎湃，心情激动，他看剑，拍栏杆，淋漓尽致地抒发自己报国无路、壮志难酬的悲愤。

“无人会、登临意”，慨叹自己空有恢复中原的抱负，而南宋统治集团中没有人是他的知音。读者读到此，眼前仿佛可以看见词人激愤的形象，都会被他激烈的情感感染。

上片写景抒情，下片则是直抒心志。词人登临远望，望故土而生情，然而自己的家乡如今还在金人统治之下，南宋朝廷却偏安一隅，自己想回到故乡，又谈何容易！谁无思乡之情，但国势如此，如词人一般的又何止一人呢？他很怀念家乡但却绝不像张翰、许汜一样贪图安逸。“可惜流年，忧愁风雨，树犹如此”，词人所忧惧的，是国事飘摇，时光流逝，北伐无期，恢复中原的夙愿不能实现。年岁渐增，恐再闲置下去便再无力为国效命疆场了。“倩何人，唤取红巾翠袖，揾英雄泪。”词人自伤抱负不能实现，世无知已，得不到同情与慰藉，只能唤取佳人来擦拭英雄的眼泪了。

当一个国家，一个社会，不能给有志之士、有才之人提供用武之地的时候，往往会造成对人才的压抑。辛弃疾的遭际不是偶然的，在中国历史上，这样的人和事屡见不鲜，而抒发壮志难酬的苦闷的诗词文章更是蔚为大观。词人追问："倩何人揾英雄泪？"这是英雄个人的悲剧，也是社会的悲剧，历史的悲剧。

如果词人有知，他的词在后世引发了众人的共鸣与同情，也当得到些许的安慰。

【文化常识】

典故

典故，即典制和掌故，《后汉书·东平宪王苍传》："亲屈至尊，降礼下臣，每赐宴见，辄兴席改容，中宫亲拜，事过典故。"《宋史·宋敏求传》："熟于朝廷典故。"

诗文中引用的古代故事和有来历出处的词语也叫典故。如辛弃疾的这首词中就多处用典。

"阑干拍遍"，据宋王辟之《渑水燕谈录》记载，一个"与世相龃龉"的刘孟节，他常常凭栏静立，怀想世事，吁唏独语，或以手拍栏杆。曾经作诗说："读书误我四十年，几回醉把栏干拍。"

"休说鲈鱼堪脍，尽西风、季鹰归未？"这里引用了一个典故：晋朝人张翰（字季鹰），在洛阳做官，见秋风起，想到家乡苏州味美的鲈鱼，便弃官回乡。（见《晋书·张翰传》）

"求田问舍，怕应羞见，刘郎才气"是说三国时许汜去看望陈登，陈登对他很冷淡，独自睡在大床上，叫他睡下床。许汜去询问刘备，刘备说：天下大乱，你忘怀国事，求田问舍，陈登当然瞧不起你。如果是我，我将睡在百尺高楼，叫你睡在地下，岂止相差上下床呢？（见《三国志·陈登传》）

"树犹如此"也有一个典故，据《世说新语·言语》，桓温北征，经过金城，见自己过去种的柳树已长到几围粗，便感叹地说："木犹如此，人何以堪？"树已长得这么高大了，人怎么能不老呢！

声声慢[1]

李清照

【原文】

寻寻觅觅，冷冷清清，凄凄惨惨戚戚。乍暖还寒时候，最难将息[2]。三杯两盏淡酒，怎敌他、晚来风急。雁过也、最伤心，却是旧时相识。

满地黄花堆积。憔悴损、如今有谁堪摘[3]？守着窗儿，独自怎生[4]得黑？梧桐更兼细雨，到黄昏、点点滴滴。这次第[5]，怎一个愁字了得。

【注释】

①声声慢：原调名《胜胜慢》。慢：即慢词、慢曲，为词的长调。

②将息：调养休息，保养安宁。

③堪摘：乐意摘取。堪：所欲，想要。

④怎生：怎么。

⑤次第：情境，况味。

【经典原意】

我独处陋室若有所失地东寻西觅，但过去的一切都在动乱中失去了，永远都寻不见、觅不回了；眼前只有冷冷清清的环境（空房内别无长物，室外是万木萧条的秋景）；这种环境又引起内心的感伤，于是凄凉、惨痛、悲戚之情一齐涌来，令人痛彻肺腑，难以忍受。特别是秋季骤热或骤冷的时候，最难以保养将息了。饮进愁肠的几杯薄酒，根本不能抵御晚上的冷风寒意。望天空，但见一行行大雁掠过，回想起过去在寄给丈夫赵明诚的词中，曾设想雁足传书，互通音信，但如今丈夫已死，书信无人可寄，故见北雁南来，雁已是老相识了，更让人感到伤心。

地上到处是零落的黄花，憔悴枯损，如今有谁能与我共摘（一说，有什么可采摘的）？整天守在窗边，孤孤单单的，怎么容易挨到天黑

啊！到黄昏时，又下起了绵绵细雨，一点点、一滴滴洒落在梧桐叶上，发出令人心碎的声音。这种种况味，一个“愁”字怎么能说尽。

【当代阐释】

怎一个愁字了得

宋钦宗靖康二年(公元1127年)夏五月，徽宗、钦宗二帝被俘，北宋亡。李清照夫婿赵明诚于是年三月，奔母丧南下金陵。秋八月，李清照南下，载书十五车，前来会合。明诚家在青州，有书册十余屋，因兵变被焚，家破国亡，不幸至此。建炎三年(公元1129年)八月，赵明诚因病去世，时清照四十六岁。金兵入侵浙东、浙西，清照把丈夫安葬以后，追随流亡中的朝廷由建康(今南京市)到浙东，饱尝流离颠沛之苦。避难奔走，所有收藏丧失殆尽。

绍兴二年(公元1132年)，清照再嫁张汝舟，遇人不淑，旋即离异。清照无儿女，晚年孑然一身，寄人篱下，孤寂而死。

亡国之恨，丧夫之哀，孀居之苦，凝集心头，无法排遣，她和着血泪写下了这首千古绝唱《声声慢》。《声声慢》，就是李清照身经上述国破、家亡、夫死、遇人不淑等不幸遭遇，以及颠沛流离、孤苦无告的反映。全词透过对残秋景象层层的描述，以表现作者离乱的苦楚和忧患余生的悲哀。通篇纯用白描，层层铺写，满纸呜咽。词评家评为“千古创格”、“绝世奇文”。

开篇连用七组十四叠字层层铺叙，充分展示了主人公极端悲苦的心理状态。“寻寻觅觅”表现了作者百无聊赖，若有所失而要寻些事情来做以寄托空虚寂寞的愁态；“冷冷清清”渲染了四周孤寂清冷的环境，也是作者内心凄凉悲怆的感受；“凄凄惨惨戚戚”则由轻至重，由外而内地刻画了作者在心灵的重压下饱受煎熬，苦苦挣扎的情况。这十四个叠字在结构上独立成章，其反复叠加的结果，强化了痛苦心情的表达。声调上平起仄落，节奏疏而渐密，从而变舒缓为急促，由哀婉而凄厉，一下子就紧紧地攫住了读者的心魄。

女词人运用铺叙手法，通过一系列景物的描写刻画，来展示词人悲秋、悲故国的内心世界：天气乍暖又冷，想要调养休息，却难以安宁；些许的无味淡酒，怎能抵挡住傍晚时分的狂劲寒风；国已破，家已残，故乡雁来，只能让人睹物伤情。虽然菊花满地盛开，可自己这般憔悴模样，又哪堪去采摘赏评，只有孤单地守在窗前，何时才能挨到那夜色渐浓。更有那雨打梧桐，一声声，如叩心坎；对此光景，那种凄苦的心情，用一个"愁"字又怎能道得尽、说得清！举凡天气、淡酒、过雁、黄花、梧桐、细雨等形象，无不显现了秋的自然特征，又无不染上了女词人凄凉的主观感情色彩，从而构成了动人的意境。

李清照的这首《声声慢》反映了一个柔弱的女性在国破家亡的时代背景下的遭遇和体验。在她身上，集中了亡国、丧夫、颠沛流离、寄人篱下等等大悲大苦。这种种苦楚化而为词，让人不忍卒读。

唐多令·惜别

吴文英

【原文】

何处合成愁，离人心上秋[①]。纵芭蕉、不雨也飕飕[②]。都道晚凉天气好，有明月，怕登楼。

年事[③]梦中休，花空烟水流。燕辞归、客[④]尚淹留[⑤]。垂柳不萦裙带[⑥]住，漫长是，系行舟。

【注释】

①心上秋：合起来成一"愁"字。两句点明"愁"字来自惜别伤离。

②飕飕：风雨声。这句是说即使不下雨，芭蕉仍然发出飕飕的秋声。

③年事：往事。这两句是说往事如梦，似花落水流。

④燕辞归：曹丕《燕歌行》"群燕辞归雁南翔"。客：作者自称。

⑤淹留：停留。

⑥萦：旋绕。裙带：指别去的女子。

【经典原意】

怎样合成一个“愁”，是离别之人的心上加个秋。纵然是秋雨停歇之后，风吹芭蕉的叶片，也吹出冷气飕飕。别人都说是晚凉时的天气最好，可是我却害怕登上高楼，那月光下的情景，更加令我愁绪滋生。

以前的情事如梦一样去悠悠，就像是花飞花谢，就像是滚滚的烟波般向东流去，一群群的燕子已经飞回南方的故乡，只有我这游子还在异地停留。丝丝垂柳不能系住她的裙带，却牢牢地拴住我的行舟。

【当代阐释】

离人心上秋

本词为惜别词，是感物悲秋，怀念情侣之作。全词以明畅清新的语言抒写了游子悲秋之感和深重的离情别绪。

开头两句有趣，“何处合成愁？离人心上秋。”一个“心”字上面一个“秋”字，合成一个“愁”字，这里把字谜巧妙地引入词中。“心上秋”前加“离人”二字，准确地表现出离人的心怕到秋天，遇秋则成愁的意韵，婉抒离别后的秋怀。“纵芭蕉、不雨也飕飕。都道晚凉天气好，有明月，怕登楼”，皎皎明月最易勾起人思乡怀人的情怀，故词人“怕”登楼，这里以天好而不忍登楼的违反常规的行为暗示了内心的愁苦。词人究竟愁什么呢？“年事梦中休，花空烟水流”，他愁的是韶光空逝；“燕辞归、客尚淹留”，他愁的是燕可还乡而己不能；“垂柳不萦裙带住，漫长是，系行舟”，他愁的是恋人别己而去。

异地客居，时光空逝，归日无期，又没有恋人在身旁，这重重的忧伤怎能不让人愁？而这种种的不如意适逢“纵芭蕉、不雨也飕飕”的凄冷的秋季，更让人难以释怀。因为秋季就是这样一个充满了飕飕雨声和离愁别绪的季节，它是一支歌，专为离人谱写；它是一首诗，唯有离人能够读懂。

何满子·秋怨

孙洙[1]

【原文】

怅望[2]浮生[3]急景[4],凄凉宝瑟[5]余音。楚客多情偏怨别,碧山远水登临。目送连天衰草,夜阑几处疏砧[6]。

黄叶无风自落,秋云不雨常阴。天若有情天亦老,摇摇[7]幽恨[8]难禁。惆怅旧欢如梦,觉来无处追寻。

【注释】

①孙洙:字巨源,广陵人,举进士,元丰中,官翰林学士。

②怅望:惆怅地看望或想望。

③浮生:指短暂虚幻的人生。

④急景:急驰的日光。亦指急促的时光。

⑤宝瑟:瑟的美称。

⑥疏砧(zhēn):这里指捣衣声。

⑦摇摇:心神不定貌。

⑧幽恨:深藏于心中的怨恨。

【经典原意】

惆怅地想人生短暂,时光飞逝,宝瑟传出凄凉的余音。楚客多情偏偏怨恨别离,登碧山,临远水,放眼望去,衰草连天。夜深了,传来稀疏的捣衣声。

黄叶没有风也会落下,秋天的云即使没有雨也阴沉沉的。天如果有情,天也会衰老。心神不定,深藏心中的怨恨难以禁绝。惆怅旧时的欢乐就像一场梦,醒来后找不到一丝痕迹。

【当代阐释】

摇摇秋怨难禁

孙词素以柔婉、凄楚、悲怆著称,这首词是悲秋词中的佳作。上阕

“怅望浮生急景”，一“浮”一“急”，铺垫了下文的感情色彩。“宝瑟余音”，呼应了“凄凉”二字。通篇两处“怅”字，尽显怆情，而上阕尤以末句“目送连天衰草，夜阑几处疏砧”为妙。下阕中“黄叶无风自落，秋云不雨常阴”可谓千古佳句。以两种自然景物的变化不仅显出秋天的悲怆之情，“自”字，更写出了悲伤的不由自主。末句“惆怅旧欢如梦，觉来无处追寻”呼应首句“浮生急景”，将一生的悲欢离合演绎得如一幕幕场景，仿佛梦幻的片段浮现，若隐若现。一个“觉来”后的空荡，将“惆怅”表现得淋漓尽致。

秋天是萧瑟的，让人伤感，但同时秋天又是清凉的，让人冷静，引发人对生命、对宇宙的关照和思考。因而，秋天是充满哲理的季节。在这样一个“连天衰草”，“黄叶无风自落，秋云不雨常阴”的季节，词人“怅望浮生急景”，检视自己的一生，感受到人生的飘忽不定，一切如画影般闪过。“惆怅旧欢如梦，觉来无处追寻”，人生不就像一场梦，过去的欢喜哀愁，虽然真真切切地经历过，但是到了人生的秋天，一切都会烟消云散，就像树上的黄叶一样，即使没有风也会落下，无处追寻。这是生命的必然，也是生命的无奈。人因之而惆怅，而怨恨秋的无情，上天如果有和人一样的感情的话，也会因承受不了这样的情愁而日渐衰老。

【文化常识】

词牌故事——何满子

何满子，白乐天诗：“世传满子是人名，临就刑时曲始成；一曲四词歌八叠，从头便是断肠声。”自注云：“开元中，沧州歌者姓名；临刑进此曲以赎死，上竟不免。”元微之《何满子歌》云：“何满能歌声宛转，天宝年中世称罕；婴刑系在囹圄间，下调哀音歌愤懑。梨园子弟奏玄宗，一唱承恩羁网缓；便将何满为曲名，御府亲题乐府纂。”元白同时交好，闻见当同，而独纪此事少异。顾据《乐府杂录》：“灵武刺史李灵曜置酒，坐客姓骆，唱《何满子》，皆称妙绝。白秀才者曰：‘家有声妓歌此曲，音调不同。’召至令歌；发声清越，非常音。骆遽问曰：‘莫非宫中胡二子否?'妓熟视曰:'君岂梨园骆供奉耶?'相对泣下。皆明皇时人也。"则此调不特创自开元前后,可以断知;抑且可知其创自宫中。故张佑《宫词》有"一声《何满子》,双泪落君前"之句也(见王灼《碧鸡漫志》)。

声声慢·秋声

蒋捷

【原文】

黄花深巷,红叶低窗,凄凉一片秋声。豆雨[①]声来,中间夹带风声。疏疏二十五点[②],丽谯门[③]、不锁更声。故人远,问谁摇玉佩,檐底铃声。

彩角声吹月堕,渐连营马动,四起笳声。闪烁邻灯,灯前尚有砧声。知他诉愁到晓,碎哝哝、多少蛩声[④]。诉未了,把一半、分与雁声。

【注释】

①豆雨:豆花雨,指阴历八月豆子开花时的雨。

②二十五点:古代把一夜分为五更,一更分为五点。

③谯门:建有瞭望楼的城门。

④蛩声:蟋蟀的鸣声。

【经典原意】

深巷菊花盛开、红叶低低地掩映着窗户,一片凄凉的秋声。豆子开花时的雨声传来,中间夹带着风声。城门上传来五更的更声。朋友已经远去,是谁身上的玉佩在响?又听见檐底的铃声。

号角声起,月亮沉落。军营中人马骚动。灯光闪烁之处,又传来了邻舍在砧石上的捣练之声。蟋蟀诉说着愁苦,从夜到晓,倾诉不尽,就把一半愁苦分给横空的过雁吧。

【当代阐释】

一片秋声盈耳听

大自然不唯以它的形和色打动人，还以它的声音向人传递着某种讯息。春有春之声，夏有夏之音，而秋声似乎更为丰富，更能触动人的情思。欧阳修有《秋声赋》，为秋声作赋，蒋捷的这首《声声慢》又为秋声填词。在词中，词人写了一个秋夜中的种种秋声，耐人听闻。

“黄花深巷，红叶低窗，凄凉一片秋声”三句领起全词。点明这是菊花盛开、红叶掩映的深秋时节。凭窗听着连绵不断的秋声引起心中阵阵凄凉。“凄凉”犹如一条线，把词中的各种声音串联起来。

“豆雨声来，中间夹带风声。”秋雨声夹杂着风声率先而来。风雨凄凉，长夜难眠。风声中又传来了稀疏的更点声。这更声来自城门上的更鼓楼，“疏疏二十五点，丽谯门、不锁更声”。它是深感秋夜漫漫难捱的主人公所不想听到的，“不锁”流露了主人公怪罪的意味。风不仅送来了更声，又摇响了檐底的风铃。“故人远，问谁摇玉佩，檐底铃声”，主人公听到铃声，最初以为这是老友身上的玉佩声。但老友都在远方不可能来，那么这会是谁呢？原来是风铃的声音。作者这里用笔极为巧妙，看似是误听，实则借写铃声表达对老友的思念之情。“彩角声吹月堕，渐连营马动，四起笳声。”月亮沉落，号角声起，军营中人马骚动。蒋捷生活于宋末元初，进士及第不久，南宋被灭。他隐居太湖竹山，一直不肯出来做官。这声音表明，元朝统治了全国，而且军旅遍布这些声音，对于不肯和元统治者合作的词人来说，岂不是比秋风秋雨的声音更加刺耳惊心吗？“闪烁邻灯，灯前尚有砧声”。灯光闪烁之处，又传来了邻舍在砧石上捣练之声。邻家主妇一夜未眠赶制寒衣，天明未睡。这也不能使词人宽慰。“知他诉愁到晓，碎哝哝、多少蛩声”。“昨夜寒蛩不住鸣，惊四千里梦。”岳飞这句词和词人心境相同，皆因满腹心事起。把蛩的叫声称为“诉愁”，是把自己的愁怀转嫁给蛩鸣罢了。“诉未了，把一半、分与雁声。”似乎是蟋蟀把愁苦又分给了横空的过雁。巧妙地又点出大雁叫声的凄凉和它带给词人的愁意。

词人以“豆雨声”起，以“雁声”收，写了秋夜中听到的十种秋声。声声离不了凄凉意，声声都是词人的苦闷心声。

这种种秋声，发之者无心，而闻之者有意。孤独的人听之，愈加孤枕难眠；悲伤的人听之，愈加情不能胜；愤慨的人听之，愈加激愤难当。这样的秋声，屈原听过，宋玉听过，杜甫听过，欧阳修听过，李清照听过，《红楼梦》中的才女林黛玉听过……就是近代史上的女中豪杰秋瑾也听过，她英勇就义前，就曾留下了“秋风秋雨愁煞人”的绝笔……

恋绣衾

史达祖

【原文】

黄花惊破九日①愁。正寒城②、风雨怨秋。愁便是、秋心也，又随人、来到画楼。

因缘③幸自天安顿，更题红、不禁御沟④。待写与、相思话，为怕奴、憔悴且休。

【注释】

①九日：指农历九月九日重阳节。

②寒城：寒天的城池。《文选·谢朓〈郡内登望〉诗》：“寒城一以眺，平楚正苍然。”吕延济注：“秋气寒而登城上，故云寒城。”

③因缘：缘分。

④“更题红”句：即红叶题诗传情的故事。历来记载颇多，如：(1)唐宣宗时中书舍人卢渥偶临御沟见一红叶，叶上题诗云：“水流何太急，深宫尽日闲。殷勤谢红叶，好去到人间。”事见唐范摅《云溪友议》卷十。卢渥，鲁迅《唐宋传奇集·稗边小缀》作韩渥。(2)唐玄宗时顾况于“苑中坐流水上得大梧叶”上有题诗云：“一入深宫里，年年不见春。聊题一片叶，寄与有情人。”况亦于叶上题诗与之反复唱和。事见唐孟棨《本事诗·情感》。(3)唐德宗时进士贾全虚于御沟见一花流至旁连数叶，上有王才人养女凤儿题诗“笔迹纤丽言词幽怨”，诗云：

"一人深宫里，无由得见春。题诗花叶上，寄与接流人。"全虚见诗，为之流泪。德宗闻此事因以凤儿赐全虚。事见宋王铚《补侍儿小名录·凤儿》。(4)唐僖宗时儒士于佑与宫人韩氏红叶唱酬后遂结为夫妇。事见宋刘斧《青琐高议》卷五载张实《流红记》。(5)唐僖宗时进士李茵尝游苑中于御沟得宫娥云方子红叶题诗。后茵与宫娥同行诣蜀被内官田大夫拆散"宫娥与李情爱至深，至前驿自缢而死。"事见宋孙光宪《北梦琐言》卷九。后以"题红叶"为吟咏情思、闺怨或良缘巧合之典。

【经典原意】

黄花惊破了重阳节的愁绪，正是寒天的城池，风雨怨恨着秋天。愁，就是秋之心，又跟随着人，来到画楼。

幸好缘分是上天安排的，就是题诗红叶，怕御沟经受不住，想写几句相思的话语，又怕自己更加憔悴，还是算了吧。

【当代阐释】

愁便是秋心

这首词写一位深闺女子的秋愁。黄花、寒城、风雨营造出一幅凄清萧索的秋日景象。而愁正是秋之心，它跟随着人，人走到哪儿，它便跟到哪儿，不绝如缕。秋愁更染相思，这相思又无法向那人诉说。题诗红叶也不是，直接寄情书也不是，心头反反复复，颠来倒去，惆怅至极。词写出了特定环境下的特定人物的秋愁，细腻动人。

清平乐

张炎

【原文】

候蛩[①]凄断，人语西风岸。月落沙平江似练[②]，望尽芦花无雁。

暗教愁损兰成[③]，可怜夜夜关情。只有一枝梧叶，不知多少秋声。

【注释】

①候蛩:蟋蟀。蟋蟀是随季节出没的昆虫,故称候蛩。

②练:煮过的布帛,多指洁白的熟绢。谢灵运诗:“澄江静如练。”

③兰成:南北朝庾信(公元513—581年),字子山,小字兰成,南阳新野(今属河南)人。他自幼随父亲庾肩吾出入于萧纲的宫廷,后来又与徐陵一起任萧纲的东宫学士,成为宫体文学的代表作家;他们的文学风格,也被称为“徐庾体”。侯景叛乱时,庾信逃往江陵,辅佐梁元帝。后奉命出使西魏,在此期间,梁为西魏所灭。北朝君臣一向倾慕南方文学,庾信又久负盛名,因而他既是被强迫,又是很受器重地留在了北方,官至车骑大将军、开府仪同三司;北周代魏后,更迁为骠骑大将军、开府仪同三司,封侯。时陈朝与北周通好,流寓人士,并许归还故国,唯有庾信与王褒不得回南方。所以,庾信一方面身居显贵,被尊为文坛宗师,受皇帝礼遇,与诸王结布衣之交,一方面又深切思念故国乡土,为自己身仕敌国而羞愧,因不得自由而怨愤。如此至老,死于隋文帝开皇元年。有《庾子山集》。

【经典原意】

候蛩(即蟋蟀)哀鸣,西风衰飒,清冷的秋月落下,秋江澄净如练,望尽芦花却没有一只雁。

这秋愁暗暗地折损着庾兰成,可怜夜夜牵动着他的心情。只有一枝梧叶,不知其中隐藏着多少秋声。

【当代阐释】

一枝梧叶,多少秋声

这首秋词是词人为国破家亡而发的感慨至深的悲愁。

上片“候蛩”四句,写秋意:候蛩的哀鸣、西风的衰飒、秋月的清冷、秋江的澄净、无雁的芦花,构成了一幅肃杀的“秋晓图”。从中,人们不难触发出一股悲愤忧愁的共鸣来。

下片“暗教”四句,借庾信之事道出人间的悲欢离合,借梧叶之孤表达人世的沧桑,道出无限“秋愁”。“梧叶”,梧桐之叶,最易引发秋感。白居易《长恨歌》中有“春风桃李花开日,秋雨梧桐叶落时”,把

“秋雨梧桐”作为人世中最易引起愁情悲感的事来写。而五代词人温庭筠又有“梧桐树，三更雨，不道离情正苦。一叶叶，一声声，空阶滴到明”(《更漏子》)，更为梧叶增添丰厚的感情积淀。而词言梧叶只写“一枝”，“只有一枝梧叶，不知多少秋声”，更加形象地表现出人的孤苦潦落，成为盖世佳句。清代陈廷焯评价说:“玉田工于造句，每令人拍案叫绝，如《清平乐》‘只有一枝梧叶，不知多少秋声’，此类皆精警无匹。”(见《白雨斋词话》卷二)

诗以咏怀，歌以言志

——咏怀言志词

【导读】

所谓咏怀诗就是吟咏抒发诗人怀抱情志的诗，它所表现的是诗人对于现实世界的体悟，对于生命存在的思考，对个体生命的把握，对未来人生的设计与追求。

自从苏轼破除诗言志而词言情的界限之后，宋词中的抒怀言志之作逐渐多了起来。

词人在词作中吐露心曲，一诉衷肠。把自己的感触、认识、心志、理想、抱负等等用或含蓄、或奔放、或清丽、或婉转的语言表达出来。读这些词，我们看到的是词人的内心世界，感受到的是一个个真实的个体的喜怒哀乐。

素以豪放著称的苏东坡给我们留下了诸如“大江东去浪淘尽”、“老夫聊发少年狂”等豪迈无比的词作之外，也在词中吐露了希望归去，做个闲人，独对“一张琴，一壶酒，一溪云”的心声。让我们看到了词人完整的人格。而经历过人世的纷纭变幻、生死沉浮的人，谁又没有这样希望“乘风归去”的理想呢？这不是消极，不是逃避，而是在名利场外自甘寂寞和清贫的志气。生活中也有这样一类人，他们孤高自傲，不屑于向世俗低头，坚持自我，没有知音。其实，从古至今，他们不乏同类，黄庭坚就是其中的一个。你看，他“醉里簪花倒著冠”，“付与时人冷眼看”，疏狂至极，根本不把凡夫俗子放在眼里。还有自称“清都山水郎”的朱敦儒，他“诗万首，酒千觞，几曾着眼看侯王？玉楼金阙慵归去，且插梅花醉洛阳”，独立不羁，傲岸耿介。读他们的词，相信会有很多愤世嫉俗的人将词人引为同调吧。谁都有寂寞、孤独的时候，这种孤独寂寞的心绪可能源自曲高和寡，可能源自壮志难酬，也可能源自友人、恋人的离去，诗人们将这种心绪也化而为词：“月高风定露华清。微波澄不动，冷浸一天星”，这是月夜潇湘之景，纯净得像一块碧玉，又清冷得凉气逼人，这不正好和孤独之人的心境相映照吗？

宋词是丰富的，它的丰富不仅在于数量，不仅在于内容，它的丰富还因为有一位女词人以她极高的诗词造诣加入其中，让后人在男性一统词坛的宋词中聆听到了女性的心声。她就是李清照，这个如宋词般美丽的女人，如宋词般哀婉的女人，她是为宋词而生的，或者说她把自己的生命融入了宋词。读她的词，就是在和女词人一起走过她的生命历程。不管是豆蔻少女的情窦初开，燕尔新婚的夫唱妇随，还是中年丧夫、颠沛流离的悲惨遭遇，女词人都把它真诚地写入词中，让读者为她欢喜，为她落泪。

就让我们也敞开心扉，借助这些咏怀言志的词作，和词人进行心与心的交流，思想与思想的碰撞吧。

行香子·述怀

苏轼

【原文】

清夜无尘，月色如银。酒斟时，须满十分。浮名浮利，虚苦劳神。叹隙中驹，石中火，梦中身①。

虽抱文章，开口谁亲。且陶陶②，乐尽天真，几时归去，作个闲人。对一张琴，一壶酒，一溪云。

【注释】

①叹隙中驹，石中火，梦中身：《庄子·知北游》云："人生天地之间，若白驹之过隙，忽然而已。"古人将日影喻为白驹，意为人生短暂得像日影移过墙壁缝隙一样。《文选》潘岳《河阳县作》李善《注》引古乐府诗"凿石见火能几时"和白居易《对酒》的"石火光中寄此身"，亦谓人生如燧石之火。《庄子·齐物论》言人"方其梦也，不知其梦也，梦之中又占其梦焉，觉而后知其梦也；且有大觉而后知此其大梦也，而愚者自以为觉"。唐人李群玉《自遣》之"浮生暂寄梦中身"即表述庄子之意。苏轼才华横溢，在这首词上片结句里令人惊佩地集中使用三个表示人生虚无的词语，构成博喻，而且都有出处。将古人关于人生虚无之语密集一处，说明作者对这一问题是经过长期认真思索过的。

②陶陶：欢乐的样子。《诗·王风·君子阳阳》："君子陶陶……其乐只且！"

【经典原意】

清冷的夜晚，干净得仿佛没有一点尘埃，皎洁的月色洒落一地银光。这夜色下饮酒，须斟满才能饮！端起这满盏，照见这尘世中的名利，才知道是浮华。可叹此生，劳费了几多心力去追逐的名利，现在看来，不过只是过隙的白驹，砾石碰出的火星，不过只是南柯一梦。

虽有锦绣文章，却无人亲近。暂且天真地享乐吧。什么时候回去，当个平民，过悠闲的日子。只要对一张琴弹奏，对一壶酒饮酌，对一片溪云观赏就可以了。

【当代阐释】

几时归去，作个闲人

苏轼一生饱读诗书，才华卓越，且功名早成。他曾满怀大丈夫建功立业的志向，并自信地吟道："有笔头千字，胸中万卷，致君尧舜，此事何难。"及至年近四十，他仍旧壮志满怀，期望"会挽雕弓如满月，西北望，射天狼"。

步入中年后，苏轼在政治上遭遇了一连串的打击与挫折。元丰二年（公元1079年）发生的"乌台诗案"几乎使他丧命；接着，他被发配黄州，在黄州度过了四年零两个月的谪贬生活。

这期间，他远离京师，远离政治，远离奸佞小人，与勤劳质朴的乡民为邻，过着布衣芒鞋、躬耕山野、渔樵江渚的恬淡生活，加上与大自然的密切接触，他的心境逐渐转向沉实。

元丰五年（公元1082年），他在《临江仙·夜归临皋》一词中，便表达了自己不愿受名缰利锁束缚的心情："长恨此身非我有，何时忘却营营！"同时，他亦期望："小舟从此逝，江海寄余生。"

元丰八年（公元1085年），苏轼在宜兴购置了田地，以便长此归隐田园。"十年归梦寄西风，此去真为田舍翁。"

就在这时，神宗皇帝病逝，哲宗即位，改朝换代之际，苏轼又被召回朝廷，重又踏上了深浅莫测的仕途。

此后十年，苏轼历任登州太守、中书舍人、杭州太守、吏部尚书、扬州太守、兵部尚书、礼部尚书、翰林学士知制诰等职。这是他一生政治生涯中比较辉煌的一段。但好景不长，绍圣元年（公元1094年），因政敌陷害，苏轼被扣以"诽谤先帝"之罪名，再度遭贬，此时苏轼已年近六十，已然是"两眼昏花"，"发苍苍而齿茫茫"的垂垂老者，他终究躲不过厄运的魔掌，只得千里迢迢赶赴惠州贬所。

尽管已到人生的暮年，苏轼还是热切地向往陶渊明式的归隐生活："几时归去，作个闲人，对一张琴，一壶酒，一溪云。"

这无疑是饱经沧桑荣辱的苏学士发自内心的愿望，亦是他宦海沉浮几十年的深切感悟。

遗憾的是，生性旷达的苏轼，终其一生也未能实现他“作个闲人”的愿望。

苏轼的一生对我们有着太多的启示。苏轼蔑视“浮名浮利”，却想归而不得归，相比之下，那些追名逐利、蝇营狗苟的人却将自己牢牢地套在名利的锁链上，不愿放手。与其“虚苦劳神”，何不“做个闲人”？“对一张琴，一壶酒，一溪云”，沉醉在大自然中，无欲无求，这才当得上是真正的人的生活。

鹧鸪天

黄庭坚

【原文】

座中有眉山隐客史应之和前韵，即席答之[①]。

黄菊枝头生晓寒[②]，人生莫放酒杯干。风前横笛斜吹雨，醉里簪花倒著冠[③]。

身健在，且加餐。舞裙歌板尽清欢。黄花白发[④]相牵挽，付与时人冷眼看。

【注释】

①眉山：今属四川，距峨嵋在不远。史应之：名祷，客游于泸、戎间。元符二年（公元1099年），庭坚在戎州，有《戏答史应之三首》，词作于同年重阳节。

②生晓寒：一作破晓寒。

③倒著冠：晋山简任征南将军，经常畅饮大醉，人们为他编了歌谣，其中有“复能乘骏马，倒著白接篱”句，白接篱是一种冠名。这里引用这个典故，描述醉相。

④黄花白发：老人头上插着黄花，指作者自己。

【经典原意】

宴会上有眉山隐士史应之，他和了我的一首《鹧鸪天》，我即席写了一首以示酬和。

枝头的黄菊有了淡淡的寒意，人生要让酒杯常满不干。横起笛子对着风雨吹，喝醉时头上插花，倒着戴帽。

趁着身体健康，姑且努力加餐。舞动衣裙，弹响歌板，尽情享受这清静的欢乐。白发人牵挽着黄花，还要表现给世俗人之冷眼看。

【当代阐释】

付与时人冷眼看

此词是黄庭坚与甘居山野、不求功名的“眉山隐客”史应之互相酬唱之作，全词通过一个“酒肆狂居士”的形象，展现了黄庭坚从坎坷的仕途得来的人生体验，抒发了自己胸中的苦闷和激愤。词中所塑造的狂士形象，是作者自己及其朋友史应之的形象，同时也是那一时代中不谐于俗而怀不平傲世之心的文人的形象。

词人劝酒，劝别人，也是劝自己，到酒中去求安慰，到醉中去求欢乐。“人生莫放酒杯干”，因为酒中自有欢乐，自有天地，应让杯中常有酒，应该长入酒中天。“风前横笛斜吹雨，醉里簪花倒著冠”，横起笛子对着风雨吹，头上插花倒戴帽，只有酒后醉中才能这样放肆。在世事纷扰，是非颠倒，世风益衰的时代，只要“身健在，且加餐。舞裙歌板尽清欢”，别的一无所求。“黄花白发相牵挽，付与时人冷眼看”，白发人牵挽着黄花，也要像黄花那样有御霜之志，决不同流合污，而且还要特意表现给世俗之人看。

词中所塑造的主人公形象，以自乐自娱、放浪形骸、侮世慢俗的方式来发泄心中郁结的愤懑与不平，对现实中的政治迫害进行调侃和抗争，体现了词人挣脱世俗约束的高旷理想。主人公旷达的外表后，隐藏着的是无尽的辛酸与伤痛。

每当社会混乱，黑白颠倒的时代，总会有这样的狂人出现。他们以不同凡俗的方式向世俗挑战，表现了自己对黑暗、污浊的社会现实无言的反抗，晋代的竹林七贤就是这样。这是小人物无法改变现实又不能苟同于现实的一种极端的行为，在他们狂欢的背后，是对这个世界最深的恨，也是最深的爱。

【国学故事】

对联故事

黄庭坚(公元1045—1105年)字鲁直，号山谷道人，后世称他黄山谷，晚号涪翁，洪州分宁(今江西修水)人。北宋诗人、书法家。

一日，苏东坡与黄庭坚在松树底下走棋。一阵风吹来，松果掉进棋盘。苏东坡得句曰："松下围棋，松子每随棋子落。"黄庭坚对道："柳边垂钓，柳丝常伴钓丝悬。"极工。

临江仙①

秦观

【原文】

千里潇湘挼蓝浦②，兰桡③昔日曾经。月高风定露华清。微④波澄不动，冷浸一天星⑤。

独倚危樯⑥静悄悄，遥闻妃瑟泠泠⑦。新声含尽古今情。曲终人不见，江上数峰青⑧。

【注释】

①词作于绍圣三年(公元1096年)，时秦观自处州贬徙郴州，舟经潇湘。

②挼蓝浦：形容水之清澈。挼(ruó)：揉搓。

③兰桡：船桨的美称，借指船。

④微：《全宋词》校："案'微'宋本误作'徵'，此从校本《淮海词》。"

⑤"冷浸"句：欧阳炯《西江月》词："月映长江秋水，分明冷浸星河。"

⑥危樯：高高的船桅。

⑦妃瑟：《楚辞·远游》："使湘灵鼓瑟兮，令海若舞冯夷。"湘灵：相传为舜妃，溺于湘水，为湘夫人。泠泠：形容琴瑟之音。

⑧"曲终"两句：用钱起《省试湘灵鼓瑟》诗成句。

【经典原意】

千里的潇湘之水碧清如蓝，曾经摇着美丽的船桨泛舟其上。皎洁的月亮高高地挂在天上，没有一丝风，露水清澈。水面平静，一天星星冷冷地倒映在水中。

独自倚着高高的船桅，静悄悄的，远远地听见湘妃演奏的清冷的琴瑟之声。这乐声中包含了古今的感情。曲子终了却看不见人，唯有江上的山峰，巍巍挺立。

【当代阐释】

曲终人不见，江上数峰青

这首词约写于宋哲宗绍圣三年作者贬官郴州时，回忆昔日经过潇湘的感受。

词人从处州贬来郴州时，曾乘船经过清澈如蓝的千里湘江，犹如在步当年骚人屈原的足迹，在千里潇湘水上走着迁谪的苦难历程。作者泊舟湘江之上，这时月升中天，风停息下来，因为夜深，看两岸花草上露水开始凝结，在月光照射下晶莹透亮。整个潇湘水面是平静的，没有风也没有浪，满天星斗正浸泡在江水里，星星冷得似乎在发抖，深夜的寒意与人的冷意合二为一。他独自靠在高高的樯杆上，静静地倾听远方传来的湘妃清冷的瑟声。传说潇湘一带，是舜的两个妃子娥皇、女英哭舜南巡不返，泪洒湘竹，投水而死的地方。又传二妃善于鼓瑟，《楚辞·远游》有“使湘灵鼓瑟兮，令海若舞冯夷。”特定的时地，触发了词人的历史联想，从而写出了这潇湘之夜似幻似真的泠泠瑟声，曲折地透露出寂寞凄冷的心境。湘妃的瑟声是清凉哀怨的，抒发了她们对舜帝思念的深情，这是古今有情人共同的心声，不仅是湘妃的，也包含了词人的幽怨。听完曲子，抬头寻找湘妃，她已悄然不见踪影了，只有江岸无数座青青山峰巍然耸立，词人的怅惘之情和刚毅不屈的性格含蓄地表现出来。

我们每个人都有失意的时候，失意时的心境是“冷浸一天星”似的凄冷，是“曲终人不见，江上数峰青”的孤独与怅惘。但是，失意而不失志，就像巍巍青山一样，傲然挺立。

渔家傲·记梦

李清照

【原文】

天接云涛①连晓雾，星河欲转千帆舞②。仿佛梦魂归帝所③，闻天语④，殷勤⑤问我归何处。

我报路长嗟⑥日暮，学诗漫有惊人句⑦。九万里风鹏正举⑧。风休住⑨，蓬舟吹取三山⑩去。

【注释】

①云涛：云彩铺在天空里像起伏的波浪。

②星河：天河。转：指拂晓前天河西移。这两句是说：满天迷漫着云雾，雾里露出了曙光，星河正在转动，像无数船儿在扬帆前进。

③帝所：天帝住的宫殿。

④天语：天帝的话语。

⑤殷勤：关心地。

⑥报：回答。嗟：悲叹。

⑦漫有：空有。这两句是说：我告诉天帝，自己前途茫茫，人又老了，空有一肚子才学，毫无用处。

⑧鹏正举：大鹏正飞上天。庄周《逍遥游》里说，大鹏鸟乘风上天，一飞就是九万里。

⑨休住：不要停止。

⑩蓬舟：像飘蓬一样轻快的船。吹取：吹向。三山：古代神话中东方大海里有三座仙山，即蓬莱、方丈、瀛洲。

【经典原意】

水天相接，晨雾蒙蒙笼云涛。银河欲转，千帆如梭逐浪飘。梦魂仿佛回天庭，天帝传话善相邀。殷勤问，归宿何处请相告。

我回报天帝说，路途漫长啊，又叹日暮时不早。学做诗，枉有妙句人称道。长空九万里，大鹏冲天飞正高。风啊！千万别停息，将这一叶轻舟，直送往蓬莱三岛去。

【当代阐释】

大鹏一日同风起

这首词，是李清照唯一的豪放词，是她南渡以后的作品。一般来说，李清照南渡以后写的词都是些消沉愁苦之作，而这一首却是例外。

李清照南渡后不久，丈夫赵明诚病死。国破家亡兼夫死，使她生活上和精神上受到很大的打击，从此，她只身漂泊江南，孤单寂寞地度过了她艰苦的晚年，处于“路长嗟日暮”的困境。但她是一个性格爽直、柔中有刚、不愿受现实生活束缚的人，所以，有时想象的翅膀飞进了另一个世界。她幻想出一条能使精神有所寄托的道路，以求摆脱人间那前路茫茫、看不到任何希望的境况。于是梦跨云雾、渡天河、归帝宫，乘万里风到仙山去。

“天接云涛连晓雾，星河欲转千帆舞。”词一开始，就展现出一个晨雾迷茫、云涛翻腾、滚滚银河、千帆竞渡的开阔境界。“仿佛梦魂归帝所”。“帝所”，指天帝居住的宫殿。这是人们在经历了千辛万苦后所希望和追求的美好前途。“闻天语，殷勤问我归何处。”她听着天帝在对她说话，殷勤地问她要回到哪里去？“我报路长嗟日暮，学诗漫有惊人句。”她告诉天帝，自己所走的路程很远，现在已到了黄昏，还没有到达。即使她学诗能写出惊人的句子，又有什么用呢？作者借此表白自己在人生道路上日暮途远，茫然不知所措。作者既然有这样的苦衷，她希望怎样解脱呢？“九万里风鹏正举。风休住，蓬舟吹取三山去。”她要像大鹏那样乘万里风高飞远举，离开那龌龊的社会。叫风不要停止地吹着，把她的轻快小舟吹到仙山去，使她过着那自由自在的生活。

这首词，想象丰富，意境辽阔，充满了浪漫主义色彩。它把读者带到仙境中去，饱览丰富多姿的云涛；大鹏展翅万里的浩大境界，以及那轻舟乘风吹向三山的美景，使人为之神往。

梦是人暂时摆脱现实的束缚，到达理想境界的方式。在梦里，我们可以无拘无束，心驰神往，无所不至。但梦也有境界大小之分。境界高的人梦也辽阔、雄奇，“九万里风鹏正举。风休住，蓬舟吹取三山去”，它能把人带向没有一点污浊与局限的神仙的境界。

贺新郎

辛弃疾

【原文】

甚矣吾衰矣[①]。怅平生、交游零落，只今馀几！白发空垂三千丈，一笑人间万事。问何物、能令公喜。我见青山多妩媚，料青山见我应如是。情与貌，略相似[②]。

一尊搔首东窗里。想渊明、《停云》诗就，此时风味[③]。江左沉酣求名者，岂识浊醪妙理[④]。回首叫、云飞风起。不恨古人吾不见，恨古人不见吾狂耳。知我者，二三子。

【注释】

①甚矣吾衰矣：感叹自己的衰老。

②“情与貌”两句：作者以拟人化的手法把青山写的有情有貌，以青山作知音，达到物我两融。

③“想渊明”三句：想当年陶渊明的《停云》一挥而就的时候，也和我此时的心情一样。

④江左：长江下游以南的江苏一带，指东晋及南朝的统治中心。沉酣求名：苏轼《和陶渊明饮酒》有“江左风流人，醉中亦求名。”浊醪妙理：酒中妙处。浊醪：古人酿米做酒，呈乳色，也称浊酒。

【经典原意】

我多么的衰老啊。恨平生交游所剩无几。如今年老体衰，白发空垂三千丈，对人间万事只好付之一笑了。问什么东西，能令我欢喜？我看青山充满了妩媚，想必青山看我也是这样。我和青山的情与貌略略相似。

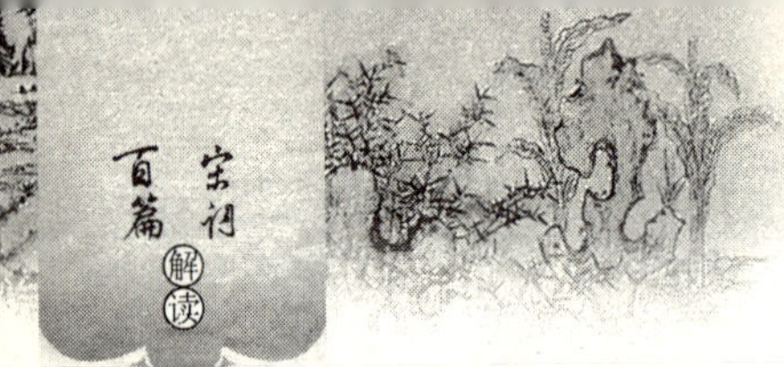

手拿一杯酒在东窗挠着头，想当年陶渊明的《停云》一挥而就的时候，也和我此时的心情一样。江南一带那些喝酒求名的人，哪里懂得酒中的妙处？回头看，风云已起。不恨古人我没有见，而恨古人看不到我的疏狂。了解我的人，也就两三个。

【当代阐释】

恨古人不见吾狂耳

辛弃疾写此词时已五十九岁，又谪居多年，故交零落，因此发出"甚矣吾衰矣。怅平生交游零落，只今馀几!"的慨叹。这里引用了《论语》中的典故。《论语·述而篇》记孔子说："甚矣吾衰也，久矣吾不复梦见周公。"如果说，孔子慨叹的是其道不行；那么辛弃疾引用它，就有慨叹政治理想无法实现之意。接着"白发空垂三千丈，一笑人间万事。问何物能令公喜?"数语，又连用李白《秋浦歌》"白发三千丈"和《世说新语·宠礼篇》记郗超、王恂"能令公(指晋大司马桓温)喜"等典故，叙自己徒伤老大而一事无成，又找不到称心朋友，写出了自己此时的落寞。词人因无物(实指无人)可喜，只好将深情倾注于自然："我见青山多妩媚，料青山见我应如是"，不仅觉得青山"妩媚"，而且觉得似乎青山也以词人为"妩媚"了，这与李白《独坐敬亭山》"相看两不厌，惟有敬亭山"有异曲同工之妙。作者在这里将自己的情与青山之貌相比，"情与貌，略相似"，二者有许多相似之处，如崇高、安宁和富有青春活力等。委婉地表达了自己宁愿落寞，决不与奸人同流合污的高洁之志。

"一尊搔首东窗里，想渊明、停云诗就，此时风味。"陶渊明《停云》中有"良朋悠邈，搔首延伫"和"有酒有酒，闲饮东窗"等诗句，辛弃疾把它浓缩在一个句子里，用以想象陶渊明当年诗成时的风味。这里作者以陶渊明自况。"江左沉酣求名者，岂识浊醪妙理?"两句，表面似申斥南朝那些"醉中亦求名"(苏轼《和陶饮酒二十首》之三)的名士派人物，实际是讽刺南宋已无陶渊明式的饮酒高士，而只有一些醉生梦死的统治者。"不恨古人吾不见，恨古人不见吾狂耳"，表现出了作者傲视古今的英雄气概。“知我者，二三子。”作者慨叹当时志同道合的朋友不多，实与屈原慨叹“众人皆醉我独醒”的心情类似，同出于为国家和民族的危亡忧虑。而他的闲居铅山，与陶渊明居“南山”之情境也多少有点类似。

这首词抒发的是志不得申的抑郁，但抑郁中自有一股豪气。“我见青山多妩媚，料青山见我应如是”，这是主体对自我的一种体认，当自我不被外界认可时，也能保持自我的个性和活力，这是很难的，但也是必须的。怕就怕为了得到外界环境的承认，而去做自己不愿意做的事情，久而久之，一个人就会失去自我。

“不恨古人吾不见，恨古人不见吾狂耳”，作者自负到了极点，但也高傲到了极点，这样的人注定会寂寞。但古往今来哪一个有创造性的生命不孤独呢？英雄都是孤独的。

据岳珂《桯史·卷三》记，辛弃疾每逢宴客，“必命侍姬歌其所作。特好歌《贺新郎》一词，自诵其警句曰：‘我见青山多妩媚，料青山见我应如是。’又曰：‘不恨古人吾不见，恨古人不见吾狂耳。’每至此，辄拊髀自笑，顾问坐客何如。”

临江仙·离果州作①

陆游

【原文】

鸠雨②催成新绿，燕泥收尽残红。春光还与美人同。论心空眷眷③，分袂④却匆匆。

只道真情易写，那知怨句难工⑤。水流云散各西东。半廊花院月，一帽柳桥风。

【注释】

①乾道八年（公元 1172 年），陆游四十八岁时，撤去夔州通判的职务，到四川宣抚使王炎幕下任干办公事兼捡法官。那年正月，从夔州赴宣抚使司所在地兴元（今陕西省汉中市），二月途经果州（今四川省南充）而写下了此首词。

②鸠雨：陆游《秋阴》诗："雨来鸠有语"；又三国吴时陆玑《毛诗草木鸟兽虫鱼疏》卷下载鸠鸟："阴则屏逐其匹，晴则呼之。语曰'天将雨，鸠逐妇'是也。陆游祖父陆佃所作的《埤雅》亦引之。

③眷眷：眷恋。

④分袂：分手。

⑤"只道"两句：借用韩愈《荆潭唱和诗序》说："欢愉之辞难工，而穷苦之言易好也。"

【经典原意】

鸠鸟呼唤声中的雨水，把芳草、树林，催成一片新绿；燕子在雨后，把满地落英的残红花瓣和泥都衔尽了。春光与美人一样，在相聚的时候，彼此间无限眷恋，但说到分手就这样依依不舍地分开了。

只说真情容易抒写，哪里知道哀怨的句子很难写得工巧。我们在这里分别，水流云散，各奔东西。花院里半廊明月，柳桥上一帽轻风。

【当代阐释】

清辞丽句话别离

陆游到果州，已是晚春天气："鸠雨催成新绿，燕泥收尽残红。"此二句与王维《田园乐》诗的"桃红复含宿雨，柳绿更带春烟"，着色用对，有异曲同工之妙。"春光还与美人同。论心空眷眷，分袂却匆匆"深挚地体现出作者恋春又惜春的真挚感情。

"只道真情易写，那知怨句难工"，词人从内心发出的这句感叹是实践后的体验。韩愈《荆潭唱和诗序》说："欢愉之辞难工，而穷苦之言易好也。"作者相信这个道理，但其结果不是这样，极言惜别之情的难以表达。"水流云散各西东"，春光不易挽留，自己又在客中与果州的友人告别。天时人事融合在一起，颇有李煜《浪淘沙》词的"流水落花春去也，天上人间"句的笔意。

词人写此词时，正要走上他渴望已久的从戎前线的军幕生活，惜春惜别，虽未免带有些"怨"意；但对于仕宦前程，则是满意的，故"怨"中实带轻快之情。"半廊花院月，一帽柳桥风"，花院明月，半廊可爱；

柳桥轻风，一帽无嫌。作者陶醉在这样的美景中，轻快之情可见。美景扑人，余味未尽。

此词将惜春之情，伤别之意，词人对自己前途的愉快憧憬等等心绪和感受融为一体，自然动人，又以如此清丽的语言出之，给读者美的享受。

点绛唇·绍兴乙卯登绝顶小亭①

叶梦得

【原文】

缥缈②危亭，笑谈独在千峰上。与谁同赏，万里横烟浪③。

老去情怀，犹作天涯想④。空惆怅！少年豪放，莫学衰翁样。

【注释】

①绝顶小亭：在吴兴西北卞山峰顶。宋高宗绍兴五年（公元1135年），作者闲居卞山，五十九岁时登亭述怀，抒写他对时局的感想。绝顶：指卞山山顶，它是吴兴地区的最高峰。

②缥缈：高远、隐约的样子。

③烟浪：烟云如浪，即云海。

④天涯想：建功立业的理想。

【经典原意】

高亭在绝顶之上，隐隐约约，似隐似现。一个人谈笑在千峰之巅。遥望中原，看到北方的万里山河，纵横乱杂地泛滥着云烟雾浪，又还能与谁同赏？

自己人虽老了，情怀不变，总在做着恢复中原的计划和打算。这只能徒增惆怅。年轻人应该豪放，不要学习我这衰老之人的模样。

【当代阐释】

少年莫学衰翁样

作者作为南宋主战派人物之一，面对朝廷一味妥协求和，心中郁闷，英雄无用武之地，但豪气不减。他以五十九岁之年登上了绝顶小亭，“笑谈独在千峰上”，一个人在千峰之上对儿辈或其他随从人员独自谈笑，可见其豪放旷达，纵情山水，年虽老而不衰。可是遥望中原，北方大片失地，山河破碎，不堪赏玩，也找不到同心同德，一起去把失地收回重建的人。因为主战派不断受到排挤和打击，朝中几已无人。作者“笑谈”的豪情一下转向了对国事的忧虑和惆怅。“老去情怀，犹作天涯想。”说自己人虽老了，情怀不变，还是以天下为己任，把国事放在心上，总在做着恢复中原那万里山河的打算。表现出“老骥伏枥，志在千里”的气概。但是整个时局，毕竟不是个人的壮志豪情所能改变的，作者南渡后曾在朝做官，后被迫离朝，在弁山居住；接着出任江东安抚大使兼知建康府，已经是地方官，无法左右朝廷的政策了；现在连地方官都已去任，归居在弁山，年龄也已经五十九岁，复出不知何年何月，他的“天涯想”又在何时得以实现？自觉回天无力，所以只能“空惆怅”，又回到了无可奈何、孤独寂寞的境界，不免要表现出某些颓丧情绪。但他又不甘如此，所以最后又劝勉随从小辈“少年豪放，莫学衰翁样”，是示人，也是律己。整首词表达了作者既关心时局、爱国心切，又无力改变现状的十分矛盾复杂的心情。

但是作者“笑谈独在千峰上”的豪迈，“老去情怀，犹作天涯想”的矢志不移，却有很强的感染力。年轻的后辈更应该为自己的理想打拼，充满豪气，“莫学衰翁样”。

点绛唇·丁未[①]冬过吴松[②]作

姜夔

【原文】

燕雁[③]无心，太湖[④]西畔随云去。数峰清苦，商略[⑤]黄昏雨。

第四桥[6]边，拟共天随[7]住。今何许[8]？凭栏怀古，残柳参差舞。

【注释】

①丁未：宋孝宗淳熙十四年（公元 1187 年）。

②吴松：即今吴县，属江苏省。

③燕雁：指北方幽燕一带的鸿雁。

④太湖：江苏南境的大湖泊。

⑤商略：商量，酝酿。

⑥第四桥：即吴松城外的甘泉桥。

⑦天随：唐代陆龟蒙，自号天随子。

⑧何许：何处，何时。

【经典原意】

燕雁没有心，在太湖西畔随云远去。无数山峰凄清寒苦，黄昏时候，正在酝酿着一场雨。

第四桥边，我本打算随天随子而去。如今在何处？靠着栏杆，伤今怀古，参差的残柳在风中飘舞。

【当代阐释】

无穷哀感全在虚处

这首词作于淳熙十四年（公元 1187 年）。当时作者住在浙江湖州。这年春天，由杨万里介绍，前往苏州见范成大。此词作于丁未年秋冬间，自湖州往苏州道经吴淞时。这首词以移情手法使眼前景物附着作者自身的感时伤事之情。小词清新蕴藉，寓情于景，即兴抒感，表达了怀念古人和伤时忧世的情怀，也寄寓着自己的身世之感。姜夔一生倾慕晚唐诗人陆龟蒙，陆对当时的黑暗深恶痛绝，不赴朝廷征召，曾在淞江隐居，这是本词抒情的出发点。上片中用“清”、“苦”二字赋予寒山以感情色彩。下片中的“桥”、“柳”等物象，无不是诗人情感之外化。陈廷焯赞云：“感时伤事，只用‘今何许’三字提倡，‘凭栏怀古’

下，仅以'残柳'五字咏叹了之，无穷哀感，都在虚处，令读者吊古伤今，不能自止，洵推绝调。"（《白雨斋词话》）本词只写眼前景物以寓情思，化实为虚，意在象外，"无穷哀感，全在虚处"。意象高远，笔致清峭，气韵生动。

一剪梅

刘克庄

【原文】

束缊[①]宵行十里强，挑得诗囊，抛了衣囊。天寒路滑马蹄僵，元是王郎[②]，来送刘郎[③]。

酒酣耳热说文章，惊倒邻墙，推倒胡床[④]。旁观拍手笑疏狂，疏又何妨，狂又何妨！

【注释】

①缊（yùn）：乱麻。

②王郎：这里指王实之。

③刘郎：这里指刘克庄。

④胡床：坐具。

【经典原意】

把乱麻捆起来做成火把，在夜晚行路，挑着诗囊，抛了衣囊。天气寒冷，路滑难行，马蹄似乎都僵了。原来是王郎来送刘郎。

酒酣耳热谈论文章，惊倒了邻家的墙，推倒了胡床。旁观者看到我们两个狂放不羁的样子，都拍手笑我们疏狂。你说我疏狂，我就疏狂又能怎样！

【当代阐释】

疏狂又何妨

词人远行，好友送别，在一起饮酒。这首词把两个狂士的酒后情态写得绘声绘色,充满动作和响声。旁观者笑他们疏狂,作者回答道:“疏又何妨,狂又何妨!”

的确,人生有的时候不妨疏狂一下,何必总是压抑自己,何必把自己包得太紧。

鹧鸪天[①]·西都[②]作

朱敦儒

【原文】

我是清都山水郎[③],天教分付与疏狂[④]。曾批给雨支风卷[⑤],累上留云借月章[⑥]。

诗万首,酒千觞[⑦],几曾着眼看侯王?玉楼金阙[⑧]慵归去,且插梅花醉洛阳。

【注释】

①鹧鸪天:此调取名于唐人郑嵎诗句“春游鸡鹿寨,家在鹧鸪天”。又名《思越人》、《思佳客》等。双调,五十五字,平韵。

②西都:指洛阳。宋时称洛阳为西京。

③清都:传说中天帝的居处。山水郎:为天帝管理山水的郎官。

④疏狂:狂放不羁。

⑤卷:指天帝的诏令。

⑥累(lěi):再三。章:指上呈天帝的奏章。

⑦觞(shāng):古代盛酒的容器。

⑧玉楼金阙:指汴京的宫殿。

【经典原意】

我是一个掌管山水的天神,上天赋予我狂傲不羁的性格。我有呼风唤雨的能力,能轻易支配大自然。

满腹经纶,饮酒千杯,但从未留心侯王之位。连天上的宫殿我都不想去居住,情愿潇洒自在地陶醉在洛阳。

【当代阐释】

我是清都山水郎

朱敦儒早年以清高自许，不愿做官。北宋末年大变乱发生，他经江西逃往两广，在岭南流落了一个时期。朱敦儒一生的七十多年中，做官的时间很短，长期隐居在江湖之中，被称为“天资旷逸，有神仙风致”的词人。此词祖示了作者放浪山水、傲视王侯的情怀。据《宋史》本传载，靖康中，朝廷将作者召至京官，欲“处以学官”。作者固辞说：“麋鹿之性，自乐闲旷，爵禄非所愿也”。此词当是他由汴京返回洛阳后写下的明志之作。词开篇即以“清都山水郎”自命，表明自己爱好山水乃是出于天性，而并非趋奉儒家“仁者乐山，智者乐水”所说的矫情之举。接着，“天教分付”句又进而声称自己的懒散的生活方式和狂放的性格特征亦属天赋，因而无法改变，豪气四溢。“曾批给雨”两句仍然假托天意以抒怀抱：既然天帝钦准我管理雨、风、云、月，我岂能不与之长相亲和？言外颇见避世远俗、栖心自然之意。“诗万首，酒千觞”，既是极写其诗思之富、酒量之豪，也见出他对诗酒钟情之深。显然，朗咏与酣饮于青山绿水之间，几乎是作者隐逸生活的全部内容。“几曾着眼看侯王”，不仅表现了对功名富贵的鄙夷，而且显露出鄙视王侯的铮铮傲骨。“玉楼金阙”两句重申不愿返回朝廷、征逐名利，只愿诗酒狂放、隐逸终老的心志。

在两宋的词人中，朱敦儒没做过什么惊天地、泣鬼神的壮举，北宋灭亡后，他似乎也没有对国事表示应有的关心，而为愤世嫉俗之情所役，一味企求避世远俗。可他以自己对生命的热爱、对诗的热爱赢得了后人的尊重。世事无常，怎样在无穷的造化中坚持渺小的自我？朱敦儒的一生和他的词给我们提出了这样一个可供思考的问题。

何妨吟啸且徐行
——人生感悟词

【导读】

人类有一棵常青的智慧之树，那就是哲学。它是历代先哲圣贤对真善美执著追求的丰硕成果的结晶。在诗坛中，有一种哲理诗，它是诗人生活阅历和才智灵感交汇而成的结晶，是智慧的结晶。"哲"者，智也；"理"者，道理、事理也。"哲理"就是睿智洞照之人事与自然之理。阐发自然世界与人类社会最基本的、具有普遍意义的道理的诗便是哲理诗。

诚然，仅从表现哲理来说，哲理诗比不上哲学，但它的诗意的表达和语言的丰富与多彩，却胜于哲学而使人更易于理解和接受。一些含道应物、迁想妙得的哲理诗，其本身就是诗人触物生情、寓理于形或融理入情的产物，是诗人对人生、对社会的睿智思索和深刻体察的结果。它往往是把发人深省的哲理同富有特色的生活情趣及新颖鲜明的艺术形象熔铸一体，来服人以理、动人以情的。

一首首哲理诗，它构思奇妙、思想精辟、情真意挚、意境隽永、语言精练、韵味悠邈、耐读耐品。哲理诗，以社会、人生、生命、自然等为主题，或阐发真理，去虚伪；或警策人世，防奸恶；或剖析心态，促内省；或议论人生，显价值。诗人把蕴含睿智、富于情趣、耐人寻味、发人深省的哲理融进诗里；把他们对宇宙、对人生、对社会的深刻思考及为人处世的丰富经验纳入诗中；把他们对于现实的、历史的、生命本体的奥秘的洞察与深思贯注诗里，使人们的心灵得到净化，精神受到激励和鼓舞。

宋人崇尚哲理，宋朝是个哲学思辨十分活跃、哲理学家辈出的时代，写哲理诗理所当然成了那个时代知识分子的特长。

理学家朱熹的《观书有感》立意不凡，将深刻的哲理诉诸艺术形象，堪称融诗情理趣为一体的优秀哲理诗：

半亩方塘一鉴开，天光云影共徘徊。问渠那得清如许，为有源头活水来。

半亩大的池塘像明镜一样，方塘之水澄澈清净，映照着来回闪动的天光云影。要问这池塘怎么这样清澈？原来有活水不断从源头流来啊！诗的寓意很深，以源头活水比喻学习，要不断汲取新知识，才能有日新月异的进步。

此外，王安石、杨万里、陆游等都曾写过优秀的哲理诗。

宋诗如此，宋词中也有哲理词，而且不乏佳作。苏轼对“月有阴晴圆缺，人有悲欢离合”这万古同一的自然、人生规律的体悟；晏殊对宇宙“无可奈何花落去，似曾相识燕归来”式的圆融关照；欧阳修对繁盛过后的静谧境界的追求与喜爱；蒋捷借听雨传达出的不同人生阶段的人生体验；朱敦儒“认取自家身”的生存方式；曹祖君子安贫乐道的生活态度……这些都是词人们从自己的人生经历中得到的对人生、对宇宙、对万事万物的感悟，它们给人以美的享受的同时，也使人得到人生哲理的启发，情理并茂，耐人寻味。就让我们走进这些词，去感词人所感，去悟词人所悟，得到哲思的乐趣。

采桑子

欧阳修

【原文】

群芳过后[①]西湖[②]好，狼藉[③]残红[④]。飞絮濛濛。垂柳阑干尽日风。

笙歌散尽游人去，始觉春空[⑤]。垂下帘拢。双燕归来细雨中。

【注释】

①群芳过后：百花凋谢。

②西湖：指颍州（今安徽省阜阳市）西湖。欧阳修晚年退居颍州。

③狼藉：散乱的样子。

④残红：落花。

⑤春空：春去后的空虚寂寞。

【经典原意】

百花开过后的暮春，西湖风景依然美好，凋残的落红，任游人踏得狼藉遍地，漫天飘飞的柳絮迷迷濛濛，垂柳拂着栏杆，整日里暖风融融。

喧闹的笙歌散尽，游人离去，我才顿然发觉西湖之春的空静，心中感到很失落，回到屋中，我垂下窗帘，一双燕子穿过濛濛细雨，翩翩回到巢中。

【当代阐释】

繁华过后的静美

这首词是作者颍州西湖组词《采桑子》十首中的第四首。词中描写了颍州西湖暮春时节静谧、清疏、洒落的风姿，将西湖清空幽寂的春末境界表现得优美可爱。上片描写群芳凋谢后西湖的恬静清幽之美。“群芳过后”的西湖，落红零乱满地、翠柳柔条斜拂于春风中。落花、飞絮、垂柳等构成一幅清疏淡远的暮春图景。下片“笙歌散尽”，虚写出过去湖上游乐的盛况；“游人去，始觉春空”，道出了作者复杂微妙的心境：繁华喧闹消失，既觉有所失，又觉获得了宁静，让人感到舒畅。这也正是“狼藉残红”，“飞絮濛濛”，“垂柳阑干尽日风”的暮春之景的“好”之所在。结句“双燕归来细雨中”，意蕴含蓄委婉，以细雨衬托春空之后的清寂气氛，又以双燕飞归制造出轻灵、欢娱的意境，表达出作者恬适淡泊的心境。

西湖花时过后，群芳凋零，残红狼藉。常人对此，当觉索然无味，而作者却面对这种“匆匆春又去”的衰残景象，不但不感伤，反而在孤寂清冷中体味出安宁静谧的美趣。

群芳争艳是繁盛的象征，一般人都喜欢和向往。然而极盛会转向极衰，执著之人往往经受不住这种盛极而衰的变化，轻则感伤，重则悲恸，唯有大智大慧者能宠辱不惊，反于繁华尽去的静谧中见出情趣来。“非淡泊无以明志，非宁静无以致远”，“结庐在人境，而无车马喧，问君何能尔，心远地自偏”，先贤们尊崇这种淡泊宁静的胸怀，并以自己的行动实践着这种哲学。

浣溪沙[①]

晏殊

【原文】

一曲新词酒一杯，去年天气旧亭台[②]。夕阳西下几时回？

无可奈何[③]花落去，似曾相识燕归来。小园香径[④]独徘徊。

【注释】

①浣溪沙：此调原为唐教坊曲名，因西施浣纱于若耶溪，故又名《浣溪纱》或《浣纱溪》。有平韵、仄韵两体，均为双调四十二字，后用为词牌名。

②“去年”一句：语本唐人邓谷《和知己秋日伤怀》诗“流水歌声共不回，去年天气旧池台”。

③无可奈何:不得已,没有办法。

④香径:花园里的小路。

【经典原意】

听一曲以新词谱成的歌,饮一杯酒。和去年这时节一样的天气、旧日亭台依然存在。但眼前的夕阳西下了,不知何时会再回来。

无可奈何之中,春花正在凋落。而去年似曾见过的燕子,如今又飞回到旧巢来了。(自己不禁)在小花园中落花遍地的小径上惆怅地徘徊起来。

【当代阐释】

生命:永恒的循环

这是一首流连光景、抒发暮春情怀之作。全词意致缠绵,所叙清歌、美酒、天气、亭台、落花、归燕、小园,无不给人和缓恬然的感受。在看似平淡的语气中又别有一番意蕴深长的哲理思索,读来自然婉媚、情韵动人。

开篇写词人把酒听歌的情境。面对同旧日一样的暮春天气,一样的亭台楼阁,词人忍不住喟叹:“夕阳西下几时回”,当黄昏中美丽的夕阳渐渐沉落,令人感到许许多多美好的人,美好的事与美好的情一如悠悠流逝的时光,将永不重现。这里词人所感已扩展到整个人生的变幻无常,也是词人从平淡的客观事物中看到了深刻的宇宙哲理后发出的感慨。下片“无可奈何花落去,似曾相识燕归来”是全词的精华所在,被后人赞誉为“天然奇偶”(杨慎《词品》)。其中透露着惋惜与欣慰交织的复杂心情。花落是无可奈何的,我们没有办法挽回光阴的消逝,可是年年有燕子飞回来了。而且是似曾相识,好像是去年的燕子又飞回来了。美好的事物一旦消逝便难以挽回,但在消逝的同时,还会有其他美好的事物再现。由无可奈何的落花与似曾相识的归燕,词人领悟出大自然生命循环的永恒。这是词人对大自然客观规律的一种通达的看法,也是对现实生活澄明圆融的观照,因此对于眼前景物的改变，人事的无常，词人并无激烈的悲慨之情，而是在“小园香径独徘徊”。这里边有感伤，也有思索；有哀悼，也有觉醒。在淡淡的感伤之中有一种清明淡泊的思致，于人生无常里体会到了宇宙间永恒的循环。

水调歌头[①]

苏轼

【原文】

丙辰中秋欢饮达旦，大醉作此篇，兼怀子由[②]。

明月几时有？把酒问青天[③]。不知天上宫阙，今夕是何年[④]。我欲乘风归去，又恐琼楼玉宇[⑤]，高处不胜寒[⑥]，起舞弄清影，何似在人间。

转朱阁，低绮户，照无眠。不应有恨，何事偏向别时圆[⑦]。人有悲欢离合，月有阴晴圆缺，此事古难全。但愿人长久，千里共婵娟[⑧]。

【注释】

①水调歌头：大曲《水调歌》的首段，故曰“歌头”。双调，九十五字，平韵。

②丙辰：熙宁九年（公元1076年）。苏辙字子由。

③“明月”两句：语出李白《把酒问天》：“青天有月来几时？我今停杯一问之。”

④“不知”两句：语出牛僧孺《周秦行纪》：“共道人间惆怅事，不知今夕是何年。”

⑤琼楼玉宇：语出《大业拾遗记》：“瞿乾佑于江岸玩月，或谓此中何有？瞿笑曰：‘可随我观之。’俄见月规半天，琼楼玉宇烂然。”

⑥不胜寒：暗用《明皇杂录》中的典故。八月十五日夜，叶静能邀明皇游月宫。临行，叶叫他穿皮衣。到月宫，果然冷得难以支持。

⑦“不应有恨”两句：司马光《温公诗话》记石曼卿诗：“月如无恨月长圆。”

⑧婵娟:美丽的月光。

【经典原意】

熙宁九年中秋佳节之际开怀畅饮,并作此篇借以怀想子由。

明月从何时才有?手持酒杯来询问青天。不知道天上宫殿,今年是哪年。我想要乘御清风归返,又恐怕返回月宫的琼楼玉宇,受不住高耸九天的冷落风寒。起舞翩翩,玩赏着月下清影,归返月殿怎比得上在人间!

转过朱红楼阁,月光低洒在绮窗前,照见床上人惆怅无眠。明月不该有什么怨恨,却为何总在亲人离别时候才圆?人有悲欢离合的变迁,月有阴晴圆缺的转换,这种事自古来难以周全。但愿离人能平安康健,远隔千里共享月色明媚皎然。

【当代阐释】

但愿人长久,千里共婵娟

在大自然的景物里,月亮是很有浪漫色彩的,它很能启发人的艺术联想。一弯新月,会让人联想到初生的萌芽的事物;一轮满月,会让人联想到美好的圆满的生活;月亮的皎洁,又会让人联想到光明磊落的人格。在月亮身上集中了人类许多美好的理想和憧憬。月亮简直被诗化了!苏轼是一个性格豪放、气质浪漫的人。当他在中秋之夜,大醉之中,望着那团圆、婵娟的明月,他的思想感情犹如长了翅膀一般,天上人间自由地飞翔着。

一开始词人就提出一个问题:明月是从什么时候开始有的?“明月几时有?把酒问青天。”好像是在追溯明月的起源、宇宙的起源,又好像是在惊叹造物者的巧妙。我们从中可以感到诗人对明月的赞美与向往。“不知天上宫阙,今夕是何年。”把对于明月的赞美与向往之情更推进了一层。从明月诞生的时候起到现在已经过去许多年了,不知道在月宫里今晚是一个什么日子。诗人想象那一定是一个好日子,所以月才这样圆、这样亮。他很想去看一看,“我欲乘风归去,又恐琼楼玉宇,高处不胜寒。”他想乘风飞向月宫,又怕那里的琼楼玉宇太高了,受不住那儿的寒冷。把那种既向往天上又留恋人间的矛盾心理十分含蓄地写了出来。但苏轼毕竟更热爱人间的生活,“起舞弄清影,何似在人间!”与其飞往高寒的月宫,还不如留在人间趁着月光起舞。词人的感情波澜起伏。在出世与入世的矛盾中,终于让入世的思想战胜了。

下片由中秋的圆月联想到人间的离别。“转朱阁,低绮户,照无眠。”夜已深沉,月光转过朱红的楼阁,低低地穿过雕花的门窗,找着屋里失眠的人。月圆而人不能圆,这是多么遗憾的事啊!于是诗人埋怨明月,“不应有恨,何事长向别时圆?”明月您总不该有什么怨恨吧,为什么老是在人们离别的时候才圆呢?

接着,诗人把笔锋一转,写出了一番宽慰的话来为明月开脱,“人有悲欢离合,月有阴晴圆缺,此事古难全。”人固然有悲欢离合,月也有阴晴圆缺,自古以来世上就难有十全十美的事。既然如此,又何必为暂时的离别而感到忧伤呢?这几句从人到月,从古到今,作了高度的概况,很有哲理意味。

词的最后,“但愿人长久,千里共婵娟。”既然人间的离别是难免的,那么只要亲人长久健在,即使远隔千里也还可以通过普照世界的明月把两地联系起来,把彼此的心沟通在一起。“但愿人长久”,是要突破时间的局限;“千里共婵娟”,是要打通空间的阻隔。让对于明月的共同的爱把彼此分离的人结合在一起。词人借此对一切经受着离别之苦的人表示了美好的祝愿。

读这首词,我们不仅在词人天上人间的壮兴逸思中得到美的享受。同时,“人有悲欢离合,月有阴晴圆缺”的朴素哲理也让我们能像词人一样,以豁达的心胸、乐观的情怀来对待人生的挫折与苦难。“但愿人长久,千里共婵娟”,愿天下一切善良的人们都能健康长久,虽远隔千里,也能心心相通,共享一轮明月。

【国学故事】

嫦娥奔月

相传，远古时候有一年，天上出现了十个太阳，直烤得大地冒烟，海水枯干，老百姓眼看无法再生活下去。

这件事惊动了一个名叫后羿的英雄，他登上昆仑山顶，运足神力，拉开神弓，一口气射下九个多余的太阳。

后羿立下盖世神功，受到百姓的尊敬和爱戴，不少志士慕名前来投师学艺。奸诈刁钻、心术不正的蓬蒙也混了进来。

不久，后羿娶了个美丽善良的女子，名叫嫦娥。后羿除传艺狩猎外，终日和妻子在一起，人们都羡慕这对郎才女貌的恩爱夫妻。

一天，后羿到昆仑山访友求道，巧遇由此经过的王母娘娘，便向王母求得一包不死药。据说，服下此药，能即刻升天成仙。

然而，后羿舍不得丢下妻子，只好暂时把不死药交给嫦娥珍藏。嫦娥将药藏进梳妆台的百宝匣里，不料被蓬蒙看到了。

三天后，后羿率众徒外出狩猎，心怀鬼胎的蓬蒙假装生病，留了下来。

待后羿率众人走后不久，蓬蒙手持宝剑闯入内宅后院，威逼嫦娥交出不死药。

嫦娥知道自己不是蓬蒙的对手，危急之时她当机立断，转身打开百宝匣，拿出不死药一口吞了下去。

嫦娥吞下药，身子立时飘离地面、冲出窗口，向天上飞去。由于嫦娥牵挂着丈夫，便飞落到离人间最近的月亮上成了仙。

傍晚，后羿回到家，侍女们哭诉了白天发生的事。后羿又惊又怒，抽剑去杀恶徒，蓬蒙早逃走了。气得后羿捶胸顿足哇哇大叫。悲痛欲绝的后羿，仰望着夜空呼唤爱妻的名字。这时他惊奇地发现，今天的月亮格外皎洁明亮，而且有个晃动的身影酷似嫦娥。

后羿急忙派人到嫦娥喜爱的后花园里，摆上香案，放上她平时最爱吃的蜜食鲜果，遥祭在月宫里眷恋着自己的嫦娥。

百姓们闻知嫦娥奔月成仙的消息后，纷纷在月下摆设香案，向善良的嫦娥祈求吉祥平安。从此，中秋节拜月的风俗在民间传开了。

定风波

苏轼

【原文】

莫听穿林打叶声，何妨吟啸[①]且徐行。竹杖芒鞋[②]轻胜马，谁怕？一蓑[③]烟雨[④]任平生。

料峭春风[⑤]吹酒醒，微冷[⑥]，山头斜照[⑦]却相迎。回首向来[⑧]萧瑟[⑨]处，归去，也无风雨也无晴。

【注释】

①吟啸：高声咏诗，朗诵诗歌。

②芒鞋：草鞋。

③蓑：蓑衣，用草或棕编制成的雨衣。

④烟雨：雨里一片雾气。

⑤料峭春风：带着寒意的春风。

⑥微冷：稍微觉得有些冷。

⑦斜照：偏西的阳光。

⑧向来：方才。

⑨萧瑟：风吹雨打的声音。

【经典原意】

不要去听穿林叶的雨声，不妨边吟诗长啸，边慢慢踱行。手拄着竹杖，脚穿着草鞋，走起来比骑马还要轻快。怕什么风吹雨打？披着蓑衣，顶着风雨，漫步在崎岖的人生路途上，这是自己平生经历惯了的。

春风吹拂，吹醒酒意，身上感到一股寒意，山头夕阳西下，给自己送来一点暖意。回望刚才走过的风雨萧瑟处，已经云消雾散了。

【当代阐释】

一蓑烟雨任平生

这是苏轼在“乌台诗案”事发被贬黄州时期所作的一首词，细读此词，我们会发觉词人绝非只是描写遇雨的实感，而是借遇雨、不惧雨、从容待雨的过程描写表现了自己对待人生“风雨”的从容态度与豁达精神。

纵观全词，我们可以看到这样一幅画面：一位老人（其实只有四十五岁），在料峭的春风和微冷的细雨中，拄着竹杖，穿着草鞋，时而低吟，时而高歌，缓缓地走在泥泞的沙湖道中。在他的心目中，这世上原本就没有风雨。如果有，那么他也更愿意醉卧芳草听风雨。

“穿林打叶”的雨声说明风疾雨骤，但词人的态度却那么从容不迫、潇洒自得，且吟且啸，徐步向前。“竹杖芒鞋”表明了他着装的轻便与简陋，更重要的还在于他那种冒雨徐行的心情，他认为竹杖芒鞋轻快胜于骑马，可见他对风雨的无所畏惧。“谁怕”的反诘正是建立在他面对风雨的态度之上的，“一蓑烟雨任平生”则进一步写出了他的任达与倔强，并将自然界的风雨与人生道路上的风雨联系起来。其中的“一蓑烟雨”既表明词人愿将自己比作农人，同时又暗示他一生顶笠披蓑都出没于政治风雨之中。早春三月，寒风料峭，经历过疾风骤雨的洗礼之后，人变得更为清醒，而在感到微冷之后却又迎来了山头的斜照。自然界的景色尚且如此，人生与仕途中的历程又何尝不是这样？雨霁后是天晴，微冷后是太阳的笑脸。正是在这种景色与心情的转换之中，词人回想起刚才所经历的风雨萧瑟，只是淡然一笑，“也无风雨也无晴”正表明了他那种随缘自得的宁静心境和旷达的胸襟。

此词表面上写的是日常生活中的风雨阴晴，但实际上却在写作者所遭遇到的政治上的磨难，并从中寄寓着深刻的人生哲理：人生历程中总会遇上坎坎坷坷，遭遇些挫折与磨难，但只要能够坦然面对，保持乐观的情绪，就没有过不去的难关。人生必须有坚定的信念与坚忍的意志，要相信骤雨疾风后定会有山头斜照迎。尤其在处于人生逆境之中时，更要有坦然、超然、安然的态度。读苏轼的词，让我们受益匪浅。

南乡子

黄庭坚

【原文】

诸将说封侯，短笛长歌独倚楼[①]。万事尽随风雨去，休休，戏马台[②]南金络头[③]。

催酒莫迟留，酒味今秋似去秋。花向老人头上笑，羞羞，白发簪花不解愁。

【注释】

①“短笛”一句：用唐赵嘏《长安秋望》诗中的名句“残星几点雁横塞，长笛一声人倚楼”，正切本词写重阳登高远望之意。

②戏马台：宋武帝刘裕曾在彭城（今徐州）戏马台作欢宴。

③金络头：鲍照曾有诗云“骢马金络头，锦带佩吴钩”，这里暗指武将。

【经典原意】

诸将在议论立功封侯的事情与理想，自己却悄然独立，和着笛声，倚楼长歌。一切是非得失，升沉荣辱都被风吹雨打去，算了吧，还有什么可说呢。即使是像宋武帝刘裕在彭城戏马台欢宴重阳的盛会，也一去不复返了。

快快开怀痛饮吧，今年的酒味与去年相似。花笑我偌大年纪还要在头上簪花，羞死人了，花又如何能理解老人心头的愁绪呢？

【当代阐释】

人老簪花不自羞

这首词是作者的一首绝笔词。词中对自己一生经历的风雨坎坷，表达了无限深沉的感慨，对功名富贵予以鄙弃，抒发了纵酒颓放、笑傲人世的旷达之情。

词的开头两句就描绘了一组对立的形象：诸将侃侃而谈，议论立功封侯，而自己却悄然独立，和着笛声，倚楼长歌。大有“举世皆浊我独清，众人皆醉我独醒”（《楚辞·渔父》）的意味。封侯显贵历来是人生追求的目标，但在作者眼中，这一切都只是梦幻一场，所以他此时只是一边冷眼旁观，一边沉醉于音乐之中。“万事尽随风雨去，休休，戏马台南金络头。”一切的是非得失、升沉荣辱，都淹没在时光流逝的波涛中。“休休”，算了吧，还有什么可说呢！即使是像宋武帝刘裕彭城戏马台欢宴重阳的盛会，也成为历史的陈迹而一去不复返了。词人举杯劝酒：“催酒莫迟留，酒味今秋似去秋。”过去的就让它过去吧，还是开怀痛饮，莫辜负这大好秋光和杯中酿。大有晋人张翰“使我有身后名，不如即时一杯酒”之风（见《世说新语·任诞》）。词人老兴勃发，插花于头，而花却笑他偌大年纪还要簪花自娱。词人热爱生活不服老的精神跃然纸上，他并不因处境的拂逆和年事的增高而消沉，相反觉得秋光和美酒都与去年不殊，表现出开朗豁达的胸襟。

有人一生沉迷于功名利禄的追求之中，到死还像《儒林外史》里的严监生一样，惦念着灯里点的两根灯草，恐费了油。这类人往往是“机关算尽太聪明，反误了卿卿性命”。与此相反，有些人在经历了命运沉浮之后，却能顿悟，从利壑欲海中解脱出来，笑看人生。因为他们明白，“万事尽随风雨去”，浮名虚利只是过眼烟云，与其费心劳神，不如开怀畅饮，享受生活的快乐。这才是真正热爱生活的人，即使他们老了，也能“白发簪花”，自得其乐。

虞美人·听雨

蒋捷

【原文】

少年听雨歌楼上，红烛昏罗帐。壮年听雨客舟中，江阔云低，断雁[①]叫西风。

而今听雨僧庐[②]下，鬓已星星[③]也。悲欢离合总无情[④]，一任阶前，点滴到天明。

【注释】

①断雁:离群孤雁。

②僧庐:僧房。

③星星:形容头发花白。

④情:一作"凭"。

【经典原意】

青春少年时,在歌楼上细听雨声,烛昏罗帐,尽情欢乐,蜜意柔情。人到中年时,在客船里细听雨声,断雁西风,江阔云低,开阔深沉的情怀啊!离群的孤雁,悲鸣在西风之中。

晚年的今天,在僧房内细听雨声,头发花白,历尽沧桑,一生的悲欢离合,谁也说不清。听那窗前的秋雨,一无所动,任它滴滴答答落到天明。

【当代阐释】

跨越时空的生命体验

蒋捷(生卒年不详),字胜欲,号竹山,阳羡(今江苏宜兴)人。南宋度宗咸淳十年(公元1274年)进士,宋亡隐居太湖中竹山,人称竹山先生。元大德年间,有人举荐他做官,他不肯去,抱节以终。

人在生命的最后阶段最易怀旧,更何况蒋捷一生经历复杂,有少年时的追欢逐乐和青年时的夫妻情深、家庭和美("深阁帘垂绣,记家人软语灯边,笑涡红透。"《贺新郎·兵后寓吴》),亦有漂泊异乡的辛酸与国破家亡的痛苦。痛定思痛,值得回忆的往事很多,可是词人只撷取了生命中听雨的几个片段来概括自己的一生,具有高度的浓缩性。

雨是自然界最平常的景观。雨,年年下;人,年年听。但是,不同的人生阶段、不同的生活际遇,听雨的感受自是相异,正是"年年岁岁雨相似,岁岁年年情不同"。蒋捷的这首词分述了少年、壮年与老年倾听雨声的不同感受,揭示了自己不同人生阶段的生命感悟。

"少年听雨歌楼上,红烛昏罗帐。"少年时代青春烂漫、无忧无虑,正是“少年不识愁滋味”的时节。风流倜傥的年轻词人在充满欢歌笑语的歌楼上听雨，此时楼外雨声潺潺，楼内红烛帐暖，他心中自是惬意无比。淅淅沥沥的小雨敲打着树叶颇有“疏雨滴梧桐”之韵致，节奏轻快舒缓，完全成为词人欢快生活的音乐伴奏。

“壮年听雨客舟中，江阔云低，断雁叫西风。”欢乐的少年生活却是如此短暂，词人转眼步入了颠沛流离的壮年时期。他不得不为了全家的生存、为了个人的前程到处奔波，成为浪迹天涯的游子。站在一叶漂泊的小舟中，面对着浩淼无际的江面，词人又听雨声，却是“别有一番滋味在心头”。雨声依旧，然而景随情迁，“此雨”已非“彼雨”，词人亦非当年潇洒少年。“江阔云低，断雁叫西风”更是渲染了这一凄凉氛围。云低天暗，一只失群的大雁在西风中哀鸣。词人也像这只孤独的大雁一般，遭逢着凄风苦雨，一时之间竟不知身归何处。

“而今听雨僧庐下，鬓已星星也。悲欢离合总无情，一任阶前，点滴到天明。”“僧庐”即僧房，是词人此时听雨的地点。“鬓已星星也”则点明词人现在已是头发斑白的年纪。经历了太多的悲欢离合之后，反而一切都归于平静。无论是年少时的追欢买笑，还是中年时期的漂泊劳碌，都已成为过眼烟云。在僧庐下听雨的词人，似乎已悟到禅家万事皆空之境界。此种心境，再听雨声，反而做到心如止水、无动于衷，所以是“一任阶前，点滴到天明”。

这首《虞美人·听雨》以听雨为线索，倾诉词人少年、壮年与老年听雨的不同感受。不同时期、不同阅历之人读之，皆会有“于我心有戚戚焉”之感受。生命短促，转瞬之间由少年而壮年、由壮年而衰老。岁月的流逝是如此无情，然而雨声依旧，它不会因人生的变迁而改变，大自然有其固有的存在模式。生命的流逝与自然的永恒始终形成鲜明的对比。但是人类作为情感的载体，可以跨越时空达到感情的共鸣。词人与作为读者的我们虽然相隔数百年，却有着相似的生命体验。所以岁月无情、雨声依旧而生命却是永恒。

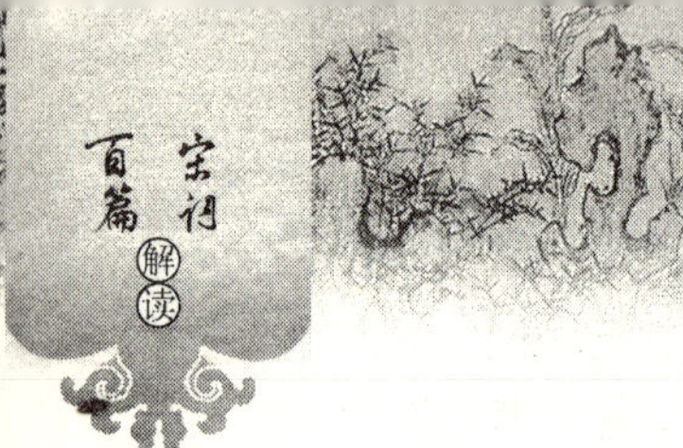

丑奴儿[1]·书博山道中壁

辛弃疾

【原文】

少年不识愁滋味，爱上层楼[2]。爱上层楼，为赋新词强说愁。

而今识尽愁滋味，欲说还休。欲说还休，却道天凉好个秋。

【注释】

①丑奴儿：即《采桑子》。

②层楼：高楼。

【经典原意】

人年少时不知道忧愁的滋味，喜欢登高远望。喜欢登高远望，为写一首新词无愁而勉强说愁。

现在尝尽了忧愁的滋味，想说却说不出。想说却说不出，只好说道好个清凉的秋天呀！

【当代阐释】

天凉好个秋

在辛弃疾的几百首词中，这一首传诵最广。它的确是一首绝妙好词，言简而意赅，语浅而情深，表达了普遍的人生感受。

年少之时，我们往往容易无病呻吟，夸大自己的痛苦，甚至夸耀自己的痛苦。究其原因，大约有二：其一，是对人生的无知，没有经历过大痛苦，就把一点儿小烦恼当成了大痛苦；其二，是虚荣心，把痛苦当作装饰和品位，显示自己与众不同。只是到了真正饱经沧桑之后，我们才明白，人生的小烦恼是不值得说的，大痛苦又是不可说的。我们把痛苦当作人生本质的一个组成部分接受下来，带着它继续生活。如果一定要说，我们就说点别的，比如天气。“却道天凉好个秋”——这个结尾意味深长，是不可说之说，是辛酸的幽默。

临江仙

朱敦儒

【原文】

堪笑一场颠倒梦，元来恰似浮云。尘劳何事最相亲。今朝忙到夜，过腊又逢春。流水滔滔无住处，飞光忽忽西沉。世间谁是百年人。个中[①]须着眼[②]，认取自家身。

【注释】

①个中：即“此中”、“这其间”之意。

②着眼：宋周必大《二老堂诗话》载：“朱希真致仕居嘉禾，诗词独步一世。秦丞相欲令教秦伯阳作诗，遂除鸿胪少卿。或作诗云：‘少室山人久挂冠，不知何事到长安。如今纵插梅花醉，未必王侯着眼看。’”

【经典原意】

可笑这一遭就像一场颠倒错乱的梦，原来恰似浮云。世事纷纭，时光流转，节日繁忙，什么事情是最使人亲近的呢？流水滔滔，年华往事随之东流，红日西坠，岁月如此匆匆。世间谁是百年不死的长久之人，所应注意的，只是自己立身处世的态度罢了。

【当代阐释】

个中须着眼，认取自家身

朱敦儒（公元1081—1159年），字希真，洛阳人。靖康、建炎间，屡召不起。绍兴三年（公元1133年）以荐补右迪功郎，五年（公元1135年）赐进士出身守秘书省正字（校正文字的官吏）。历兵部郎中、临安府通判、秘书郎、都官员外郎、两浙东路提点刑狱，致仕，居嘉禾。晚落致仕，除鸿胪少卿，秦桧死，依旧致仕。绍兴二十九年（公元1159年）卒。朱敦儒早年以清高自许，不愿做官。北宋末年大变乱发生，他经江西逃往两广，在岭南流落了一段时间。朱敦儒一生的七十多年中，做官的时间很短，长期隐居在江湖之中，被称为"天资旷逸，有神仙风致"的词人。

"堪笑一场颠倒梦，元来恰似浮云。"这是词人看透人间忧患后发出的肺腑之言。人生不正是充满了误解、反讽、悖论，恰似一场颠倒梦，不过到头来，一切都会烟消云散。正像作者在另一首词中所说："世事短如春梦，人情薄如秋云。"（《沙塞子》）而世俗之人却劳累忙碌："今朝忙到夜，过腊又逢春。"朝夜相续，日日如是，韶光在奔波劳碌中流逝。但世俗的奔忙中，"何事最相亲"呢？这是一个没有答案，或者人们因为奔波忙碌而无暇去想的问题。"流水滔滔无住处，飞光忽忽西沉"，时光飞逝，流年的短暂，词人不禁发出了"世间谁是百年人"的喟叹，进而引出"个中须着眼，认取自家身"。他一生的立言行事，他的旷达隐逸的胸襟，使他对于世事浮云，尘劳俗务，不须计较，所应注意的，只是自己立身处世的态度而已，即"认取自家身"就行了。这是词人饱经风霜之后所产生的思想反应：不管人世间的复杂与无情，不管世俗对他情感上的伤害，只要认取自身的立足点就行了。

在纷纭复杂的尘世中，是时时刻刻注意别人对自己的期许，对自己的评价，为别人而活，还是坚守自己做人的准则，时时自我反省，走自己的路？这是每个人都会面临的问题。词人给出的答案是"个中须着眼，认取自家身"。

水龙吟·次韵林圣予惜春[1]

晁补之

【原文】

问春何苦匆匆，带风伴雨如驰骤。幽葩细萼[2]，小园低槛，壅培[3]未就。吹尽繁红，占春长久，不如垂柳。算春常不老，人愁春老，愁只是，人间有。

春恨十常八九，忍轻辜，芳醪[4]经口。那知自是，桃花结子，不因春瘦[5]。世上功名，老来风味，春归时候。纵樽前痛饮，狂歌似旧，情难依旧。

【注释】

①这是一首酬唱之作，次韵：就是按对方原作用韵。林圣予：不详，其原词已佚。

②幽葩细萼：泛指娇嫩的春花。

③壅培：用土壤或肥料培在植物的根部。

④芳醪（láo）：这里指美酒。

⑤春瘦：春光飘逝。

【经典原意】

问春何苦这样匆匆，挟风带雨，如快马般一霎疾逝而去。小园中新种下娇嫩的花儿，还未来得及培土。繁花吹尽，倒是那杨柳，占春长久。其实人们所哀怨的，并非春光的逝去。春去还会再来，只是春依旧，人已老，春光带走的，却不会再带回，这种愁，也只是人间才有。

人间春恨普遍，十有八九，莫辜负了眼前杯中美酒。哪里知道是桃花自己贪恋结子而谢去，不是春天让它瘦了。功业无成，人生已到了暮年，纵是樽前痛饮，狂歌依旧，豪情也难若旧时了。

【当代阐释】

愁只是，人间有

在这首词中，作者由叹息春光来去匆匆，触引起对世事、人生的深沉思索和感慨，富于理趣。

起首五句描摹行色匆匆的春天，带着风、夹着雨，急急奔驰而去，表达了作者的惜春之意。而写到花时却另有寓意：被风吹落的是“小园低槛”里“幽葩细萼”，连浅根还没有培育好的嫩花小朵，它们哪里经得起风吹雨袭。顷刻之间“繁红”全被风吹雨打去，倒是那平淡无奇的“垂柳”经春，能长久地把春留住。而更为深刻的寓意还在于，作者在此基础上，进一步升华惜春情怀，直抒胸臆：“算春常不老，人愁春老，愁只是，人间有”。是啊，春光本来是年年降临的，无私无欲，并无忧愁，自然界不任其咎，只是人们自己在那里多愁善感，所以，愁只是有欲有求的世间之人。至此，作者惜春的主旨便揭示得淋漓尽致："繁红"易逝是因为它雍容华贵，弱不禁风；"垂柳""占春长久"，是因为它平淡无奇，无华求真。在这里作者把春逝春来的自然规律与世间的忧愁得失有机地结合起来，十分深刻地揭示了一个人生的哲理：正所谓"宠辱不惊，看庭前花开花落，去留无意，观天上云卷云舒"。作者又以自己一生的宦海生涯和世人对功名利禄的追求体验来解读人们的春恨之情：春恨之情十有八九是不忍见春残花谢，辜负了芳香的美酒，其实哪里知道，桃花零落只是为了结出桃子，并非为春去而消瘦，这是再自然不过的现象了。对人世间的功名利禄，也应该顺其自然，不必营营以求之，免得老了的时候，如这春归的景象般黯然愁苦，纵然仍如从前举杯痛饮狂歌，而当年的青春豪情却再难重现。

晁补之在青壮年时期曾一度仕途坦荡深受朝廷的重用，他才气纵横，政绩斐然，却一生潦倒，几经贬谪。后来有一度他辞官还乡，度过一段田园隐居生活，自称"归来子"，数年后又被起用，不久却因病客死他乡。实际上这里作者表达的是一种极为复杂的惜春之情，既叹息自己人生的春天已经归去了，又奉劝人们，对功名利禄不要看得太重，不必太执著，要顺其自然，要有超脱的心境，就是让人们淡泊名利，宁静而致远。同时，春归带来的是秋实，人的一生也是这样，所以不必为青春的逝去而失落伤心，也不要为功名利禄所累，既要遵循自然规律，又要有超脱的胸怀。

相思会

曹组

【原文】

人无百年人，刚作千年调[①]。待把门关铁铸，鬼见失笑。多愁早老。惹尽闲烦恼。我醒也，枉劳心，谩[②]计较。

粗衣淡饭，赢取暖和饱。住个宅儿，只要不大不小。常教洁净，不种闲花草。据见定、乐平生[③]，便是神仙了。

【注释】

①千年调:又名《相思会》。

②谩:莫,不要。

③据见定、乐平生:是说人只要根据现实情况,随遇而安、淡泊人生。

【经典原意】

人没有百年不死之人,想把门关得牢牢的,不被阎王爷带走,鬼见了也会失笑。愁多了会早早衰老,惹尽了没有意义的闲烦恼。我明白了,不要徒劳心力,不要凡事计较。

粗衣淡饭,穿暖吃饱。住个房子,不大不小。经常收拾得干干净净,不种那些花花草草。人只要根据现实情况,淡泊人生,就是神仙了。

【当代阐释】

知足者常乐

有一个笑话,地主问在树下悠闲乘凉的长工为何不做事,多存点钱,长工反诘:“钱多何用?”地主说有钱了就可以悠闲地坐在树下乘凉什么都不做,长工笑曰:“我现在不是在乘凉么?”

日本的禅师良宽写过这样的句子:“生涯懒立身,腾腾任天真。囊中三升米,炉边一束薪。谁问迷悟迹,何如名利尘。夜雨草庵里,双脚等闲伸。”

虽然人生如此未免有点消极,但是却是满足欲壑的最好良方。正像词人所说:“人无百年人,刚作千年调。待把门关铁铸,鬼见失笑。”费力劳神,追名逐利,到头来,只不过是白忙活一场。还落得个“多愁早老”,“惹尽闲烦恼”。那么词人崇尚的是什么样的生活呢?“粗衣淡饭,赢取暖和饱。住个宅儿,只要不大不小。常教洁净,不种闲花草。”没有太多的物质追求,在简简单单的生活中获得满足,获得快乐。这样的人是平和的,因为他不用患得患失;这样的人是自由的,因为他不会被外物束缚;这样的人,在词人看来,他便是神仙了。

人何不活得简单一些?这样,也会更快乐一些。